空に響くは竜の歌声

暁の空翔ける竜王

MIKI IIDA
飯田実樹

ILLUSTRATION
HITAKI
ひたき

この物語はフィクションであり、
実際の人物・団体・事件等とは、いっさい関係ありません。

序章 8
第1章 目覚め 53
第2章 龍聖降臨 76
第3章 襲撃 114
第4章 婚礼 124
第5章 リューセーの資格 150
第6章 誕生 215
第7章 消えた人々 258
第8章 結束 299
終章 338
森閑たる情炎 357

人物紹介 Character

ラウシャン

フェイワンに仕えていた元外務大臣で、竜族（シーフォン）の相談役的な存在

ジンフォン

シィンワンと命を分け合う金色の巨大な竜

シェンファ

シィンワンの姉で、不思議な力を持つ女性。かなりの年の差を押して、ラウシャンと結婚した

ツォン

龍聖の側近にして世話係。竜族（シーフォン）に庇護されている種族アルピンとのハーフ

守屋龍聖

先祖代々の契約により、シィンワンのリューセーとして召喚された高校生。明るく前向きに運命と向かい合う

［リューセーとは…］竜の聖人にして、竜王の伴侶。そして王に魂精を与え、子供を宿せる唯一の存在。

［魂精とは…］リューセーだけが与えることのできる、竜王の命の糧。魂精が得られないと竜王は若退化し、やがて死に至る。

ファーレン
シィンワンの一番下の弟。やがて龍聖の友人に
ヨウチェン
シィンワンの弟で、外務大臣。世間慣れしていて兄をからかうことも多い
シィンワン
フェイワンと龍聖の息子で、十代目の竜王。優しく真っ直ぐな青年。恋には奥手だったが…

エルマーン王家家系図

Family tree

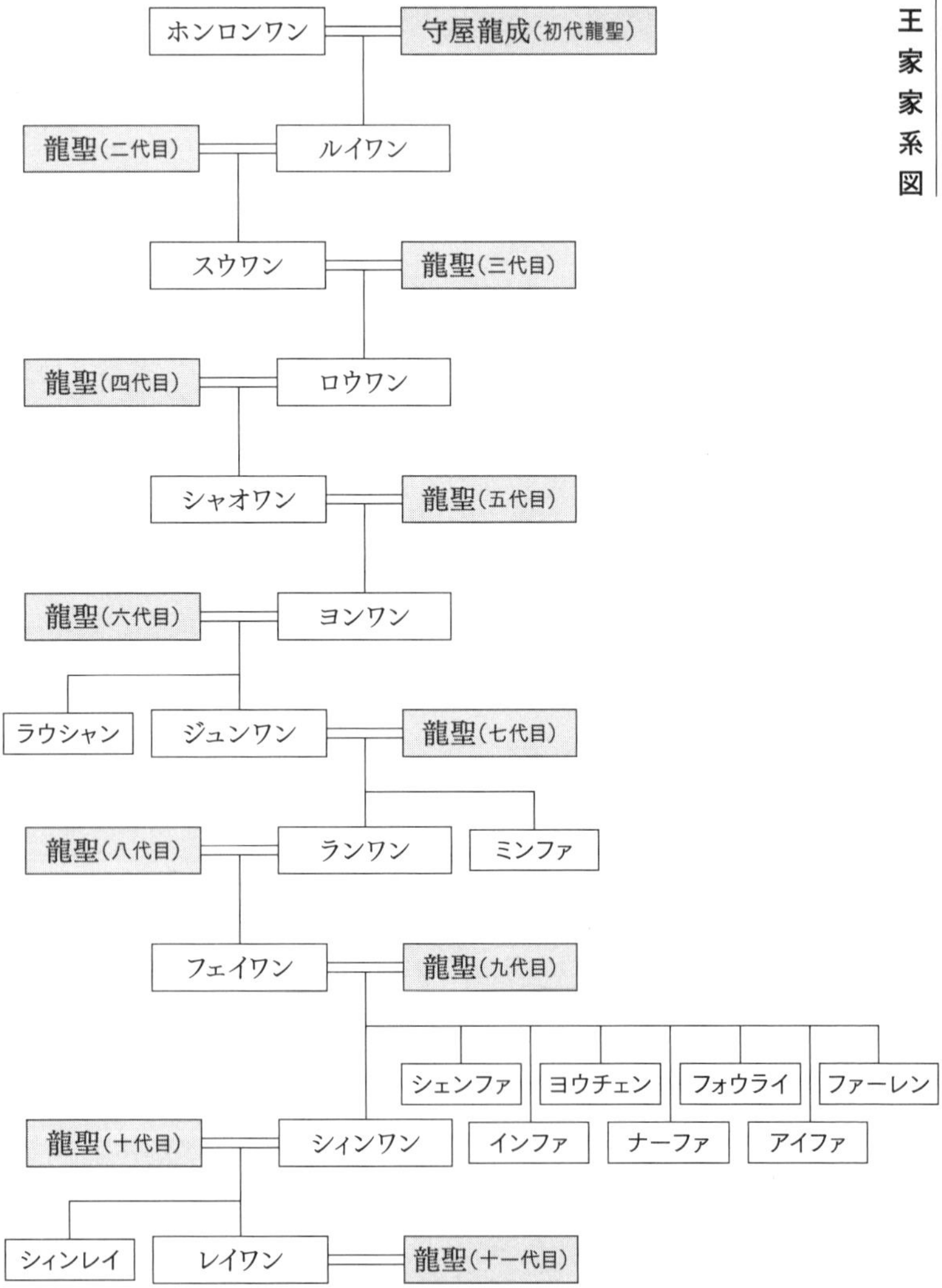

＊竜王の兄弟は本編に名前が登場した人物のみ記載しています

空に響くは竜の歌声　暁の空翔ける竜王

序章

むかしむかし、その世界には残虐で獰猛《どうもう》な竜がいた。竜は空と地を支配し、生きとし生けるものを食らい尽くさんとしていた。人も動物も、この世のすべての生き物が、竜に怯えて暮らしていた。このままでは、世界が竜によって破滅させられてしまう。

神々は竜の蛮行《ばんこう》に怒り、天罰を与えた。神の怒りの鉄槌《てっつい》は、強靱《きょうじん》な竜の体をふたつに切り裂いた。

そしてこの世界から、残虐で獰猛な竜はいなくなった。

それは人々の間で語り継がれるおとぎ話。

テラスに立ち真っ赤な長い髪を風になびかせて、ぼんやりと階下を眺める青年の姿があった。成人したばかりの、まだ初々《ういうい》しさの残る涼やかな顔立ちの青年は、何か物思いにふけるかのように、テラスの縁に凭《もた》れかかり、じっと何かをみつめていた。その表情は、なんともいえない複雑なものだ。

「シィンワン様、どうかなさいましたか？」

ふいに声をかけられて、青年は振り返る。竜族シーフォンが治めるエルマーン王国の皇太子シィンワンである。声をかけた相手は、彼の養育係のユイリィだった。

ユイリィは、シィンワンが見ていた方へ視線を向けた。そこには中庭を仲良く散歩するフェイワンと龍聖《りゅうせい》の姿があった。フェイワンはこの国の王であり、シィンワンの父である。シィンワンと同じ真紅の長い髪をしている。真紅の髪は、この国の王である竜王の証《あかし》だ。その隣に寄り添う、優しげに笑う黒髪の龍聖は、シィンワンの母である。

フェイワンは腕に青い髪の幼子を抱いていた。末の弟ファーレンだ。

それはとても幸せそうな親子の姿で、見る人を皆、幸せな気持ちにさせる。だがシィンワンは、幸せとは反対の表情をしている。

ユイリィは首をかしげた。

「シィンワン様？」

するとシィンワンは、ひとつ溜息をつく。

「ユイリィは、かつて恋をしたことはあるかい？」

「え？」

シィンワンの突然の質問に、ユイリィは驚くとともに戸惑った。

「片思いでもいい……誰かに想いを寄せたことは？」

シィンワンが思いつめた様子で尋《たず》ねるので、ふざけているわけではないのだと思い、ユイリィは「はい、ありますよ」と静かに答えた。

「それは何歳くらいの頃？」

ユイリィの答えに、飛びつくようにシィンワンは質問を続けた。

「私はとても遅かったですね……私がシィンワン様くらいの年の頃には、年の近い女性がいなかったので……許嫁《いいなずけ》とはとても年が離れていて……そうですね……シィンワン様とアイシャ様くらいに年が離れていましたから、彼女と恋愛関係になるには、ずいぶん時間がかかりました。結局、婚約を前に破談となってしまいましたけど……」

　ユイリィは、遠い昔を懐かしむように語った。

「そうですか……」

　シィンワンはまた溜息をつく。

「シィンワン様、本当にどうなさったのですか？　何か悩みごとでもあるのですか？」

　ユイリィが心配そうに尋ねると、シィンワンは思いつめた様子で口を開いた。

「誰かを愛するって、どういうことでしょう？」

「え？」

「あ、いえ、なんでもありません」

　シィンワンは、少し赤くなって、慌ててごまかすように首を振りながら、部屋の中へと戻っていった。ユイリィは、去っていくシィンワンの後ろ姿を、不思議そうにみつめながら、もう一度、中庭のフェイワン達へと視線を送った。


　シィンワンは、頭をかきながら「失敗した」と、顔をしかめて呟いて、廊下へと出た。ユイリィは、何かを察してしまったかもしれない。思わず心に思っていた言葉が、こぼれ出てしまった。

『誰かを愛するってどういうことなのか？』

　それはここ最近のシィンワンの心を迷わせている疑問だった。

　シィンワンは今年で百歳となった。シーフォンでは成人と認められる年齢だ。だがこの年になるまで、恋慕の情を一度も抱いたことがないという事実に、自分で気が付いてしまった。シィンワンは間もなく眠りにつかなければならず、その準備を進めながら、目覚めた後に迎えることになる自身の伴侶リューセーとの関係について、改めて学ぶうちに気づいたのだ。

竜王の伴侶は、異世界から降臨する『リューセー』という者と決められている。それはシィンワンが生まれる前から決められていたことで、シィンワンの父も、祖父も、代々の竜王の伴侶は必ず『リューセー』と定められてきた。

その存在については、物心ついた頃から、幾度となく聞かされ続けているのに、顔も何も知らない相手……。

『リューセーを心から愛せよ』

そう教えられ、それが当たり前のように思い込んでいたが、この年にしてふと『愛するとは?』という疑問を抱いてしまっていた。

一度も、誰のことも、恋愛的な意味で好きになったことがない。だから『愛せよ』と言われても、どうすればいいのか分からない。

両親はとても仲が良く、二人とも互いに愛し合っている。それは言われなくても分かる。それが当たり前なのだと思っていた。自分も両親のように、自分のリューセーとそうなるのだと、一度も疑ったことはなかった。

だが今は、自分を疑っている。本当に愛せるのかと……。

今日も、中庭で仲睦まじく、まるで新婚夫婦のように寄り添って歩く両親を眺めながら、あの父も、自分と同じように、一度も会ったこともなかった母と、出会い、婚姻し、愛し合ったのだと思うと、なぜそうなれたのだろうと、不思議に思ってしまったのだ。

はあと大きく溜息をつくと、ふるふると頭を振り、シィンワンは気持ちを切り替えようとした。

そういえば、弟のヨウチェンが、しきりに剣の稽古の相手をしてほしいと言っていたのを思い出し、ヨウチェンの部屋へと向かった。

扉を何度かノックしたが返事はなかった。外出しているのか？　と思いながら扉を開けて、部屋の中を見回した。やはりいないか……そう思って扉を閉めようとした時、奥の方から話し声が聞こえた。奥の扉が少し開いている。

「ヨウチェン？　いるのかい？」

扉に向かって声をかけると、ぴたりと話し声が止んだ。確かに誰かがそこにいる。だがその扉の先は寝室のはずだ。女性の声がしたような気がしたので、侍女が掃除に来ているのかとも思った。すぐに反応がないので、シィンワンが訝しく思って眉を寄せていると、少ししてゆっくりとその扉が開き、ガウンを羽織ったヨウチェンが現れた。

「兄上……どうかしましたか？」

裸にガウンを羽織っただけの寝起きのようなそのヨウチェンの姿に、シィンワンは眉根を寄せる。

「どうかしましたかって……ヨウチェン、なんだその格好は……もう昼を過ぎているんだぞ？　寝ていたのか？　だらしないではないか……奥に誰かいるのか？」

シィンワンの言葉に、ヨウチェンは首を竦《すく》めて笑ってみせる。

「兄上……野暮は勘弁してください……このことは、ユイリィや母上達にはご内密にお願いしますよ」

「？　……何の話だ？　昼までだらしなく寝ていた話か？」

ムッとした様子のシィンワンに、ヨウチェンは苦笑しながら一度チラリと奥の扉に視線を送り、ゆっくりとシィンワンの側《そば》まで歩み寄った。

「来客中なのです……兄上、察してください」

シィンワンの耳元でこっそりと囁くヨウチェンに、シィンワンはさらに眉を寄せて首をかしげた。

「何の話だ……誰が来ているんだ？　そこは寝室だろう。寝室に来客など、こんな時間に何をしている」

「……兄上、それはわざとですか？　皆まで言わせる気ですか？　謝りますから勘弁してくださいよ……ここは見逃してください。以後気をつけますから」

ヨウチェンはいつもの飄々《ひょうひょう》とした物言いでそう言ったが、何のことだか分からないシィンワンには、ヨウチェンがふざけているようにしか思えず、話をはぐらかされているような気がした。

王子であるヨウチェンが、自室の、それも寝室に招き入れる客など、兄弟以外にいるはずがない。

それもこんな昼間の時間に、ヨウチェンはずいぶんだらしない格好をしている。

シィンワンはつかつかと歩き出して、奥の扉へと向かった。

「あ！　兄上！」

慌てて止めようとしたヨウチェンを振り切ると、思いっきり勢いよく寝室の扉を開けた。

「キャア！」

扉を開くと同時に女性の悲鳴があがり、シィンワンの視線の先には、ベッドの上でシーツに包まり真っ赤な顔でこちらをみつめる女性の姿があった。驚いたのはシィンワンの方である。

「わっ！」

シィンワンは慌ててバタンッと扉を閉めた。一瞬何が起きたのか分からなかった。

「兄上……」

背後でヨウチェンが困ったような声を出した。ゆっくりと振り返りヨウチェンの顔を見ると、ヨウチェンはへへへと苦笑して頭をかいている。

「ヨウチェン……これは……どういうことだ!?」

混乱したシィンワンが、押し殺した声で尋ねると、ヨウチェンは諦めたかのように開き直って首を竦めてみせる。

「まあ、見ての通りですよ兄上。言い訳はしません……。でも見逃してください」

「見ての通りって……お前っ……今のご婦人は……確か財務大臣のところのご息女だろう……いや、そんなことより、お前っ！　未婚の相手と……こんなっ……いや、そういうことじゃなく……ベッドをともにするというのは……いや……」

うろたえるシィンワンの肩を、ヨウチェンがポンポンと叩いた。

「兄上、落ち着いてください……僕だって別に遊びでというわけではありません。彼女は恋人なんですよ。以前から将来は僕の結婚相手にと、大人達が話していたのは知っています。だから僕もどういう人なのかと付き合ってみたのですよ。……そしたらまあ、こういうことに……兄上？　兄上？　大丈夫ですか？」

混乱状態のシィンワンの顔を覗《のぞ》き込みながら、まるで他人事のように暢気《のんき》な口調で尋ねてくるヨウチェンに、シィンワンはハッとして眉根を寄せた。

「ヨウチェン！　お前！　いくら将来の話があるとはいえ、そんな……はしたないぞ！」

「もう……兄上は真面目だなぁ。……ちゃんと責任は取りますよ。年頃なんだから仕方ないじゃないですか……兄上って意外と晩熟《ばんじゅく》ですよね」

　クスリとヨウチェンが笑ってそう言ったので、シィンワンはカアッと赤くなると、何も言わず足早に部屋の外へ出た。

「あ、兄上！」

　バタンと閉じられた扉をみつめながら、やれやれとヨウチェンは笑って頭をかいた。


　フェイワンは、シィンワンを伴《ともな》って、外交を兼ねた諸国への外遊に出向いていた。間もなくシィンワンは、長い眠りにつく。成人した世継ぎの王子は、現王が崩御《ほうぎょ》し、自分の世となるまでの間眠りにつかなければならない。同じ時代に二人の竜王は存在出来ない。

　フェイワンは、シィンワンの戴冠する姿を見ることが叶わず、シィンワンはフェイワンの最期を看取ることが出来ない。シィンワンが眠りにつく時が二人にとっては、永遠の別れとなる。

　それを前に、フェイワンはシィンワンのために教えられるすべてのことを教えてやりたかった。国交を結ぶ他国に連れていき、どのようにして他国の王達と交流をし、政治的駆け引きを行うのかも、見せてやりたい。

　他国へは何度か連れていったが、長い外遊はこれが初めてで、最後となる。長い時間を二人で過ごすことも、これが最初で最後だ。

フェイワンは、出来る限りたくさんの話をしようと思っていた。その中でも、旅立つ前にユイリィから聞かされていたことを、本人に確認しなければいけない。

彼が悩んでいるらしい何かについてだ。

いきなり切り出すのもおかしいだろうと、一日目二日目は様子を見ながら、他の話をした。確かにこの旅の間も、少しばかり様子がおかしい。何か思い悩んでいるのは間違いなかった。

「シィンワン……お前、悩みがあるのだろう？」

フェイワンがそう切り出すと、シィンワンはなんとも不思議な表情になり、当惑したようにしばらく俯《うつむ》いていた。

「ヨウチェンが何か言ったのですか？」

「ヨウチェン？」

フェイワンが何のことか分からずに、混乱していると、シィンワンは眉を寄せて、少し赤い顔になりながら、じっとフェイワンをみつめてきた。

「だって仕方ないじゃないですか……本当にヨウチェンが何をしているのか、私は全然察することが出来なかったんだ。決してあのご婦人に恥をかかせるつもりはなかったのです」

「シィンワン……それは何の話だ？」

フェイワンは困惑して、シィンワンに問いただした。シィンワンはヨウチェンの部屋で見てしまったことを、すべてフェイワンに打ち明けた。

「まったく……あのませガキは……」

フェイワンは思わず頭を抱えたが、今はその話ではない。気を取り直すと、もう一度シィンワンに尋ねる。

「その……お前の悩みというのは、ヨウチェンの秘めごとを見てしまったことなのか？　それともまだ他にあるのか？」

するとシィンワンは、頬を染めたままで、深く溜息をついた。

「私は、どうやって私のリューセーを愛したらいいのか分からないのです。だって誰のこともそんな風に好きになったことがないし、この年にもなって、性欲もまったく湧かない。そういうことに興味がない。ヨウチェンはあの年で、そういうことに興味を持って、実行しているというのに私は……」

フェイワンは溜息をついて、苦笑しながらシィンワンの頭を撫でた。

「あれはまた別だ。ヨウチェンと自分を比較するな」

「でも……」

シィンワンは、すっかり意気消沈している。

「シィンワン……オレも性交をしたのは、リューセーとの行為が最初だ。百五十歳を過ぎてのことだぞ？　いい年をしてみっともないと思うか？」

シィンワンは慌てて首を振った。

「父上は私とは違います。父上は色々と大変でそれどころではなかったでしょう？」

「だがオレも悩んでいた。リューセーをちゃんと愛することが出来るのか……そもそもオレは母親の愛を知らない。リューセーという存在が、どういうものか分からない。だからオレのリューセーが現れても、愛情を持てるか自信がなかったんだ」

「父上が？」

シィンワンは驚いた。

「今のオレ達を見て、どう思う？」

「理想の夫婦です。私もそうなりたいとは思っています。……まったく自信はありませんが……」

フェイワンは笑いながら、シィンワンの頭をぐしゃぐしゃと激しく撫でまわした。

「悩め、悩め……それはオレにはどうしてやることも出来ん。お前がどうにかするしかない。……でもな、たぶん今までの代々の竜王が、同じ悩みを抱いていたと思うんだ。リューセーは異世界から来る男性だ。いくら教わってはいても、この世界には初めて来るわけだし、竜王に会うのも初めてだ。そんなリューセーを、竜王はどんな風に愛せるか……。絶対、みんな悩んできたんだ。だからお前だけではない。安心しろ」

フェイワンは笑顔でそう励ました。結局何も解決はしていないが、シィンワンはフェイワンに話を聞いてもらい、励まされて少しばかり気持ちが楽になった。


どこまでも果てしなく広がる青空を、日の光を浴びて眩《まばゆ》いばかりに金色に輝く巨大な竜が、悠然と西に向かって飛んでいた。その巨大な金色の竜の後ろを、その半分もないほどの大きさの四頭の竜が、追随《ついずい》して飛んでいる。

眼下には赤い大地が広がっていた。やがて前方に刃《やいば》のように険しく切り立った山々が見えてきた。

荒野にこつ然と現れたその山々は、ぐるりと円を描くように並び立ち、その中央には、周囲の荒野とは別世界のような緑の大地が、箱庭のように収まっている。

自然の要塞のような岩山の内側には、その断崖絶壁に張りついたように建つ巨大な城があった。

金色の竜は、ゆっくりと旋回《せんかい》して、次第に高度を下げると、そびえ立つ城の塔の上へと舞い降りた。

その背には、長い深紅の髪の男が二人。

「おかえりなさい。フェイワン、シィンワン」

塔には笑顔で二人を出迎える龍聖の姿があった。背中に届くほどの美しい黒髪が、吹きつける風になびいている。

「ただいま、リューセー」

「ただいま帰りました。母上」

竜から降りたフェイワンとシィンワンは、それぞれにそう答えた。

龍聖は並び立つ二人の姿をまじまじと眺めてから「ふふふ」と嬉しそうに笑った。

「なんだ？　何がおかしい？」

フェイワンが不思議そうに尋ねると、龍聖がまた笑った。

「いやあ……つくづく、二人ともいい男だなぁと思ってさ」

ニコニコと笑いながら龍聖がそう言うので、フェイワンとシィンワンは顔を見合わせる。こうして並ぶと、二人は本当によく似ていた。親子だから当然といえば当然なのだが、燃えるような深紅の髪をしているのは、この世でこの二人しかいない。それは竜王の証でもある。

意志の強そうな金色の瞳、高くて形のいい鼻、面長で、少し大きめの口。男らしい美しさを湛《たた》えたその顔は、実によく似ている。

二人とも同じような白金の甲冑《かっちゅう》と濃紺のマントを纏《まと》っているせいもあるかもしれない。フェイワンの方が少しばかり背が高いことと、少しばかり老けていることを除けば、見間違うほどだ。

「今更だろう？」

フェイワンは笑いながらそう答えて、龍聖を抱きしめて口づけた。

「どうだった？　こんなに長く他国を巡るのは初めてだっただろう？」

龍聖が微笑みながらシィンワンに尋ねると、シィンワンは少しばかり頬を上気させて頷いた。

「大変勉強になりました。世界には色々な国があるのだと改めて知るとともに、世界は広いと実感しました」

シィンワンの言葉に、龍聖は嬉しそうに何度も頷いてみせる。

「じゃあ、後でゆっくり話を聞かせてね。着替えてしばらく休むといいよ……と言いたいところだけど、弟達が君の帰りを待ちわびていたから、あまりのんびりは出来ないかもね」

龍聖にそう言われて、シィンワンは苦笑してみせた。そして父と母にそれぞれ一礼をしてから、先に城内へと入っていく。フェイワンと龍聖はそれを黙って見送った。

フェイワンが龍聖の腰を抱き寄せたので、龍聖はフェイワンの顔を見上げた。目が合って微笑む。

「シィンワンはどうでした？　次期竜王として任せられそう？」

「そうだな……我々が思う以上に、シィンワンはもう大人になっていると思うよ。他国の王の前でも堂々としていて、頼もしかったな……ラウシャンも驚いていたよ」

「以前も何度か外交に連れて行ったことはあったでしょう？」

「ああ、でもあの時は、本当に見学がてら連れて行っただけだったし、交渉の席には同席させていなかった。遊びに行ったような感じだったからな。でも今回は本人も自分の立ち位置や、やるべきことを理解しての同行だったから……オレが言うまでもなく、自ら進んで行動していたよ」

「へえ……」

龍聖は感心しながら、シィンワンが去っていった方へと視線を送った。フェイワンはそんな龍聖をみつめながら、風に揺れる漆黒の髪をそっと撫でる。寂しそうに見えたから、何か言って慰めようかと思ったが、上手い言葉が出てこなかった。

すると後方で、グルルルッと巨大な金色の竜が鳴いたので、龍聖は驚くと同時に笑いながら振り返る。

「ごめん、ごめん、ジンヨン、おかえり！　二人を守ってくれてありがとうね」

龍聖がそう言って、両手を広げながら近づくと、竜王ジンヨンは嬉しそうに目を細めて頭を床につけた。その大きな頭に龍聖が抱きつき頬ずりをすると、ジンヨンがググッグググッと喉を鳴らす。

「ジンヨンがいなくて寂しかったよ」

龍聖は抱きついていた頭から体を離すと、鼻先を撫でながらそう言って微笑みかける。するとジンヨンは、まるで大型犬のように、大きな尻尾をベシッベシッと床に叩きつけながら、グルルルッと喉を鳴らした。大きな金色の瞳が龍聖をみつめる。

「今日はゆっくり休んでね」

龍聖がその金色の瞳をみつめ返しながら微笑むと、ジンヨンは目を細めてググググッと答えるように鳴いた。

「さあ、そろそろ行こうか」

「あ、はい……じゃあね、ジンヨン、明日また会いに来るからね」

龍聖はジンヨンの鼻先にチュッと口づけると、バイバイと手を振りながら、フェイワンとともに城の中へと入っていった。フェイワンは一度ジンヨンを振り返り、視線を交わして小さく頷いてから龍聖の後を追った。

長い螺旋《らせん》階段を二人で降りながら、龍聖が時々チラリとフェイワンを見ては、含み笑いをしている。

「なんだ？　さっきから」

フェイワンが片眉を上げて尋ねると、龍聖が「ふふふ」とまた笑った。

「なんだ？　言わぬとひどいぞ？」

フェイワンが笑いながら、龍聖を後ろから抱きしめて抱え上げようとしたので、龍聖は笑って「ごめん、言うよ」と何度も言って許してもらう。

「フェイワンが珍しく、ジンヨンに嫉妬《しっと》して怒らなかったなぁと思って」

「ん？　どういうことだ？」

「さっきみたいな時、いつもフェイワンは嫌がるでしょ？　オレがジンヨンに抱きついたりキスしたりするの……いつもはすぐイライラして、早く行くぞ！　なんて言うのに……」

「ああ……」

フェイワンは龍聖の指摘を聞いて、相変わらず鋭いなと内心苦笑した。確かにいつもならば、ジンヨンにベタベタするのを嫌がるところだが、今日は助かったと思っていた。シィンワンのことで、寂しそうにする龍聖を、フェイワンは上手く慰めることが出来なかった。あの場をどうしたらいいのかと思っていたところで、ジンヨンが助け舟を出してくれた感じだ。フェイワンが下手な慰めの言葉をかけるよりも、自然と龍聖の気持ちを明るくしてくれて助かった。そう思ったから、何も言えなかった。それはジンヨンも分かっていたようだ。

「もういちいち言うのは諦めたのだ。お前はジンヨンが好きだし、ジンヨンは構ってやらんと後々うるさいし……まあ、結局はオレの半身なのだからな」

フェイワンがごまかしてそう答えると、ブフーッと盛大に噴き出して、龍聖は腹を抱えて笑い出した。あんまり笑うので、階段から転げ落ちそうになるのを、フェイワンが慌てて抱き留める。

「なんだリューセー……何がそんなにおかしい？」

「だ……だって……あははは……そんな今更……あははは……前から何度も言ってるでしょ？　あなたの半身なのにって……あははは……フェイワン、いつもジンヨンに嫉妬するけど……あははは……あなたの半身に嫉妬するなんてって……オレはあなたが好きで、ジンヨンも好きなのは当然なのにって……あははは……もう……分かるのに何年かかってるんですか」

「そんなに笑わずとも……」

フェイワンは少し拗《す》ねたように呟くと、龍聖を抱き上げたまま残りの階段を降りきり、廊下に出たところで下に降ろした。階段の入口で見張りに立っていた二人の兵士が、驚いたように慌てて頭を下げる。

二人は仲良く手をつないで、部屋へと向かった。

「ありがとう」

ポツリと龍聖が前を向いたまま言う。

「ん？」

「オレのこと……ジンヨンとあなたが心配して慰めてくれたんでしょう？」

龍聖の言葉に、フェイワンが驚いて何も言えずにいると、龍聖はフェイワンを仰ぎ見てニコッと笑った。

「ありがとう」

もう一度龍聖が言ったので、フェイワンはただ微笑むしかなかった。

世継ぎであるシィンワンは、成人すると北の城で長い眠りにつく。

シィンワンが眠りにつけば、フェイワンと龍聖は、もう二度と今生《こんじょう》で愛する息子に会うことは出来ない。シィンワンもまた二度と両親と生きて会うことは出来ない永遠の別れとなるのだ。

その別れの時は、もうすぐそこまで来ている。


「兄上！　おかえりなさい！」

「ヨウチェン、ただいま」

シィンワンが部屋に戻って、着替えを終えたところに、すぐ下の弟のヨウチェンがやってきた。

「外遊はいかがでしたか？　話を聞かせてくださいよ！」

「今日は疲れているから、少しだけでいいかい？」

「ええ、いいですよ」

ヨウチェンは機嫌よく頷くと、シィンワンに促されてソファに座った。シィンワンは侍女にお茶の用意を指示すると、ヨウチェンの向かいに座った。

シィンワンは、ヨウチェンをまじまじとみつめた。こうしていると年相応に見える。シィンワンより二十歳も年下で、少年と青年の中間くらいの、大人っぽいところと、子供っぽいところを併せ持っている。

シィンワンとヨウチェンは、性格が正反対で、真面目なシィンワンに対して、ヨウチェンは要領がいいというか、何事も上手く手を抜いてサボることが多い。そんなところをシィンワンが注意しても、飄々とかわすような性格だ。頭の回転が速く、何を言っても言い返され、最近では生意気な物言いで、シィンワンをからかったり、はぐらかしたりするようになった。

シィンワンの小言と、ヨウチェンのからかいで、二人はたびたび喧嘩《けんか》というか、ちょっとした口論になることがよくあり、一時期は反抗期のようにヨウチェンが、シィンワンと距離を置くこともあった。

そんな微妙な関係になっていたはずだが、最近はヨウチェンの方から、話をしようとか、剣の稽古をしようとか、毎日のようにシィンワンの下《もと》へとやってくる。

弟から甘えられて嫌な気はしない。むしろ嬉しい。

シィンワンは、外遊で回った色々な国の話をした。ヨウチェンは興味津々に話を聞き、次々に質問をしてくる。

「ヨウチェン」

話がひと段落ついたところで、シィンワンは真面目な顔になって切り出した。ヨウチェンはシィンワンの心情には気づいていないようで、まだ面白い話が聞けるのかと、期待するような顔で「はい」

と答える。

「お前に頼みがあるんだ」

「頼み……ですか？」

キョトンとした表情で聞き返すヨウチェンに、シィンワンは真面目な顔のままで頷いた。

シィンワンには外遊の間、ずっと考えていたことがあった。国に戻ったら、機会を見てヨウチェンに話したいと思っていたことだ。今がその時だと思った。

「私と約束をしてほしい」

「約束……？」

そこでようやくシィンワンの様子がおかしいことに、ヨウチェンも気が付いた。みるみる表情が硬くなる。

「私が眠りについた後のことだ」

そう切り出したシィンワンの言葉に、さっと表情を変えると、ヨウチェンは首を振った。

「兄上……説教ですか？　じゃあそろそろお暇《いとま》しようかなぁ」

ヨウチェンは苦笑しながら逃げようと腰を浮かせたので、シィンワンは彼の腕を掴んで引き留める。

シィンワンがじっと真剣なまなざしでみつめるのに、ヨウチェンは硬い表情のままで眉を寄せた。

「ヨウチェン、真面目な話だ。逃げないで聞いてくれ」

「あ、そうだ兄上、この前の彼女とのことですけど……」

「ヨウチェン！」

話をはぐらかそうとするヨウチェンに、シィンワンが鋭い口調で名前を呼んだので、びくりと体を震わせてから、ヨウチェンはおとなしくソファに座りなおした。

「兄上、嫌ですよ。そういう話はご免です。兄上が眠りにつかれる話なんてしたくない」

ヨウチェンは、先ほどまでのふざけたような笑みを消して硬い表情で、少し睨《にら》みつけるようにシィンワンをみつめて、ボソリと呟いた。シィンワンは小さく溜息をつく。

「ヨウチェン……何も今生《こんじょう》の別れというわけではないんだ。お前とはまた会えるのだから、そんな顔をしないでおくれ」

ヨウチェンが急にシィンワンにべったりとするようになってしまったのは、もうすぐ兄であるシィンワンが、長い眠りについてしまうからだ。次に会えるのはいつになるか分からない。百年後か二百年後か……。

「でも……嫌です。兄上と長い間会えなくなってしまうなんて……兄上を頼りにしているのに、僕はこれからどうすればいいのですか？」

「どうもしないよ。お前にはもっとしっかりしてもらわなくては困る。もっと勉強や剣術の稽古に励んで、父上の片腕となれるように、精進《しょうじん》してほしいんだ」

「無理です」

ヨウチェンは、眉間にしわを寄せて首を振った。

「無理じゃない！　やるんだ。頼む……お前にしか頼めないことだ」

シィンワンに強い口調で言われて、ヨウチェンは口をへの字に曲げてしまった。

「無理ですよ。僕らしくない。兄上みたいに真面目になんでもこなせないし、しっかりするとか無理だ。僕が適当な性格なのは、兄上もご存じでしょう？」

ヨウチェンが自嘲《じちょう》気味に笑って言うと、シィンワンは首を振った。

「お前は頭もいいし、要領もいい。きっと優秀な参謀《さんぼう》になれるはずだ。ラウシャン様の下で外交を学び、父上の下で国政を学んでほしい。……お前が長男のつもりで、しっかり兄弟を束ねて、導いてほしいんだ……ヨウチェン……私はお前よりももっと不安で心細い。私には時間がない。もうすぐ眠りにつかなければならない。まだ何ひとつ……私は竜王としての心構えが何ひとつ出来ていないというのに……父上から学びたいことがまだたくさんあるというのに……こんな未熟なままで眠りにつき、次に目覚めた時、私はもう王にならねばならないのだ。ヨウチェン、私がどれほど不安か分かるか？お前にしか言っていない。お前にしか頼めない。こんな私が目覚めた時、お前に私の側《そば》にいてほしいからだ。分かるね？」

ヨウチェンは驚いたようにシィンワンをみつめていた。シィンワンは真剣な顔でヨウチェンをみつめている。二人はそのまましばらく沈黙してみつめ合った。ヨウチェンの表情が次第に変わっていく。それは先ほどまでの頼りなげな表情ではなかった。何かを覚悟したような、真剣なものだ。

「兄上が……そうお望みならば……兄上のために尽くします」

ヨウチェンは少し俯くように、シィンワンから顔を背けながらそう答えた。

「約束してくれるか？」

「約束します」

今度は顔を上げてしっかりとヨウチェンが答えた。シィンワンが右手を差し出し、二人は握手を交わした。力強く、互いの気持ちを確認し合うように握りしめた。

龍聖が着替えを済ませて、寝室へ入ると、すでにフェイワンはベッドに横になり、本を読みながらくつろいでいた。その姿を見て微笑むと、龍聖もベッドに入った。フェイワンが本を横に置き、龍聖の体を抱きしめる。龍聖の頭に頰を寄せて、髪の匂いを嗅《か》いだ。柔らかな花のようないい匂いがする。龍聖がいつも使っている石鹸の香りだ。大和人《やまとびと》は風呂好きで清潔好きだから、いつでも龍聖の体からは、いい香りがする。これは結婚以来まったく変わることがない。

「今日は遅くまでお疲れ様でした。長い外遊で、ずいぶん政務が溜まっていたのでしょう？」

「ああ、溜まっていた政務ももちろんだが、外遊の後処理もあったからな……あれから執務室へ戻るなり、ラウシャンが物凄い勢いで仕事をして、オレに書簡などを回してきたよ」

フェイワンがそう言ってクスクスと笑う。

「シィンワンは？」

「ああ、今日のところは呼ばなかった。疲れているだろうと思ってな……明日からまたみっちりと仕事を覚えさせようと思う」

「お優しいのですね」

龍聖がクスクスと笑い、フェイワンも笑いながら何度も龍聖の頰や額に口づけた。

「外遊の間、シィンワンとゆっくり話せたんでしょ？　ジンヨンにも二人で乗っていたわけですし……」

「ああ、結構色々な話が出来たな」

「男同士の話？」

「ずるいなぁ……オレだって男なんですから、その男同士の話に混ぜてくださいよ」

「父親と息子の話だ」

「え〜〜！　そんなのずるい！」

龍聖が頬を膨《ふく》らませて抗議するので、フェイワンは声を上げて笑った。宥《なだ》めるように頬に口づけるが、ぷうと丸く膨らんだ頬は萎《しぼ》まない。ついに龍聖はフェイワンから顔を背けるように下を向いてしまった。

「シィンワンは悩んでいるんだ」

「え？」

フェイワンは呟くようにそう言ってから、龍聖の頭に口づける。龍聖はそれを聞いて、驚いたように顔を上げてフェイワンをみつめた。フェイワンは穏やかな表情で龍聖をみつめ返し、小さく頷いてみせた。

「悩むって……深刻なことなの？」

「そうだな……シィンワンにとっては……」

フェイワンは溜息交じりにそう答える。しかしその表情は柔らかで、それほど深刻さは感じられない。龍聖はじっとみつめて、フェイワンの言葉を待つ。

「シィンワンは、自分のリューセーを愛することが出来るかどうか分からないと悩んでいた」

「ええ!?」

龍聖はとても驚いてしまった。フェイワンはそんな龍聖の反応を見て苦笑する。

「それってどういうこと？　だってまだ会ってもいないんだから、悩むようなことではないでしょう？」

「まあ……そうなんだが……」

フェイワンはまた苦笑した。

「だけどオレにはその気持ちが分かるよ」

「え？」

「オレだってリューセーを愛せるか不安だった……もしかしたらシィンワンよりももっと不安だったかもしれない。なにしろオレには母がいない。リューセーという存在そのものが、どういうものか分からない。愛し合うことが出来なかった両親から生まれたオレには、不安というよりむしろ恐怖さえもあった。同じことになるのではないかと……」

フェイワンの話を聞きながら、龍聖は表情を曇らせる。フェイワンのことを可哀そうと思ってはいけないと、龍聖は以前から考えていた。先王が命を削って、愛し育てて成長した彼を、可哀そうなどと思うのは失礼だと思ったからだ。それでも彼の苦悩を知ると、せつない気持ちになる。

「では……フェイワンは何と答えてあげたのですか？」

龍聖は敢《あ》えてフェイワン自身の話には触れず、その先を問うた。フェイワンは穏やかに微笑む。

「みんな同じだと答えた」

「みんな？」

「竜王は、みな同じことで悩み、それを自身で解決し乗り越えてきたのだと……だから大丈夫だと答えた」

「シィンワンは何と言いました？」

「しばらく考えてから、分かったと言った。まあ……まだ悩んではいるだろうが……」

「そうですか」

龍聖も微笑んで頷いた。

龍聖は、日本の普通の青年として育ったから、この異世界において他国の王子様達が、どのように婚姻を結んでいるのかという事情は分からない。でもきっと龍聖のいた世界の若者のような自由恋愛などはないと思うし、国のため、血筋のため、定められた相手と、初対面でも結婚しなければならなかったりするのだろう。

そんな王子様達と、フェイワンやシィンワンとはまた事情が違う。彼らが伴侶とする相手は、ただ国のために定められた相手というだけではない。異世界から来る人間で、男性で、何人《なんぴと》たりとも代わりにならず、その相手と結ばれなければ、魂精《こんせい》を貰えず死んでしまうし、シーフォンという一族が絶滅してしまう。エルマーン王国が滅びる。そんな重責を背負わされている。失敗したから別の相手で……というわけにはいかないのだ。

自分がこの世界に来て、フェイワンと出会った頃のことを考えると、『リューセー側だって、相当の覚悟がいるし、不安なんだよ』って思う。けれど、子を産んで、親になって、我が息子が次期竜王として、不安を抱え、悩んでいると聞くと、次のリューセーには、シィンワンを最初から愛してあげてほしいと願わずにはいられない。

「不思議ですね」

心の中で思っていたはずの言葉が、ぽろりと龍聖の口からこぼれ出ていた。

「何がだ？」

優しくフェイワンが問いかける。問われて初めて、口に出してしまったことに気づいた龍聖は、少し赤くなって、しまったというように顔をしかめてから苦笑した。

「あ、いや……オレは正直、自分がこの世界に来た頃、ご先祖様は、なんてとんでもない契約しちゃったんだよって思ってて……シーフォンの人達とか、フェイワンのこととか、そりゃあ、色々と大変で気の毒だなぁって思ったけど、だからってオレはいい迷惑だよって思ってた。リューセーって、代々大変な損な役回りだなって……。だけどいざ、自分の息子が次期竜王として、そんなに不安に思っているって知ると、やっぱり応援したくなるでしょ？　次のリューセーは、最初からシィンワンのことを好きになってほしいなとか……まあ、親だから当然かもしれないけど、やっぱりなんか不思議っていうか……変だなって」

龍聖はそう話しながら、フェイワンと顔を見合わせる。

「じゃあ、次のリューセーに、お前から何か手紙でも書いてお願いごとを残しておくか？　リューセーとしての心構えとか……もしくはシィンワンを好きになってほしいとか……」

フェイワンが少し冗談交じりに言ったので、龍聖はクスクスと笑った。

「そんなことしないよ」

「なぜだ？」

「だってうるさいお姑《しゅうとめ》さんみたいでしょ？　そんなこと……いいんだ。シィンワンと新しいリューセーの問題は、二人が解決すればいいんだから……なんにも知らないオレでも、なんとかやってこれたんだから、次のリューセーはきっと大丈夫だよ。弟の稔《みのる》がきっとちゃんと伝承してくれているはずだから……オレは未来を信じてる」

龍聖は明るい笑顔でそう言った。

「そうだな」

フェイワンも微笑んで頷いた。


数日後、王妃の私室にいる龍聖の所へシィンワンが訪ねてきた。

「母上、少しだけよろしいですか？」

「ああ、シィンワン……いいよ、本を読んでいただけだから……さあ、入って」

龍聖はシィンワンを招き入れると、ソファに座るように勧めた。

「どうしたんだい？　改まって……」

向かいに座ってニッコリと微笑んで尋ねると、シィンワンは少しばかり言いにくそうに視線を落として考え込んだ。

「その……母上は自分が儀式をして、竜王の下に行かなければならないことを、ずっと知らずに育ったのですよね？」

「ああ、そうだよ」

「ではこの世界に来てしまったのは、偶然ですか？　それとも運命だと思いますか？」

シィンワンがとても真面目な顔で尋ねるので、龍聖は先日、フェイワンから聞いた話を思い出して
「ああ」と心の中で呟いた。

侍女が用意したお茶を一口飲みながら少し考える。

「そうだね……やっぱり運命じゃないのかな？」

「なぜそう思われるのですか？　たまたま儀式の道具を蔵でみつけて来てしまったって、以前お話しになってましたよね？」

「そうだよ……だから偶然みつけたのも、結局はそういう運命だったのかなって思う」

龍聖が懐かしむように微笑んで答えるのに、シィンワンは不思議そうな顔でなおも尋ねた。

「偶然が運命ってどういうことですか？」

龍聖はすぐには答えずに、お茶をゆっくりと何口か飲んだ。そしてテーブルの上に静かにカップを置くと、じっとシィンワンをみつめ返す。

「オレはね、当時お付き合いをしていた恋人がいたんだ。蔵で儀式の道具をみつけた日……本当はその恋人に結婚の申し込みをするつもりだったんだよ。段取りまで整えて、恋人を迎えに行く時間になってて……そのまま行けばよかったのに、オレはなぜだか儀式の道具が気になって仕方なかった。道具に呼ばれているような気がしたんだ。指輪を手に取って、一人で儀式を行うような形になってしまった。それはすべて偶然なんだろうけど……偶然ならば、もっとずっと前でも、もしくはずっと後でも、いつだって良かったはずなんだ。なのに『あの日』だったのは、運命なんだと思う」

シィンワンは龍聖の話を聞いてとても驚いていた。母に昔恋人がいたという話が、何よりも驚きだった。父以外に愛した人がいたなんて……。

「その恋人は、どうなったのでしょうか？　母上はその方のことを忘れられたのですか？　会いたいとは思わなかったのですか？」

「んー……実はね、薄情だと思われるかもしれないけど、彼女のことはすっかり忘れていたんだ。自分でもびっくりするくらい。本当にあの頃は、毎日が色々といっぱいいっぱいで、恋人どころか親兄弟のことさえも思い出さないくらいだったんだ。そりゃあ、こっちに来てすぐの頃は、彼女のことを思っていたよ。……彼女はどうしているだろう？　とか、心配しているだろうか？　とかね。フェイワンと結婚しないといけないなんて言われて、オレには恋人がいるのに、とかね……。でも次第にそんなことを考える余裕もなくなって……そして気が付いたらフェイワンを好きになってたんだ」

龍聖はそう語ってから、それを聞いているシィンワンの表情を見て、笑ってしまいそうになった。なぜなら眉間を寄せてとても複雑そうな顔をしていたからだ。

「その方のことを愛していなかったのですか？」

「そんなことはないよ、シィンワンはなぜそう思うんだい？」

「だって……愛する人がいるのに、別の人の方を好きになってしまうなんて……」

「だから運命だって言っただろう？」

龍聖がニッコリ笑って言ったが、シィンワンの表情は変わらなかった。

「人はね、不思議なことに愛そうと思えば何人でも愛することは出来るんだよ。もちろんその中に、特別って人もいるんだけど……彼女のことだって、別に嫌いになって別れたわけじゃないんだから、離れてても愛していたよ。気持ちが変わったわけじゃない。でも彼女よりももっと愛する人が出来てしまったら……仕方ないよね」

「仕方ないですか？」

「仕方ないよ。だってどっちを選ぶか悩もうにも、彼女の方にはもう二度と会えないんだから、今ある『好き』とか『愛している』っていう気持ち以上に、愛を育《はぐく》むことは出来ないんだ。ならば側にいる人をどんどん好きになっていくのを止められないし、フェイワンの方を選んでしまうのは仕方ないだろう？　そしてそれも運命なんだろうなって思う」

シィンワンがまだ眉根を寄せているので、龍聖はクスリと笑った。

「オレだって誰でもいいってわけじゃないよ。好みはあるし、嫌だって思うタイプもいる。まあその点で言うと、フェイワンが男であるという点では、好み以前の問題で、恋愛対象としては見ることが出来ない相手だった」

その言葉を聞いて、シィンワンは一度大きく目を見開き、やがてまた眉を寄せて複雑そうに顔をしかめる。とても驚いて、どういうことだよと不審に思うといった感情の変化だろうと、龍聖はそれをみつめながら思って、「ふふふ」とほくそ笑む。

「そんな相手を好きになっちゃうんだから、もう運命以外の何物でもないだろう？　オレのそれまでの人生の中では、絶対に愛することはない相手なんだ。恋人もいて、その恋人のことを愛していたはずなのに……。彼女には本当に悪いことをしたって思っている。ああっ、別に他の相手に乗り換えたことを悪いと思っているって意味ではないよ？　ちゃんと別れてあげられなかったこと……オレ、こっちの世界に来る直前に彼女と電話で話をしているんだ。……あ、電話っていうのは……遠く離れた相手と話をする装置のことだよ。だからなおさら……彼女は、オレが行方不明になった事件の最後の目撃者みたいな立場になっちゃってると思う。きっとオレが消えたってこと……もしも警察とか周囲の人が『失踪した』って言ったとしても、彼女だけはそれを信じられずに、事件に巻き込まれたと思って、とても心配したと思うんだ。殺されているかもとか悪い方向に考えたかもしれない。すごく心配させることになってしまって……オレはなんだか怖くて、稔に彼女のことを聞けなかった」

龍聖はそこまで話して、視線を落とした。沈んだような様子の龍聖に、シィンワンはしかめていた表情を和《やわ》らげると、しばらくの間黙って龍聖をみつめていた。そしてお茶を飲むと、ほうっと息を吐く。

「ミノル様に聞けなかったというのは……以前、シェンファ姉様と竜神鏡《りゅうじんきょう》を通して、母上の世界とこちらの世界をつなげて話をしたという時のことですか？」

「うん、そう、あの時……聞きたいことはいっぱいあって、夢中で話して……その時ふっと彼女のことが頭をよぎったんだけど、口に出そうとした時なんだか怖くなっちゃったんだ。もしも彼女がオレのせいで不幸になっていたら嫌だと思って……でも後になってやっぱり聞いておけばよかったとずいぶん後悔したんだけどね」

龍聖は苦笑しながら頭をかいた。だがその表情は、とても悲しげで、今もなおそのことを思い出すと辛いのだということが窺《うかが》えた。

「もう一度、姉様に頼んで向こうの世界と交信はしなかったのですか？」

「そんなこと出来ないよ……あれはとても消耗するらしいんだ。それもシェンファ自身ではなく、オレに向こうと交信させることは、とてつもなく力を使う……。彼女の体のことを思うと、もう二度とさせることは出来ないと思った。フェイワンもね、やってはだめだとシェンファに言い聞かせていたし……親として娘にそんなことはさせられないよ」

シィンワンはそれ以上、何も言えなくなり黙り込んでしまった。二人とも何も言わずに、視線を落としてテーブルの上のカップをみつめていた。少しして龍聖が、ポットを手に取り二人のカップにお茶を注ぎ足した。ふわりと湯気が立ち、甘い香りが漂う。

「つくづくオレって薄情でひどい男だよね」

「え……」

シィンワンがハッとしたように顔を上げて龍聖を見ると、龍聖はまだ俯いてカップをみつめていた。

「自分の幸せのことしか考えてなかったんだ。ひどいだろう？　今話した彼女への想いだって、そんな風に考えるようになったのは、ずいぶん後になってからなんだ。シェンファを産んだ後くらいだったかな？　……娘を産んで……この子はどんな女の子になるんだろうなんて考えていた時に、ふと彼女のことを思い出した。それまですっかり忘れていたなんて……向こうの世界では、もしかしたら彼女はオレを想って泣いていたかもしれないのに……オレはフェイワンに愛されて、フェイワンを愛して、幸せいっぱいだったんだ。本当にひどいよね」

「そんなことはないと思います。母上には母上の事情があったのですから……生きていくためには必要なことだったのでしょう？　たった一人でこの世界に来て、きっととても心細かったはずです。それを父上が愛して、側にいて、母上を支えてくれたのだとしたら、心惹かれるのは仕方のないことですよ」

シィンワンは一生懸命に慰めようとした。それは、今までシィンワンが考えたこともない言葉だった。自然と口から出て、自分でも驚く。龍聖は顔を上げると、そんなシィンワンをみつめて微笑んだ。

「ありがとう……フェイワンと愛し合ったことは、少しも後悔なんてしてないよ。言っただろう？　運命だって……。でもね、そんな風に……リューセーの方にだって、それまでの人生とか、個々の事情はあるんだよ。君のリューセーが、どんな事情を抱えて、この世界に来るかは分からないけど……

優しくしてあげてね」

龍聖はそう言って微笑んでから、少し身を乗り出すと、両手を上げてシィンワンの顔を両の掌《てのひら》で包み込むように触った。

「でも君は大丈夫だね。君はちゃんとリューセーのことを分かっているもの……たった一人でこの世界に来て、とても心細いはずだって言ってくれただろう？　君の優しさが、きっとリューセーにも伝わるはずだよ」

シィンワンは最初、驚いたように目を見開いて龍聖をみつめていたが、その言葉にやがて微笑みを浮かべた。


シィンワンは、王の執務室でフェイワンの仕事の手伝いをしていた。ここ二年ほどはずっとフェイワンの側で仕事を手伝い、国務とはどういうものか、王の役目とはどういうものかを学んできた。

本来シーフォンは、百歳で成人を迎えてから仕事に就《つ》く。

シィンワンは皇太子なので、王として必要な学問などは、すべて物心ついた頃より養育係のユイリィやタンレン、ラウシャンなどから助けてもらい学んできた。だからこの二年父王の下で学んでいるのは、言わば実践的な経験を積むためだ。接見の席にも毎回同席し、外交のため近隣の友交国を訪問する時も同行した。先日は初めて、数ヶ国を巡る長期間の外遊にも連れていってもらった。一年を通して行われる様々な祭事や式事に関しても、経験を積んだ。

王として学ぶべきことを一通り覚えながら、眠りにつく日が刻々と近づいているのを日増しに感じている。それを思うと、フェイワンの側で過ごすこの時の僅《わず》かな一瞬でさえ、とても大切に思えてくる。

元々真面目なシィンワンは、さらに真剣に自分のやるべき仕事に集中した。そんなシィンワンを、間近でみつめながら、フェイワンは複雑な気持ちになっていた。

龍聖から最近はますます貴方に似てきたと言われ、そう意識すると、自分の若い頃はこうだったのかと思うとともに、その頃の父のことも思い出すようになった。父はどんな思いで自分のことをみつめていたのだろうと思う。

フェイワンを成人させるために、自らの魂精をすべて注ぎ込んだ父。魂精が欠乏して『渇いた状態』を自ら経験したフェイワンには、その辛さがいかばかりであったか想像がつく。魂精が欠乏しながらも、その自身の体を保っている魂精を我が子に注ぎ込むというのは、よほどの精神力がなければ出来ないことだ。

体は小さく縮み、骨と皮だけになり、枯れ木のような姿で、朽《く》ちるように死んでいった父。それでも一度もフェイワンには、母であるリューセーを悪くは言わなかった父。

あの頃、父から魂精を貰うのがとても苦痛だった。自分が父を食らいつくしているようで……父を殺してしまうようで……本当に辛かった。

でも多分、あの大いなる父の愛があったから、龍聖を愛することが出来たし、今また息子を見守ることが出来るのだと思う。

こうして立派に成長した息子の姿を見るだけで、生きてきてよかったと思える。エルマーンの明るい未来が見えるようだ。父もそうだったのだろうか？

「どうかされましたか？」

シィンワンは不思議そうな顔で、こちらを見てそう言った。じっとみつめられていることに気づいたようだ。フェイワンは笑みを浮かべて首を振った。

「いや……ちょっと休憩しないか？」

「あ、はい」

フェイワンは侍女を呼んで、お茶の用意を頼んだ。机の上の書簡を簡単に片づけると、部屋の中央にあるソファへと移動して、二人で向かい合って座った。侍女がお茶と菓子を運んできて、テーブルの上に並べると、一礼して去っていく。

「そういえば、最近ヨウチェンが、とても真面目に勉強するようになったとユイリィが言っていたよ」

おかしそうにフェイワンがそう言うと、シィンワンはクスリと笑った。

「お前、ヨウチェンに何か言ったのか？」

「ええ……まあ……約束をしたのです」

「約束？」

「私が目覚めた未来で、頼りになる参謀になっていてほしいと」

シィンワンの言葉に、フェイワンは笑った。

「それではオレも、バシバシと鍛《きた》えてやらねばならないな……だがあの暢気でマイペースなヨウチェンが、よく素直に応じたものだ。よほどお前のことが好きなのだろう」

「そうなら嬉しいのですが」

「シィンワン、人は財産だ。特に身内は……我らシーフォンにとっては、血族は何よりも大切なものだ。竜王がどんなに力があっても、一人では国は作れぬ。それを忘れて我が力を過信した時、この国は滅びるだろう。決して慢心してはならないぞ」

フェイワンは、もう何度も繰り返してきた言葉だと分かっていても、強く言い聞かせる。

「はい、私はまだまだ未熟者ですから、慢心しようもありませんが……肝《きも》に銘《めい》じておきます」

シィンワンが微笑みながらそう答えると、フェイワンは頷いてみせた。

「リューセーも大切にしなければならない。これは国務と同じくらいに重要だ」

「はい、それも……」

同じように何度も聞かされた言葉に、シィンワンは微笑む。

「そうだ……父上、父上は母上がこの世界に来たことは偶然だと思いますか？　それとも運命だと思いますか？」

「ん？　もちろん運命だ」

フェイワンはニヤッと不敵な笑みを浮かべて答えた。シィンワンは少し驚いたような顔でフェイワンをみつめる。

「なぜそう言いきれるのですか？　母上はずいぶん遅れて来られたのでしょう？　それも契約のことを何も知らずに……たまたま蔵で、儀式の道具をみつけたので、来ることが出来たと聞きましたが……」

シィンワンは母にしたのと同じ質問をしてみた。それに父が迷うことなく、母と同じ答えを言ったので驚いたのだ。

「偶然などではない。リューセーは、あの時に来ることが運命だったのだ。竜王とリューセーには、偶然などでは決してありえない結びつきがあるのだ。偶然というのなら、もっと前でも後でもよかったのだろう？　あの時がそう定められた時だったんだ」

「母上も同じようなことを申されました」

「当然だ」

自信満々でフェイワンがそう答えると、シィンワンは呆気にとられながらも笑って頷き返した。二人はそうなのだろうと、シィンワンにも分かる。シィンワンにとっては理想の夫婦だ。

満足した笑顔でお茶を飲み干すと、仕事に戻ろうと立ち上がろうとして、シィンワンはふとあることが頭に浮かんだ。

「父上……父上は母上だけが生涯ただ一人の相手ですか？　以前に好きな相手などはいましたか？」

「いや、リューセーだけだ」

「でも母上は、向こうの世界に恋人がいたと言われました」

「ああ、知っているよ」

「え!?」

思わず言ってしまったものの、それをさらりと肯定《こうてい》されて、シィンワンは驚いた。

「リューセーに最初の頃に言われた……だけどそんなことでは別に怒らないし、嫉妬もしない」

「なぜですか？　母上はよく父上のことを焼きもち焼き屋だと言っていましたけど……」

不思議そうに尋ねるシィンワンに、フェイワンは余裕の笑みを浮かべて首を振る。

「もちろんオレは焼きもちをよく焼くし、嫉妬深い方だと思うよ……今目の前で、愛するリューセーが、オレ以外の誰かに好きだと言ったり、ベタベタしたりしたら、嫉妬して当然だろう。リューセーはオレのものなのだから……。でも、リューセーが過去に誰と愛し合っていようが、それはもう過去のことだ。オレがリューセーを愛することには何の支障もない。嫉妬するのは、リューセーへの愛の形でもある。だからたとえリューセーが、オレのことを愛していなくても、オレがリューセーを愛する気持ちは変わらない。全身全霊で愛するだけだ」

「今は嫉妬するけど、昔には嫉妬しないのですか？」

「昔のことは、オレがこの目で見たわけではないからな。聞いただけの話に嫉妬しても仕方がないだろう？　それにその頃はオレのものではなかったんだから、それも仕方ない」

言われてシィンワンはなるほどと思った。

「母上が父上を愛してなくてもとおっしゃいましたが……それってどういうことですか？　それでも愛するって……どういうことですか？」

「お前は、大好きな人が、自分のことを好きじゃなかったら、嫌いになってしまうのか？」

「え？　……」

シィンワンは思いがけない質問に、戸惑ったように言葉をなくした。フェイワンは微笑んでいる。

「それは……好かれてないと知れば悲しいですが、だからといって嫌いにはならないと思います」

「それと同じだよ。オレがリューセーを愛した時は、まだ向こうはオレのことを愛していなかったんだから……。リューセーを愛しているという気持ちは、リューセーがオレのことをどう思っているかとは関係がない。そりゃあ、相思相愛で愛し合うのが一番いいのは分かっているが、そうでなくても、オレは全身全霊でリューセーを愛する。これからもずっと、永遠にだ」

フェイワンはそう情熱的な瞳で語った。

「シィンワン、いつかお前にもそれが分かる日が来るだろう」

シィンワンは父の情熱に圧倒された。


シィンワンが愛について、確かな答えを見つけ出せないまま、とうとうその日がやってきてしまった。

眠りにつく前の晩は、いつにもまして静かな夜だった。一人で考えごとをするのに、よい夜だ。

情熱的で深い父の愛。

豊かで穏やかな母の愛。

どちらにも憧《あこが》れる。自分がそうなれたらいいのにと思う。

私は、私のリューセーをどんな風に愛するのだろう……。

シィンワンは、ベッドに座りずっとそんなことを考えていた。ふと、視線を窓へと移すと、カーテンの隙間からほんのりとした明かりが見える。もうそろそろ夜明けなのだ。

結局、一睡も出来ぬまま、ただぼんやりとしたり、考えたり、色々な懐かしいことを思い出したりして過ごしてしまった。どうせこれから長い眠りにつくのだ。一晩徹夜で明かしたところで、どうということもないだろう。

シィンワンはベッドから降りると、窓辺に向かいカーテンを開けた。見慣れた風景だ。空が白んでいる。険しい赤い岩山の峰が、ぼんやりとした輪郭《りんかく》で薄闇の中に浮かぶ。紫色の空には、まだ星がチラホラと見える。早起きの竜が二頭、静かに舞っているのが見えた。あれは誰の竜だろうかと、しばらくぼんやりと眺めた。

次第に空が明るくなりはじめる。シィンワンは窓を開けてテラスへと出た。少しばかりひんやりとした空気を、大きく吸い込む。テラスの縁まで来て、見下ろすと、眼下に城下町が広がっている。道行く人影が、点々と見える。アルピン達はみな真面目で働き者だ。早起きの者達は、これから畑へと向かうのだろうか？　こちらへ向かって歩いてくる者達は、城勤めの者だろう。工房の始業にはまだ早いから、交代の兵士か、侍女か、下働きの男達か……そんなことを考えながら、いつまでも眺めていた。

そんなに感傷的にならなくても、次に目覚めた時も、きっとこの風景は変わってないだろう。でも今、目に映る人々は、その時もうこの世にはいないのだ。そう思うと、すべてが愛しい。

父に教えられた。王は一人では国を作れないと……仲間であり家臣であるシーフォン達も大事だが、国民であるアルピン達も大事だ。彼らが真面目に働いてくれるおかげで、この国は成り立っている。それを決して忘れずにいよう。

シィンワンは、次第に増えはじめた街を行き交う人々をみつめながらそう思った。やがて顔を上げて、視線を北へと向ける。そこには古い城がある。岩山と同化しているような、赤茶色の城。そのほとんどが、岩山をくりぬいて造られた原始的な城だ。これからそこで長い眠りにつく。

すっかり日が昇っていた。気が付くと、たくさんの竜達が空を舞っている。シィンワンに挨拶《あいさつ》でもするかのように、時折近くを飛んでは、グルルッと鳴いて去っていく何頭もの竜を、シィンワンは微笑みながらみつめた。

「また会おう」

シィンワンは独り言のように呟いて、部屋の中へと入っていった。


北の城。古いその城は、初代竜王が築いた城だ。そして代々竜王の儀式が行われてきた城でもあった。

百歳を迎えたシィンワンは、儀式を行うために来ていた。父王フェイワンと母である龍聖とともに……。

これは親子にとっての永遠の別れでもある。

次期竜王となる皇太子は、百歳となり成人を迎えると眠りにつく。それは同じ時代に二人の竜王が存在してはならないからだ。現竜王が崩じて自分の時代が来るまで、ここで眠りにつきその時を止めるのだ。

新しき竜王は、若き王として竜王の座に就かなければならない。現王が元気でその治世がまだ長く続くならば、ともに年を取るわけにはいかず、眠りにつかなければならない。

現王が崩じる時に目覚める……それは父王の『死』を意味する。つまりシィンワンはフェイワンの死に目に会うことは叶わず、またフェイワンも、シィンワンが王位に就くその姿を見ることが出来ない。それは初代ホンロンワンが定めた慣《なら》わしである。

そして父王が、天寿を全《まっと》うするならば、おそらく母とも会えないだろう。

すべての儀式を終え、身支度を済ませたシィンワンは、眠りにつくための部屋の前で、両親と最後の別れをした。

フェイワンと龍聖は、ずっと何も言わずに長い時間シィンワンを愛しむようにみつめていた。離れがたい気持ちは皆が同じであった。

やがて龍聖が両手を広げてシィンワンをギュッと強く抱きしめた。

「愛しているよ、シィンワン」

「母上」

龍聖はそれ以上何も言わなかった。別れの言葉もない。ただ心から愛していると告げたのだ。シィンワンもまたその体をそっと抱きしめた。やがてゆっくりと体が離れていく。龍聖はせつなげな顔をしながらも笑ってみせた。

「シィンワン」

フェイワンの呼びかけに、シィンワンはじっと父王の顔をみつめた。フェイワンは右手を差し出した。その手に握手で応える。大きく力強い手だった。幼き頃より尊敬し、ずっと憧れていた父の手。

「お前の良き国を作れ」

「はい、父上」

シィンワンは強く握り返して頷いた。

やがて時が来た。シィンワンは二人に別れを告げるように一度、深々と頭を下げた。そして厚く重い扉を開き部屋の中へと入っていく。この扉を閉めればそれが永遠の別れであった。

「父上、母上、私は私の国へ旅立ちます。どうかその時までお健やかにお過ごしください」

二人は微笑んで頷いてくれた。シィンワンは泣きそうになるのをグッと堪《こら》えると笑みを作ってみせた。

「君のリューセーによろしくね」

扉を閉めようとした時に龍聖がそう声をかけたので、シィンワンは笑って頷くと、ゆっくりと重い扉が閉じた。

シィンワンが新しき竜王として目覚めるのは、それから約百年の後のことである。

第1章　目覚め

真っ暗で深い闇の底にいた。まず気が付いたらそうだった。とにかく静かだと思った。そんな闇の底でどれくらいの時を過ごしたのか分からない。ただ『自分』という存在に意識が戻りはじめたことは分かる。

深い眠り、覚めると闇、それの繰り返しが続く。眠りと闇の境が果たして本当にあるのかどうかも分からない。だが眠っている間は夢も見ない。『無』になる。覚めると闇があるが、『闇がある』と認識する意識がある。そこには『自分』がある。

やがて変化が起きた。目を覚ますとそこには闇ではなく、淡い赤い光が見えた。『光』と『赤』というふたつの存在は、自分をひどく刺激する。『眠り』と『赤い光』そのふたつが、自分の中のすべて。ただそれだけなのに、そこには『生』を感じられた。淡い赤い光は、とても穏やかで優しい。体中を包み込むようだ。赤い光に包まれる自分の体と、その中心でゆっくりと鼓動を打つ自分の心臓を感じる。

ようやく『自分』という存在とともに『肉体』の存在も感じるようになった。頭、胴、手、足……ゆっくりと意識がそれぞれの体の部分を確認する。それは動かすということではない。そこにあるということを感じるだけだ。

それからまた眠りと赤い光とを繰り返す。

やがてゆっくりと目を開いた。それは『意識』ではない。自分の『両目』を開いた。ぼんやりとした視界に、何度か瞬きをする。そして無意識に、ハアと小さく息を吐いた。何も音のない静けさの中で、その「ハア」というかすかな自分の息の音が耳から入る。

目、口、耳を感じた。

そしてまた目を閉じて眠りにつく。


どれくらいの時間をかけて、目覚めたのかは自分では分からない。完全に意識を取り戻し、体を自分の意思で動かせるようになった頃、次の目覚めの時に、すぐ側に人の姿があった。


「お目覚めですね。シィンワン様」

「……ああ……おはよう」

少しかすれ気味の声で答えた。ぼんやりとした顔で、声の主をみつめる。美しい金の巻き毛のまだ年若い青年だった。顔に見覚えはない。

「君は？」

「ネンイエです。シィンワン様……お久しゅうございます」

「ネンイエ……え？　君がネンイエか？　あの小さな……そうか……もうそんなに時が経《た》ったのだな」

ネンイエは、シィンワンの姉シェンファと、外務大臣ラウシャンとの間の子だ。シィンワンが眠りについた頃は、まだ十歳くらいでヨチヨチ歩きの小さな子供だった。シィンワンが感慨深く溜息をつくと、ネンイエは微笑んで頷いた。

「そろそろお目覚めの時かと、お待ち申し上げていました」

ネンイエの言葉を聞きながら、シィンワンはゆっくりと体を起こそうとした。背中や腰のあちこちがミシミシと痛んで顔を歪ませる。ネンイエが慌てて補助をして、なんとか上体を起こした。まず自分の両手をみつめながら、手を開いたり握ったりしてみた。それから両手で顔を擦る。

「ひげが伸びているかと思ったよ」

「数日前から、こちらには通っておりましたので、その間にシィンワン様の身支度をさせて頂きました」

「そう」

シィンワンは少し驚いたような顔をしてから、クスクスと笑う。

「残念だ。ボウボウにひげが伸びていたのなら見てみたかった。じゃあ、君だけが見たんだね」

「さあ、最初にこちらを開けられたのはヨウチェン様でしたから……ヨウチェン様は、今、国王代理で大変お忙しくしていらっしゃるので、私が交代でこちらに参っております」

ネンイエがクスリと笑ってそう説明した。シィンワンは微笑みながら頷くと、大きく深呼吸をした。

「どうしてそろそろ目覚めると？」

「竜王が卵から孵《かえ》りましたので」

「そう……竜王が孵ったか……名前をつけてやらねばな……。ネンイエ、手を貸してくれないか？外の景色を見たい」

「まだあまり無理をなさらない方が……」

「頼む」

シィンワンに強い意志のあるまなざしでそう言われて断れる者などいない。ネンイエはシィンワンに肩を貸すと、ゆっくりと歩いてその赤い明かりの灯《とも》る部屋を出た。扉を開くと目に眩いほどの光がシィンワンを包む。シィンワンは一瞬目が眩《くら》んで足を止めた。ゆっくりと深呼吸をしながら、薄目を開けて少しずつ目を慣らしていく。

そこは光の溢《あふ》れる部屋だった。天井から差し込む光は、日の光に似ていた。広い円状の広間の中央には大きな円卓があり、静かな水のせせらぎが聞こえる。部屋の隅には絶え間なく水の湧き出る噴水のようなものがあり、そこから流れ出る水が自然の流れを作り、それは部屋の周囲を流れて、やがてどこかへと流れ出ているようだった。

澄んだ空気が満ちた部屋だった。

シィンワンはようやく目が慣れてから、大きく深呼吸をした。それからゆっくりと歩き出す。広間を横切ると、テラスへ続く扉へと向かった。ネンイエがゆっくりと扉を開くと、ブワッと風が吹き込んで、二人の衣を巻き上げる。シィンワンはその風を、とても心地好さそうに全身で受けた。

テラスへと出て、端まで行くと縁に両手で摑まり、はるか眼下に広がる光景に目を細めた。周囲を巨大な壁のように取り囲む赤茶色の険しい岩山、対岸のもっとも大きな岩山の壁面にそびえる城郭《じょうかく》。盆地のような緑の大地と、そこに広がる城下町。

青い空には多数の竜が飛びまわっていた。それらすべての光景が見慣れているものと、何ひとつ変わりなく見えた。

シィンワンはしばらくの間、ジッと無言でみつめていた。それを支えるようにネンイエが側に立つ。

「何ひとつ、私が眠る前と変わりなく見えるというのに……もう父も母もいらっしゃらないのだね……。お二方はいつ頃身罷《みまか》られたのだ？」

「はい、一年ほど前になります」

「一緒に？」

「先に、陛下が身罷られまして、二日後にリューセー様も後を追うように……」

「そう……安らかだったか？」

「はい、それはもう……穏やかに眠るように……お二人とも微笑んでいらっしゃいました」

「そうか」

シィンワンは小さく頷くと、また遠くの空をみつめた。

竜王として生まれた時から、この運命は覚悟していたことだ。決して両親を看取ることは出来ない。シィンワンは、眠りにつく時のことを思い出していた。この初代竜王の居城であった北の城を、父王のフェイワンと母龍聖の二人とともに訪れた。最後の別れを交わして、シィンワンは眠りについたのだ。

あの時、龍聖にしっかりと抱かれた感触は、まだ昨日のことのように覚えている。強く優しかった母。

固く握り合った父の力強い手の温もりもまだこの手に残っている。

『お前の良き国を作れ』

父は笑顔でそう言った。

「あれは？」

シィンワンは城下が、黒く沈んで見えることに気が付いた。

「はい、城下のアルピン達は、ずっと窓や戸口に黒布を垂らして、亡き陛下とリューセー様に哀悼の意を捧げているのです」

「そうか……アルピン達に慕われていたからな……母上はアルピンにとても優しかった」

「はい、万民に等しく優しい方でした」

ネンイエがしみじみと語るのを、シィンワンは深く頷いて目を閉じる。もうこの世に二人はいないのだと、頭では理解しているし、こうして人の口から聞いてさらに念を押されるように確認したというのに、不思議と悲しみはなかった。それは覚悟していたからというのもあるが、まるで語り部《べ》の話でも聞いているかのように、自分には関係のない別の次元の話のように聞こえているからだ。

こうして父と母のことを思い出しても、その記憶はつい昨日のことで、『懐かしい』というような遠い記憶ではないからかもしれない。

シィンワンは自分の頭の中で、気持ちを整理しようと努力した。

「……皆は息災《そくさい》か？」

「はい」

「シェンファ姉上が元気だろうってことは想像がつくよ」

「母が、シィンワン様に会いたくないと申しておりました」

「姉上が？　なぜだ？」

「それが……自分は老けてしまったのに、シィンワン様が昔の若いままなのが憎らしいからと言って……」

「ハハハハハ……姉上らしい」

シィンワンが高らかに笑うと、空を舞っていた竜達が一斉に鳴きはじめた。竜達の鳴き声が空を覆いつくす。

「ああ……このような嬉しそうな竜達の鳴き声は久しぶりでございます」

ネンイエがほっとした様子でそう言うと、シィンワンは微笑みながら静かに頷いた。


シィンワンはそれから十日ほどそこで過ごし、完全なる体の回復を待った。その後ネンイエに連れられて、本来の宮である王城へと戻った。

まだ即位を済ませていない目覚めたばかりの次期王は、掟《おきて》により慎ましく出迎えられた。近しい家族……兄弟のみの出迎えである。

「ああ、シィンワン！　シィンワン！　憎らしいくらいに何も変わっていないのね」

豊かな黒髪をなびかせながら、美しい貴婦人が駆け寄ってくると、シィンワンを抱きしめて、頬に何度も口づけた。

「姉上も何も変わっていらっしゃいませんよ。相変わらずお美しい」

「まあ、嫌だわ、シィンワン。貴方、ずっと寝ていたくせにいつの間にそんなお世辞が言えるようになったの」

「睡眠学習ですよ。姉上」

シィンワンがニッコリと笑ってそう言うと、彼女はコロコロと鈴を転がすような笑い声を上げた。

「ネンイエが立派になっていて驚きました。ラウシャン様によく似ておいでだ」

「うふふ……もう見た目では貴方と変わらないくらいでしょ？　なんだか変な気分だわ」

シェンファはそう言って、目の前のシィンワンと、その後ろに立つ息子のネンイエを見比べて、ほうと溜息をついた。

「シェンファ姉様、独り占めはいけませんわよ？　私にも久しぶりの挨拶をさせてくださいな」

シェンファの後ろから、淡い桜色の髪を綺麗《きれい》に結《ゆ》い上げた婦人が、笑いながら進み出た。

「インファ姉上」

「シィンワン……会いたかったわ」

シィンワンとインファも抱き合った。

「ヨウチェン、ナーファ、フォウライ、アイファ、ファーレン……みんな立派になって」

「兄上が昔のままで、私達よりも若いのはなんだか不思議な感じです」

ヨウチェンがニコニコと笑いながら言って、他の弟妹達も一緒に笑って頷いた。

「兄弟一同、貴方が目覚める時を待っていましたよ……おかえりなさい」

シェンファが代表してそう告げると、兄弟達が一斉に「おかえりなさい」と続けた。シィンワンは微笑んで「ただいま」と答えた。

シィンワンは、自分のために用意された王の私室へと案内された。そこは眠りにつく前までシィンワンが使っていた部屋ではなく、かつて父王であるフェイワンが使っていた部屋だ。兄弟達の見守る中、シィンワンは部屋の中央まで進むと、グルリと部屋の中を見回し、感慨深いような表情で溜息をついた。

かつて何度か入ったことのある奥の間。シィンワン達、王の子供達が過ごす部屋のさらに奥に、王と王妃の私室があった。今、彼のために用意された王の私室は、かつての部屋とまったく同じ部屋ではあったが、新しく王となるシィンワンのために壁紙から絨毯《じゅうたん》、調度品のすべてが新しく替えられてしまっていた。それをなんとも寂しく思う。

「シィンワン、貴方の気持ちも分かるわ。貴方にとっては、ほんの数日前までお父様が使っていらっしゃった部屋ですものね……でも今のこの世界は貴方の知っている世界ではないの。貴方が眠ってから百年あまりの時が流れたわ。お父様もお母様も一年前に逝ってしまった。貴方が新しい竜王としての自覚を持つためには、すべてを新しくする必要があったの。そうしなければ、百年の時を眠っていた貴方には、それが実感出来ないでしょ？」

シェンファがシィンワンを諭《さと》すように語った。シィンワンはシェンファには背を向けたままで、その話を静かに聞いていた。目を閉じて物思いにふけるかのように。

「それに前のままでは、余計にお父様達を思い出して辛いわよ？」

「姉上、分かっています……すべての覚悟はとっくに出来ているのです。私は幼き頃より、次期竜王としての教育を受けてきました。眠りのことも、父上達との永遠の別れのことも……嫌になるくらいに何度も言い聞かされてきたのです。だから誰よりも覚悟が出来ているつもりでした。ただ……姉上の言う通り、こうして現実を突きつけられなければ、なかなか実感が湧かないものだと……今になってようやく、本当に父上達が、もうこの世にいらっしゃらないのだと感じて、悲しくなったのです……死に目にも会えなかった私の気持ちも分かってください」

シェンファ達に背を向けたまま、俯いて、目を閉じて、穏やかな口調でそう語るシィンワンに、皆が言葉を失い一様に悲しみの表情になった。

「しばらく一人にしてあげるわ……夕食でまた会いましょう」

シェンファはそう言って、皆に合図をすると部屋の外へと出ていった。残されたシィンワンはしばらく佇《たたず》んでいたが、目を開けて再び部屋を見回した。

何もかもが変わってしまっている部屋。父王フェイワンは、青色が好きだったので、絨毯は深い濃紺、壁は淡い水色に藍色の模様の入った落ち着いた壁紙が使われていた。奥の書斎には、大きな黒い書斎机が置かれていて、そこでいつも本を読んだり、書き物をしている姿を見た。書斎の壁には一面の天井まである作りつけの本棚。そこにはびっしりとたくさんの書物が置かれていた。

今はシィンワンの好きな緑色で統一されている。絨毯は深緑、壁は淡い若草色に土色で模様が描かれている壁紙。書斎にはフェイワンが使っていたものに少し似た形の濃い茶色の書斎机、壁にも本棚があるが、まだ半分も埋まっていない。そこに置かれている本は、以前のシィンワンの部屋に置いてあった本達だ。部屋の中は真新しい木の匂いがした。

シィンワンはゆっくりと歩き出した。

書斎の隣には寝室がある。寝室は幼い頃にはよく入っていたが、ある程度の年になってからは、入ることがなくなった。記憶も朧気《おぼろげ》で、ベッドがどうだったのかは覚えていない。

居間には、大きなダイニングテーブルがあり、よくここで家族で食事をした。フェイワンとシィンワンは、食べ物を摂らなくても大丈夫なのだが、みんなと一緒にする食事が大好きで、軽く料理も口にした。その隣には、大きなソファがふたつ。家族全員が座って、よく色んな話をした。兄弟が増えてからは、全員が座ると狭くなるというのに、みんなわざとギュウギュウに身を寄せ合って座った。男の兄弟はみんな母と座りたがり、女の兄弟はみんな父と座りたがった。

それを側で微笑みながら見守る母の側近のシュレイや、養育係のユイリィの姿までもが、目に浮かび、シィンワンは微笑みながらしばらくの間じっとソファをみつめていた。

ダイニングテーブルもソファも、当時のものとは違う新しいものになっているけれど、そこにある風景は色褪《いろあ》せることなく目に浮かべることが出来た。

シィンワンはゆっくりと移動した。居間を出ると次の間がある。ここは、王に面会を申し出てきた者と会うための客間のようなものだ。客といっても外の者はここまでは入れない。シーフォンの者と会う時に限られる。その次の間を横切ると従者の控えの間があり、そこを抜けてようやく廊下に出る。

一度廊下に出て隣の部屋へと向かった。隣には王妃の私室がある。

以前は、母・龍聖が使っていた部屋。龍聖は緑が好きだったので、緑色で統一された部屋だった。シィンワンが緑を好きなのも、母の影響だ。

今は……そこは白い部屋だった。クリーム色の壁、クリーム色の絨毯。それ以外は何もない部屋。新しくシィンワンの王妃となるリューセーがこの世界に来て、シィンワンと結ばれて王妃になった時、ここは新しい王妃の好む部屋となるのだろう。

シィンワンは部屋を見回して、また溜息をついた。目を閉じれば、以前の部屋の様子が浮かぶ。シィンワンはよく母の部屋に入った。明るくて優しかった母。

シィンワンはパタリと扉を閉めると、グイッと乱暴に右の袖で両目を擦ってから、凛《りん》とした顔に戻り歩き出した。

王の私室へと戻る。扉の前に警護の兵士が二人立っている。シィンワンは扉前で足を止めると、二人の兵士を交互にみつめた。兵士は突然じろじろと見られて驚いたように恐縮している。

「陛下、何か御用でしょうか？」

「まだ即位していないから陛下ではないよ。今はまだ『殿下』で……ところで私の竜に会いに行きたいのだけど」

すると二人の兵士は顔を見合わせて、少し困ったような顔をした。

「まだ出歩いてはだめなのかい？」

「王宮内なら構わないとは思いますが……念のため確認をさせて頂いてもよろしいでしょうか？」

「ああ、構わないよ。勝手にしたら君達が叱られてしまうだろうからね……タンレン様に尋ねるの？」

「あ、いえ、タンレン様は位を退かれて、今、国内軍務大臣は弟のシェンレン様が務められています」

「タンレン様は息災か？」

「はい、隠居《いんきょ》していらっしゃいますが、お元気でいらっしゃいます」

「そうか……では、シェンレン様に確認をしてきてくれ」

「は……はい」

二人の兵士は顔を見合わせた後、片方が頷いてその場を離れた。シィンワンはその場に佇み、尋ねに走った兵士の帰りを待った。残った兵士が居心地悪そうに、落ち着きをなくしている。

「君の年はいくつだ？」

シィンワンが残っている兵士に声をかけた。兵士はひどく慌てた様子でモジモジする。

「は、二十五歳です」

「そう……じゃあ兵士になってからまだそれほど経っていないのだね」

「は……はい。二十歳で兵士になりました。今まで王宮の入口にて門番をしていましたが……新王に変わられるに当たり、王宮内の警備に配属されました。殿下の私室の番は、交代で行っています」

「そうか……じゃあ、前王には会ったことはあるのかい？」

「は、何度か遠目に拝見させて頂いたことはあります」

「父の御世《みよ》は、君達アルピンにとってよい治世だったか？」

「はい、それはもちろん……私の両親も、祖父母も皆フェイワン様とリューセー様を心から敬《うやま》っております。良き王の時代に生まれてよかったと、皆が思っています……だから私も陛下のために少しでも役に立ちたいと兵士を志願したのです」

若いその兵士は少し頬を紅潮させながら、シィンワンの顔を直視出来ずに少し視線を落としてそう語った。シィンワンは穏やかな表情でその話を聞いていた。

「しかし私が良き王になるかどうかは分からないぞ？」

シィンワンがそう言うと、兵士はようやく視線を上げて、きょとんとした顔でシィンワンを見た。

「で……殿下は良き王になられます。何より私のような一介の兵士に……それもアルピンである私に、このように話しかけてくださっていることが、良き王の証にほかなりません」

兵士はそう答えてから、はたと我に返ったようで、さらに頬を紅潮させて慌てて視線を逸《そ》らすと、緊張した様子で姿勢を正して立った。シィンワンはその様子に少し微笑んでから、やがて足音が近づいてくる方をみつめた。

先ほどの兵士を伴って、シェンレンが現れた。シェンレンはシィンワンの前まで歩み寄ると、深々と礼をする。

「シィンワン殿下、お久しゅうございます」

壮年の貫禄《かんろく》のある武人となったシェンレンが、落ち着いた様子でそう挨拶をした。

「シェンレン殿、今はタンレン殿から役目を引き継がれたとお聞きいたしました」

「はい、軍務大臣を引き継ぎまして四十年になります。今はまた次に引き継ぐべくフォウライ様に私の下で仕事を学んで頂いています」

「フォウライに」

「はい……新しき王の時代には、新しき若き臣下を必要といたします。フェイワン王にはご兄弟がいらっしゃらなかったので、我々従兄弟が要職に就きましたが、本来であれば直系である王弟殿下がその要職を固めて、竜王を助けていくものです。外務大臣をヨウチェン様に、軍務大臣をフォウライ様に担《にな》って頂くのが良き計らいと考えています」

シェンレンが穏やかに語るのを、シィンワンは黙って聞いていたが、聞き終わると少し困ったような顔をして溜息をついた。

「確かにその通りではあると思いますが、シェンレン様はまだまだ隠居するにはお若く、現役でいらっしゃる。父の下でともに国を守られた熟練の方々が、揃いも揃って現役を退かれるのは、心細いことです。ラウシャン様やタンレン様も、まだまだお元気なのであれば、若い王のためにも相談役として職務に戻って頂きたいところだ」

「いやいや、私はもう今年で二百九十五歳になります。兄のタンレンも三百五十三歳……年寄りは潔《いさぎよ》く退くつもりです……これからは、新しき若き国になるのです。私は三百歳になりましたら引退して、後はすべてフォウライ様にお任せするつもりでいます」

「寂しいことをおっしゃる」

困ったような残念そうな顔でシィンワンがそう言うと、シェンレンは明るく笑った。

「次期王がそのような心許ないことをおっしゃるものではない。我々は引退をするだけで、この世からまだ去るわけではありません。我々は命ある限り、この国に尽くすつもりでいます。いつでもご相談なさるがよろしい。兄も早く殿下に会いたいと思っていることでしょう……フェイワン王が身罷られて、ずいぶん落ち込んでおります」

シェンレンの言葉に、シィンワンは笑みを作って頷いた。

「私ももちろん早くお会いしたいです。あ……それはそうと……」

「ああ、そうでした。竜王に会いに行きたいとのことでしたね、いいでしょう。私がお供《とも》いたします」

シェンレンは会釈《えしゃく》をしてみせて、シィンワンは頷くとともに竜王のいる塔へと向かった。

螺旋状に延々と続く塔の階段を上り、最上階まで上りきると、広々とした高い天井のある部屋へと辿り着く。そこはシィンワンが何度か来たことのある竜王の住まう部屋であった。シィンワンの知っているその部屋には、とても大きな金色の竜が、澄んだ瞳で静かに威厳をもって訪れる者を出迎えてくれていた。

この国を治める竜王。人の身と竜の身のふたつに分かれるシーフォンの長。他のシーフォンと明らかに違うのは、人の身は赤い髪・金の瞳を持ち、竜の身は金色の体と普通の竜の三倍以上の巨体を持つところであった。

シィンワンが部屋へと入ると、広い部屋の中央に金色の竜が体を丸めて眠っていた。シィンワンの気配に頭を持ち上げてこちらをみつめる。それはシィンワンがかつて見た父王フェイワンの竜であるジンヨンよりもはるかに小さな竜だった。半分もない。普通のシーフォンの竜よりも少しばかり小さいくらいだ。

シィンワンはゆっくりと竜の側まで歩いていった。竜はモゾモゾと体を動かして立ち上がると、背伸びをするように翼を広げた。

「はじめまして。私の半身よ」

シィンワンが恭《うやうや》しく改まって挨拶をすると、小さな竜はグルグルと喉を鳴らして目を細めた。

「名前をつけなければならないね。ジンフォンというのはどうだろう？」

すると竜はググググッと喉を鳴らして頷いてみせた。

「そう、気に入ってくれたか……良かった。早く大きくなって私をその背に乗せておくれ」

シィンワンはそう言って、竜の額をそっと撫でると竜は目を閉じてグルグルと唸《うな》った。

「ん？　半年で大きくなるって？　それは楽しみだ。皆に君の勇姿を見せなければならないからね」

シィンワンは微笑んで何度も竜の額を撫でた。

「二人でこの国を豊かにしていこう」

シィンワンの言葉に頷くように竜がクアァァと一声鳴いた。

◇

シィンワンが目覚めてからひと月は、シィンワンが眠っていた間の治世についての引継ぎに費《つい》やされた。エルマーンとエルマーンを囲む国々の情勢。国内外のこの百年の間に起きた事柄など、シィンワンはそれらのすべてを丁寧に学んだ。

半年後に行われる即位式に向け、エルマーンの王となるための準備が着々と進められていた。

「ご機嫌いかが？　シィンワン」

「姉上」

私室にて難しい顔で書物を読んでいたシィンワンは、部屋へと訪ねてきたシェンファの姿を見て、みるみる明るい表情になった。

「貴方があんまりにも忙しそうで、ちっとも遊びに来てくれないからこちらから遊びに来ました。主人も連れてきたのよ」

シェンファがニコニコと笑いながら、扉の向こうで渋っていたラウシャンをぐいっと引っ張ってくる。

「殿下、お忙しいのに申し訳ありません。すぐにお暇いたしますので」

ラウシャンは深々と礼をすると、そう挨拶をした。

「いえいえ、よくぞいらしてくださいました。嬉しいです。申し訳ありません。一度お会いしに伺《うかが》ったきりになってしまって……どうぞ、おかけください」

シィンワンは立ち上がると、ラウシャン達の下へと歩み寄り、部屋の中央のソファへと招いた。

ニコニコと笑いながら遠慮なくソファへと向かうシェンファを、ラウシャンは困ったような顔をしながら見送ってから、シィンワンにさらに勧められて仕方なく後に続いてソファに座った。シィンワンも向かいに座ると、侍女を呼んでお茶の用意をさせた。

「本当にお邪魔して申し訳ない」

ラウシャンが改めて謝罪すると、シィンワンは笑顔で首を振ってみせた。

「いえ、いい気晴らしになります」

「そうね、さっきのシィンワンは、ずいぶん難しい顔をしていたわ。眉間にしわなんて寄せちゃって……あまり根《こん》を詰めるものではないわ」

シェンファは眉根を寄せる真似をしてから、クスクスと笑った。その様子をシィンワンがボンヤリとした顔でみつめているので、シェンファは少し首をかしげた。

「どうかした？」

「いえ……こうしていると、本当に姉上は母上によく似ていらっしゃる……ちょうど今のお姿は年恰好もすべて、私が最後にお別れした時の母上と同じで……なんだか母上と話をしているみたいです」

「まあ……それは私も嬉しいわ」

シェンファは少し頬を染めて嬉しそうに笑い、隣に座るラウシャンをチラリと見やった。ラウシャンが肩を竦めてみせるので、またクスクスと笑う。

「実はね、主人が毎日のように貴方のことを心配してブツブツと言っているものだから……そんなに気になるなら、直接訪ねればいいのにって言ってね。それで今日こうして連れてきたのよ」

シェンファはウフフと笑う。ラウシャンはギョッとした顔になって、隣に座るシェンファを咎《とが》めるような仕草を見せて慌てふためいたが、シェンファは楽しそうに笑うだけだった。

「そうですか……ラウシャン様に気にかけて頂けていたとは嬉しいです」

シィンワンがその様子をみつめながら嬉しそうに言うと、ラウシャンは一度咳払いをしてから会釈をした。

「そのう……いかがですか？　何かお困りのことなどはありますか？　私はもう隠居した身で、すべては若い者達に譲《ゆず》り任せているつもりなので、何かとこうして口を挟むのは要らぬ世話だと分かっているのですが……まあ、老婆心《ろうばしん》だとお許しください」

ラウシャンの言葉にシィンワンは頷いて微笑んでみせてから、しばらく言葉を選ぶように宙をみつめて動きを止めた。その様子をラウシャンとシェンファは、穏やかな表情で見守るようにみつめる。

「そうですね……王としての職務を全うするために、必要な知識を学ぶことは楽しいことです。学べば学ぶほど、その重責を改めて感じて……これから即位することに対して精神的な圧迫を感じるのは確かです。でも私にはたくさんの頼もしい重臣や兄弟がいます。きっとみんなが私を手助けしてくれるだろうという確信があります。甘えかもしれませんが……私の皆へのその信頼もまた、王として大切なことではないかと思っているのです。これはかつて父や母からも言われた言葉でもありますが……現にこうしてラウシャン様が、私を気にかけて会いに来てくださっているではないですか」

ラウシャンとシェンファは顔を見合わせてから、微笑んで頷き合った。

「シィンワン様が、そのようなお考えであるのならば私も安心です」

ラウシャンが答えると、シィンワンは頷いてから、また何かを考えるように宙をみつめる。ラウシャン達はそれを黙って見守った。

「でも私の様子に、そのように心配されるような部分があるのでしょうね」

それは独り言のような呟きだった。宙をみつめたまま、誰に言うでもなくポツリと呟いた言葉に、ラウシャンは何も答えず、シェンファは小さく溜息をついた。

「貴方が王として大丈夫だろうかと心配しているわけではないのよ？　ただラウシャンは……」

「分かっています。ただ私にどこか心許なく感じる部分があるのですよね？」

「心許ないというか、殿下が何か案じていらっしゃることがあるのではないかと……そして殿下のそのようなお気持ちを察してやれるような者が、今の若い者の中に果たしているのかと……それを心配していたのです。父王フェイワン様には、忠臣であり腹心であり親友であったタンレン殿が側にいた。兄弟がいらっしゃらない代わりに、一番近くにタンレン殿がいて、悩みも何もかも打ち明けられた。それは多分兄弟よりもずっと話しやすい相手であったから良かったのではないかと思うのです。今、殿下の側には、弟君のヨウチェン様がいらっしゃるが、やはり弟相手に愚痴《ぐち》や悩みは打ち明けにくいものでしょう……恐れながら、殿下には友と呼べる年の近い者が周りにいらっしゃらない……それを案じていたのです」

シィンワンは、少し驚いたような顔をしてしばらくラウシャンをジッとみつめていた。やがて小さく溜息をつくと、かすかに笑みを浮かべた。

「おっしゃる通りです……驚きました」

「孤独については、私の方が大先輩ですから」

ラウシャンがシィンワンを気遣って、少しばかりおどけたような口調でそう言って微笑むと、シィンワンはクスリと笑う。

「実はずっと不安に思っていることがあります」

シィンワンは目を伏せてそう告白した。

「もしも……もしも私のリューセーが来てくれなかったらと思うと……不安でたまりません。特に……こうして即位の日が近づくにつれて……どんどん不安が大きくなります。私が王位に就いても、私のリューセーが現れなければ、またこの国は……」

「そんなこと、心配する必要はありません！」

シェンファが強い口調で言ったので、シィンワンは驚いて目を丸くした。

「姉上……」

「馬鹿なことを……貴方のリューセーが来ないかもしれないなんて……そんなことを考えてはいけません」

「は……はい」

「私が鏡を使って、大和の国とつなぐことが出来る能力があることを知っていますね？　あれには大変な力を必要とするので、お父様からはもう使ってはいけないと、強く言われていたし……お母様の弟君である稔様が他界されてしまってからは、不用意に交信をするのは、大和の国の人々に気味悪がられてしまうと思ったので、もう交信はしていませんが……実はあれ以後も何度か、大和の世界をちょっとだけ覗き見たことがあるのです」

「シェンファ！」

ラウシャンがそれを初めて聞いたかのような様子で、驚いて咎めるように名を呼んだが、シェンファはプイッと知らぬふりをして話を続けた。

「大和の国に置かれている鏡は、今も向こうの祭壇のような所で大切に祀《まつ》られているようです。暗い蔵の中ではなく……。つまり今でも我々との契約が忘れられていないということです……だからきっと貴方のリューセーも、ちゃんと来てくれますよ」

シェンファの言葉に、シィンワンは少し明るい表情になった。ラウシャンは眉根を寄せて溜息をついている。

「それに貴方には私達がいます。お父様のように何もかも一人で背負わなければならなかったあの時とは、貴方は違うのです。万が一……万が一にでも、貴方のリューセーがこちらへ来るのが遅れたとしても、貴方の支えになるための、私達兄弟が七人もいることを忘れないで」

シェンファはそう言って身を乗り出すと、シィンワンの手を両手でギュッと強く握り締めた。

「はい、姉上……ありがとうございます。ラウシャン様もありがとうございます」

シィンワンがようやく晴れやかな顔になったので、シェンファ達は安堵《あんど》したように顔を見合わせて微笑んだ。


それから半年後、シィンワンの即位式が行われた。金色の巨大な竜の背に乗り、その真っ赤な長い髪を風になびかせながら、エルマーンの空を舞う若き新王の雄姿に、人々は新しい時代の始まりを思い、心から喜んだ。

「陛下！　陛下！」

執務室に国内軍務大臣のシェンレンが慌てふためいた様子で、入口でのノックも一礼も忘れて駆け込んできたので、シィンワンは書き物をしていた手を止めて、驚いたようにシェンレンをみつめた。

「どうした？　そんなに慌てて……貴方にしては珍しい」

シィンワンがペンを置いて、落ち着いた様子でそう言うと、シェンレンは肩で息をしながらシィンワンの机の前まで歩み寄った。一度大きく深呼吸をしてから、それでもまだ興奮冷めやらないという顔でシィンワンをジッとみつめて口を開いた。

「リューセー様が現れました」

「なにっ⁉」

シィンワンはガタッと大きな音を立てて立ち上がった。勢いで椅子がひっくり返りそうになる。

「本当か⁉」

「はい、神殿に現れたそうです」

シィンワンは思わず駆け出しそうになって、一歩強く踏み出したところで、ハッと我に返りグッと次の足を出すのを踏みとどまった。

「陛下っ！」

「わ……分かっている……大丈夫だ。まだ私にはリューセーとの接触が叶わないことは承知している……少し気持ちが先走っただけだ……それでリューセーは？」

「たった今、お部屋へ運ばれたところだそうです。まだ意識を失われておいでです」

「そうか……ではまずはツォンを……リューセーの側近であるツォンを呼び世話をするように……しきたりの通りにすべて行うようにしてくれ。それから警備の兵士を王宮に多く配備してくれ、リューセーの部屋近くを特に……すべてこの日のために準備していた通りに」

「はい、かしこまりました」

シェンレンは一礼すると足早に去っていった。パタリと扉が閉められて、ようやくシィンワンは力が抜けたようにドサリと椅子に座ると、大きく溜息をつきながら、両手で頭を抱え込んだ。

「よかった……本当にどれほど待ち望んだことか……」

それはシィンワンが目覚めてから一年余りが過ぎた時のことであった。


龍聖は三日間眠り続けた。その間に龍聖降臨の報は、城中どころか国中にあっという間に広まっていった。


その日は朝から空を舞う竜達が、口々に歌を歌っていた。竜の歌声がエルマーンの空に響き渡る。

「竜達が歌っている」

シィンワンは私室のテラスに立ち、空を見上げて呟いた。真っ青な雲ひとつない空を、いつもよりも多くの竜達が舞っていた。それはまるで何かを喜んでいるかのようでもあり、心騒ぐ何かにじっとしていられないようにも見える。背に主を乗せていない竜達が自由勝手に飛びまわっているのだ。

シィンワンはくるりと向きを変えると、足早に部屋を出た。廊下を抜けて塔を目指す。長い階段を一気に駆け上がると、ジンフォンの待つ部屋へと辿り着いた。

ジンフォンは部屋の真ん中に座り、羽を半分ほど開いたり畳んだりしながら、その大きな体をゆらゆらと揺らして、頭を天井へと向けて歌を歌っている。こちらには背を向けているので、どんな表情をしているのか分からないが、もちろんご機嫌なのは間違いない。

シィンワンは腰に手を当てて、クスリと笑いながら、しばらくの間眺めていた。やがてジンフォンは歌い終わると、くるりとシィンワンの方へ振り返り、待っていたというように目を細める。

「ジンフォン！　飛ぼう」

シィンワンが嬉しそうに言うと、ジンフォンはすぐに立ち上がって翼を広げて頷く。床につけるように頭を下げたジンフォンの首に飛び上がると、そのまま背まで身軽に乗り移る。シィンワンが背に乗ったのを確認してから、ジンフォンは首を上げて壁に下がる大きな鎖の先を咥《くわ》えてグイッと引いた。するとガラガラガラと歯車が回るような大きな音がして、部屋の高い天井が左右に開きはじめた。正面の壁がゆっくりと向こう側に倒れていき、ブワリと強い風が吹き込んでくる。そこには青い空と険しい岩山の景色が広がっていた。

ジンフォンは、ドスドスと数歩歩いてから、開かれた部屋の端まで行くと、大きく翼を広げて、吹きつけてくる風を翼で受けた。バサリバサリと何度か力強く羽ばたいて、風を孕《はら》んだ大きな翼が、竜の巨体を空へと持ち上げる。

エルマーンの青い空に、金色の竜が舞い上がった。竜達が一斉に竜王の下へと集まるように飛んでくる。

ジンフォンはエルマーンの空を二周グルリと舞ってから、城のある岩山へと向きを変える。

「ジンフォン、私をリューセーの所に降ろしておくれ」

グルグルと答えるように鳴くジンフォンの声に、シィンワンは笑いながら背の上に立ち上がると、次第に近づいてくる険しい岩山の断崖を使って造られた居城をジッとみつめた。断崖スレスレまで風のようにフワリと近づいたジンフォンの背から、タイミングを計ったようにシィンワンは宙へと飛び降りた。フワリと舞い降りるように降り立った先は、王妃の私室のテラスであった。

彼が目を覚ますと、そこには見慣れない天井があった。正確に言うとそれは天井ではなくて『天蓋《てんがい》』なのだが、とにかくそれは知っている光景ではない。不安になって頭を動かしてあたりを見回そうとした。どうやら自分がベッドに寝かせられていることだけは、瞬時に理解して、動かした視線の先に人の姿があったのでビクリとする。

「お目覚めになりましたか？　リューセー様」

話しかけられたので、視線をゆっくりと動かしてその相手の顔を見る。優しい微笑を浮かべる異国の若い男性だった。明るい茶色の、男性にしては少し長めの髪を後ろでひとつに束ねていて、顔立ちは美形というほどではないが優しげな面立ちで、どう見てもその人物は日本人ではなかった。

「あの……ここは……」

彼は思わず尋ねていた。言葉に出してから、ハッと我に返って、目の前の異国の者に日本語で話しかけてしまったことに後悔して、少し顔を赤らめた。英語だろうか？　何語だろうか？　と焦《あせ》っていると、相手は微笑んで頷いてくれる。

「ここは、エルマーン王国です。リューセー様、貴方は儀式により、大和の国よりこの国へといらっしゃったのです」

答えてくれた言葉は日本語だったのでホッと安堵するとともに、頭を上げて部屋を見回した。

「じゃあ……ここが竜神様の国なんだ……」

彼はぼんやりとした顔で、それでも驚きを隠せないという様子で体を起こした。それを側にいた男性が手を添えて手助けする。

「貴方が竜神様？」

「いいえ、私は貴方の側近のツォンです。これからずっと貴方のお側で、貴方を何者からもお守りいたします」

「ツォン……あれ？　やっぱり外国の人ですよね……あ……というか、竜神様の国の人で……だけど日本語……」

「はい、この国の言葉は違う言語ですが、私は日本語を話すことが出来ます。お体の具合は大丈夫ですか？　ご自分がなぜここにいるのか、把握していらっしゃいますか？」

優しく尋ねられて、龍聖は少し戸惑いながらも、ゆっくりと頷いた。

彼は学ラン姿だった。まだ十八歳の初々しさの残る若者で、短く刈られた髪が、さらに幼く見せているようだ。涼しげな目元の綺麗な顔立ちの青年だった。

「オレは守屋《もりや》龍聖《りゅうせい》です。守屋家は、代々江戸時代よりもずっと前から、竜神様との契約で、龍聖の証を持つ者が生まれたら、竜神様の生贄《いけにえ》になるのだと教わりました。オレも、そのしきたりに従って、十八歳の誕生日に儀式をしました……。オレは……竜神様のことをお慰めするためにこの世界に来たのでしょう？」

「リューセー様……それは……」

ツォンが諭すように言いかけた時「それは違う」という声がした。二人が同時に声のする方へと顔を向けると、テラスに人が立っていた。窓を開いてゆっくりと部屋の中へと入ってくるその姿に、ツォンは立ち上がり恭しく礼をすると脇の方へと少し身を引いた。龍聖はその人の姿を、驚きをもってみつめた。

真っ赤な髪。燃えるような赤い髪だ。赤毛とかそういうのではない。作りものみたいな綺麗な深紅……そう思ってゴクリと唾を飲み込んだ。腰に届くほどの長さの真っ赤な髪が、風でサラサラと揺れていた。彫りの深いとても美しい顔立ちの青年だった。まだ若くて、龍聖よりも少しばかり年上のように見える。背がとても高くて、とにかく圧倒されるようないい男だ。

「貴方は……」

「私が、君の言うところの竜神……この国の王、シィンワンだ」

「貴方が竜神様……」

「リューセー……君が来るのを心待ちにしていた」

「あ……あの……オレは……」

龍聖が慌てたようにベッドから降りようとしたので、シィンワンが片手を真っ直ぐに突き出して制止するようなポーズを取った。龍聖は驚いて動きを止めると、そのままベッドの端に座るような形になる。

「いい、そのままで……それに訳あって、我々は今、近くに寄ることが出来ないんだ。そこにいておくれ」

シィンワンが優しく微笑を浮かべながら言ったので、龍聖は少しばかり安堵した。

その人は、龍聖が想像していた『竜神様』とはちょっと違っていた。

神様というからもっと年寄りで、厳格そうで、もしかしたらちょっと怖そうで、それに鱗《うろこ》とか角とか生えているのかも……などと想像していた。

しかし現れた本物の竜神様は、美しい容姿の精悍《せいかん》な顔立ちの青年で、凛とした様子だが、それでいてとても穏やかな口調で話してくれる。龍聖を気遣っているのを感じた。おかげで龍聖は、初めて見る不思議な髪の色の王に圧倒されながらも、落ち着きを取り戻して、向き合って話を聞くことが出来た。

「リューセー、君は確かに私のためにこの国に来た。だがそれは慰み者としてではない。私の伴侶となるためだ。本来ならば、君はこの国のことをツォンより数日かけて教えられた後、私と婚姻の儀を結ばなければならないのだが……私は、それよりもしばらく時間をかけて、君と話をして知り合いたいと思う。まずは友達になりたい」

「え？　……あの……」

「嫌か？」

「え……いや、あの……いえ、嫌じゃないです」

龍聖は困ったように少し赤くなって俯いた。

「まだこの国に来たばかりで混乱しているだろう。聞きたいことがあれば何でも聞いてくれ。私も聞きたいことがたくさんある……私の母も、大和の国の人だった。母から聞いていた大和の国の話と、今の君のいた世界とでは、ずいぶん変わってしまっただろうか？　たくさん聞かせてくれないか？」

シィンワンは微笑みながらそう言って、側にあった椅子に腰をかけた。ずいぶん優しげで親しみやすいその若き王に、龍聖は好感が持てそうな気がした。ハア……と大きく深呼吸をしてから、背筋を伸ばして若き王をみつめ返す。

その時不思議な音色がいくつも聞こえてきて、龍聖は不思議そうな顔でキョロキョロとあたりを見回した。

「今のは……何ですか？」

龍聖の問いに、シィンワンはクスリと笑った。

「竜の歌声だよ」

「竜？　……竜ですか？」

「そう……竜達は君が来たことを喜んで歌っているのだ……この国は、竜達が空を舞い、喜びの歌が空に響き渡る……そんな豊かで平和な国なのだよ。リューセー」

「竜が……歌う国……」

龍聖は驚きとも喜びとも取れるような明るい表情になってそう呟いたので、それを見たシィンワンもまた嬉しそうに微笑んだ。

「リューセー、ところでその不思議な形の服は、どのような時に着る服なのだ？　この儀式のための服か？」

シィンワンは、リューセーの緊張を少しでも解こうと、他愛もない会話から始めた。龍聖は問われて自分の服を見直した。

「これは……学生服という物です……あれ？　そういえば、あの……王様も日本語は大丈夫なのですか？　この国は言葉が違うと、今、その方から聞きました」

「リューセー、私のことはシィンワンと呼んでくれ……私は母から日本語を学んだので、多分普通に会話は出来るはずだよ。そのツォンも含めて、君の身の回りの世話をする者にもある程度は日本語を学ばせている。これはこの国に来たばかりの君に、不自由をさせないために皆で配慮したことなんだ」

シィンワンが優しい口調で、ゆっくりとそう説明すると、龍聖は安堵したようにニッコリと笑った。

「ありがとうございます。嬉しいです」

微笑んでそう言った龍聖に、シィンワンは少し驚いたような顔をしてから、すぐに柔らかく笑みを返した。なんとも素直な龍聖に、シィンワンは心が解されるような思いだった。初対面とは思えない。すでに龍聖を好ましく思いはじめていた。

「そうだ、そう、これは学生服という物で、オレが通っていた学校で決められた服装なんです。勉強をするために通っていた学校という所で着る服です……えっと……本当は儀式をする時に、羽織袴《はおりはかま》を着るように言われたんですけど……父が最後だから好きな格好をしてもいいって言ってくれて……一番思い出のある服だからこれにしたんです」

少し頬を上気させながら一生懸命龍聖が説明するのを、シィンワンは微笑みながら何度も頷いて聞いていた。

「ずっと行きたかった高校で、がんばって勉強して受かったんです。友達もたくさんいて、本当に毎日楽しい学校生活でした。だからたくさんの思い出が詰まっているんです……竜神様の世界に行くのに、何も荷物を持っていってはいけないと言われたので……服だけでも好きなものでいいならとこれを選んだんです」

「そうか……それは素晴らしい。思い出というものはとても大切なものだ。君の父上も君のことが大切だから、それを許したのだろう。父上も素晴らしい方だ」

シィンワンが優しく微笑みながらそう言うと、龍聖は少しはにかんだように笑ってジッと自分の服をみつめた。そして顔を上げると、優しくみつめてくるシィンワンと目が合う。本当になんて気さくで優しい人なのだろうと、龍聖はしみじみと思った。神様で、王様なのに、全然威張ってない。その不思議な色の髪以外は、自分と何も変わらない普通の青年みたいだ。

「あの……あの、シィンワン様にお尋ねしてもよろしいですか？」

「ああ、何でも尋ねなさい」

「あの……失礼かもしれませんけど……その髪……染めているのですか？」

龍聖がモジモジと尋ねると、シィンワンはプッと噴き出してクスクスと笑った。

「いや、これは私の地毛だよ。赤い髪は竜王の印なんだ。我々はシーフォンという竜族で、普通の人間とは違う。姿形はこのように人間と変わらないのだが、髪の色が人間達とは異なる。そのうち他のシーフォンに会えばそれも分かるだろう。それにもうひとつ、もっとも人間と違うことは、我々シーフォンの男は生まれながらに自分の竜を持っている……竜を持っているという言い方は、本当は正しくないんだ。我々は元々ひとつの命で、生まれる時に人の姿と竜の姿のふたつに分かれてしまう。だから自分の竜は、もう一人の自分でもあるんだ」

龍聖はシィンワンの話を聞きながら、次第に瞳をキラキラと輝かせはじめた。表情も明るい。

「すごい……本当に竜神様なんだ……シィンワン様の竜はどんな竜なんですか？」

「金色の大きな竜だよ。いずれ君を乗せてやろう」

龍聖はそれを聞いて「わぁ」と小さく喜びの声を上げた。ニコニコと笑う龍聖を見て、シィンワンも嬉しくなり微笑む。

「シィンワン様」

部屋の隅に控えていたツォンが、そっとシィンワンを促すように声をかけたので、シィンワンは頷いて立ち上がった。

「すまない。目覚めたばかりだというのに、こんなに話し相手をさせてしまって……疲れさせてしまったね」

「あ、いえ、オレは別に……」

「また来るよ」

シィンワンはニッコリと笑ってそう言うと、テラスの方へと歩き出した。

「ジンフォン！」

シィンワンは空に向かって名を呼ぶと、ヒラリとテラスの手すりの上に飛び乗った。

「あっ！」

龍聖がそれを見て驚いて立ち上がるのと同時に、シィンワンは宙へと身を躍らせる。

「わっ！　シィンワン様!!」

龍聖は驚きの声を上げた。窓の外がキラキラと光って眩しくなり、思わず目を細めたが、それが金色の鱗に反射している日の光だということに気づくのにそれほど時間はかからなかった。

ゆっくりと金色の物体が窓の外を上昇していく。その背にはシィンワンが立っていた。龍聖は思わずテラスへ向かって走り出していた。

「リューセー様」

ツォンも慌てて後を追う。

龍聖がテラスに飛び出ると、心地好い強い風がブワリと顔に当たった。そこには大きな金色の竜がいて、ゆっくりと青空高く上昇していた。龍聖は右手を翳《かざ》しながら、眩しそうに空を仰いだ。羽ばたく金色の大きな竜と、その周囲を飛び交うたくさんの竜の姿がそこにあった。

「うわあ……」

龍聖は感嘆の声を漏らすしかなかった。

「リューセー様、まだ外に出るのは危のうございます。中へお入りください」

「う……うん」

ツォンに促されて部屋の中へと向かいながら、龍聖は何度も何度も振り返って空を見上げていた。

「驚かれましたか？」

「う……うん。ここは本当にオレのいた世界ではないんだね」

部屋の中央にぼんやりと佇み、そう呟く龍聖に、ツォンは困ったように微笑んで頷くしかなかった。

「外の景色も全然違いました。なんだかグランドキャニオンみたいで、岩山がたくさんそびえていたし……あ、グランドキャニオンっていうのは、オレの世界にある観光地で……えっとアメリカってところの……まあいいや、とにかく竜が飛んでいるとかすごいですよね！　初めて竜を見ました！　かっこいい！」

頬を上気させ、興奮して話す龍聖の言葉を、ツォンはニコニコと笑いながら聞いていた。

「リューセー様、そろそろお召し替えをして頂いてもよろしいですか？」

話がひと段落ついたところで、ツォンが少し申し訳なさそうに尋ねる。

「え？　着替えるの？」

「はい、この国の衣服に着替えて頂きます……それにその服のままでは、お休みになるには窮屈《きゅうくつ》ではありませんか？」

「……そうだね」

龍聖は諦めておとなしく服を脱ぎはじめた。ツォンが側に用意してあった衣服を広げて、龍聖の着替えを手伝った。

サラサラとした肌触りのいい白い生地の長ズボンのようなものを穿《は》かされた。下着まで脱ぐように言われたのにはちょっと驚いたが、言われるままに従った。ゆったりと生地の多いダボダボとした形で、腰と裾を紐で縛る。上着はマオカラーに似た浅い立襟で、こちらもゆったりとした袖口が、どこかアジアの服を連想させる。……それでいて、生地や模様などは今まで見たことのないもので、無国籍風の不思議な服装だった。とにかくすべてがサラサラとしていて、とても着心地がいい。

目覚めたばかりの時だったら、すべてに警戒して緊張して、こんな風に言われるままに着替えなど出来なかったかもしれない。だがシィンワンと話をしたことで、ずいぶん気持ちが解れていた。側近というツォンのことも信用出来そうだし、この世界の衣装にも馴染《なじ》めそうだ。

脱ぎ終わった学ランをツォンが手に取ったので、ハッと心配になりみつめた。

ツォンは学ランをとても丁寧に畳んでいた。ふと、龍聖の視線に気が付いて顔を上げると、ニッコリと微笑んだ。

「これは大切に仕舞っておきましょう。そこの箪笥《たんす》に入れておきます。リューセー様がご覧になりたい時に、いつでも開けて見られますように」

ツォンの言葉に、龍聖は嬉しくなる。何度も頷いて「ありがとう」と笑顔で言った。


シィンワンは翌日も龍聖の部屋を訪れた。職務の合間に、そっと部屋を抜け出してジンフォンに乗ってテラスに舞い降りるのだ。

「昨夜はよく眠れたか？」

「あ……シィンワン様」

「この国の衣装がよく似合うな。黒髪には緑がよく似合う。もちろん昨日着ていたガクセイフクという服もよく似合っていたが」

シィンワンに褒められて龍聖は赤くなって俯いた。

シィンワンは龍聖がシィンワンの側に歩み寄ろうとするのをまた制して、龍聖をベッドの側の椅子に座らせて、自分は窓際の椅子へと座った。

「今朝、ツォンさんに聞きました。本当はまだオレは王様に会ってはいけなかったのですね」

「ああ、そうだ。婚姻の儀までは会ってはいけないんだ。なぜ会ってはいけないのかも聞いたのかい？」

「はい、午前のうちに、少しだけオレという『リューセー』の役目と、王様との関係について教わりました。二十日間オレはこの国のことを学んでから、王と対面して婚礼の儀を執り行うのだと」

龍聖の言葉にシィンワンは頷いてから、その話の先を続けた。

「それだけではない。私とリューセーは互いの存在を確かにするために、互いに惹かれ合うような香りを体から出すそうだ。君がたとえ私のことが嫌いだとしても、好きだと錯覚してしまうくらいの効き目があるそうだよ」

「べ……別にシィンワン様のことは嫌っていません！」

龍聖が少し頬を染めてむきになって否定したので、シィンワンはクスクスと笑った。

「それは嬉しいが……でも好きというわけではないのだろう？」

「分かりません。まだシィンワン様には昨日会ったばかりだし……でも好きか嫌いかといわれると好きです。シィンワン様はとてもお優しいから」

龍聖はそう言って少し視線を落とした。そんな様子を、シィンワンは愛しいと自然に思えた。

「君に気に入られようと優しいふりをしているだけかもしれないよ？」

「オレ……馬鹿じゃないから、嘘の優しさくらい分かります。それにオレが想像していた竜神様とか王様とかとも違うし……偉い人ってもっともっと近寄りがたいものだと思っていました。こんな風にオレを気遣ってくれたり、話し相手をしてくれたりはしないものだって……だからシィンワン様は優しいから好きです」

龍聖は、シィンワンをジッとみつめながらハッキリと言った。言ってからちょっと恥ずかしそうに頬を染めたが、涼しげな黒い瞳は、シィンワンを真っ直ぐにみつめていた。

シィンワンの方が照れてしまって、困ったように笑ってから少し視線を外してしまった。

「それにオレ……小さな頃から、お前は竜神様に仕えて竜神様をお慰めする役目なのだよって教わってきたんです。小さな頃はその意味が分からなかったけど、年頃になって理解して……。夜のお相手もするのだと知って……本当はすごく嫌だと思ったんだけど、オレの前の龍聖が、とても幸せに竜神様の下で暮らしたんだって聞かされて……どうしても逃れられない運命なら……オレも幸せになれるように……竜神様にかわいがってもらった方がいいやって思うようになったんです。だから絶対竜神様を好きになるんだって決めていたから……オレ、シィンワン様が竜神様で良かったって思っています」

龍聖は言ってから恥ずかしそうに俯いてエヘヘと笑った。シィンワンは少し赤くなって、さらに困ったような顔になり眉間にしわまで寄せていた。

「オレ、竜神様っていうから、もっとおじいちゃんみたいな人だって思っていたんです。だって神様ってそういうイメージだし、厳格そうで近寄りがたいような……話しかけづらいような……怖い人だったらどうしようかなとか、色々と想像してて。でもシィンワン様は、すごく若くてかっこよくて、こんな素敵な人なら、好きになるに決まっているし……シィンワン様？　どうかしましたか？」

眉根を寄せてこわばった表情で聞いているシィンワンの様子に気づき、龍聖が首をかしげて尋ねた。

「長居しすぎたようだ……ま、また明日来るよ」

するとシィンワンは慌ててそう言って立ち上がり、テラスに出てそのままジンフォンとともに飛び去ってしまった。残された龍聖は、ポカンとした顔でそれを見送ると、しばらくぼんやりと窓の外を眺めていた。

「リューセー様、少しお休みになられますか？　リューセー様？」

そっと近づいたツォンが龍聖に話しかけたが、龍聖が返事をしないので、不思議そうな顔で龍聖の顔を覗き込んだ。龍聖は最初ぼんやりとした顔をしていたが、やがて目を伏せて口を尖らせた。

「オレ……シィンワン様の機嫌を損ねるようなことを言ってしまったんだろうか？　おじいちゃんみたいな人を想像していたとか言ったからかな？　それとも急に馴《な》れ馴《な》れしくしすぎたのかな？」

「え？」

「シィンワン様……なんか怒っていたみたいだ」

「そんなことはありませんよ。リューセー様の気のせいでしょう」

「じゃあなんで急に帰るなんて……」

「陛下はお仕事がお忙しいのです。第一今朝もお話ししたように、本当はここへは来てはいけないのに、こっそり抜け出していらしているのですから、そんなに長い時間はいられないのですよ」

ツォンはそう言ってからクスリと小さく笑った。

「そうかな……優しいシィンワン様なら、急に話の腰を折って、あんな風に帰ったりしないと思うのに……」

龍聖がなおも不安げな様子でそう続けるので、ツォンはちょっと驚いてからすぐにまたクスクスと笑った。

「リューセー様は、もうシィンワン様のことを理解されているのですね？」

「え？」

ツォンにそう言われて、キョトンとした顔で龍聖が顔を上げると、ツォンがニッコリと笑って頷いた。

「よいことですね」

「え？」

「リューセー様が、まだ二度しか会っていない陛下に対して、そのように好感を持ってくださるのは、本当に嬉しいことです。これからのことを思うと、リューセー様の側近としては、本当に安心いたしました。私の仕事が減るようなものです」

「ツォンさんの仕事が？」

「リューセー様、何度も言いますが、私のことはツォンと……。私が婚礼までの二十日間で行うことのひとつに、リューセー様が陛下に対して好意を抱きやすくするという役目があるのです。陛下の人となりをお伝えして、少しでも好きになって頂かなければならないのですが……この分ならそれは必要なさそうですね」

微笑んでツォンが言うと、龍聖はチラリとツォンの顔を見てから、また眉根を寄せて俯いてしまった。

「オレは……ずっと前から竜神様を好きになろうって決めていたんだよ……。お母さんが、いつも言っていたんだ。人から好かれたいなら、まずは自分が人を好きになりなさいって……誰だって、好意を寄せてくれる人に対して、最初から悪いようにはしないからって……。それでもどうしても相性の悪い人がいるかもしれないけれど、それは魂《たましい》の波長の合わない人なのだから、仕方がないと諦めるだけで、絶対に嫌いとか憎いとか思ってはダメだって……。だからオレ、シィンワン様に初めて会った時から、ずっと好きだって思うようにしてて……。だけどね、別に無理しなくても、シィンワン様なら自然と好きになれそうだった……。ううん、好きになれそうじゃなくて好きだよ。シィンワン様は優しいし、すごく格好いいし……男のオレでも見惚れるくらい。だからあんな素敵な人が竜神様で本当に良かったって思ったんだ。本当だよ？」

俯いたままで、一生懸命に話す龍聖の姿に、ツォンは笑みを漏らさずにいられなかった。なんと素直でかわいらしい人なのだろうと思う。

正直なところ、ツォン自身もリューセーの側近として十年あまり教育を受けてきて、この身はすべてリューセーに捧げる覚悟でいたが、そのリューセーがどのような人物なのか、不安な気持ちもあった。

なにしろツォンにとっては、前リューセーは雲の上の人で、一度しか拝謁《はいえつ》したことがなく、その時も緊張のあまりよく顔も見れずにいたほどだ。

シーフォンとアルピンの混血であるツォンにとっては、シーフォンの格は越えられないほど高く、それだけでも近寄りがたい存在で、またシーフォンから差別を受けた過去のトラウマもあった。

前王フェイワンの時代からは、シーフォンの父とアルピンの母を持った子供は保護されるよう法律まで制定されたのだが、シーフォンの中にはもちろんまだアルピンを蔑《さげす》み、混血を異端と侮蔑《ぶべつ》する者が少なくない。

ツォンの父親は、シーフォンでも下位の者で、その血筋が低いせいかシーフォン同士での婚姻が叶わず、どうしても子が欲しくてアルピンの娘を娶《めと》った。正式な婚姻は認められなかったが、ツォンの母は妾としてではなく、内縁ではあるが妻として迎えられて、生まれたツォンも大切に育てられた。

フェイワン王が定めた法により、ツォンの立場は保護されて、シーフォンと同じように学問や剣術を学ぶことも許されたが、そこで受けた差別やいじめは、決して少なくはなかった。

差別から逃れるため、勉学に励んだツォンは、運のいいことにリューセーの側近を選ぶ試験を受けることが出来た。

『運がいい』というのは、生まれた時代がよかったという意味だ。竜王の代替わりの時期に生まれたのは幸運だった。竜王は、自分の余命が残り少なくなるとそれを悟り、次世代の準備を始める。

前リューセーの最初の側近もまた混血だった。

それまでリューセーの側近は、たくさんのアルピンの子の中から試験を受けさせて賢い子を数人選び、さらに教育をして最後に『延命の薬』が効いた者だけがなれた。

リューセーの側近になるには、長生きをする必要があり、アルピンの寿命では側近を続けられないので、シーフォンの秘薬である『延命の薬』を飲まされる。だがこの薬はかなり強い薬で、毒にもなり得る物だった。体質に合わなければ死ぬ場合もある。だから候補者が数人選ばれていたのだ。

それに比べると、シーフォンの父とアルピンの母の間に生まれた子供は、元々アルピンよりは長寿であり、『延命の薬』への抗体もあった。前例のおかげで、リューセーの側近には最適だと判断されるようになったのだ。

去勢して『男』としての人生を捨て、その命までをも捧げ、残りの人生のすべてと引き換えに、高位のシーフォン以上の地位を得た。だがそこまでしてなった側近として仕えるべき相手は、異世界の者で、ツォンにとっては得体の知れない存在。無事に仕えられる相手かどうか不安にもなる。

しかし現れた龍聖は、その姿ばかりではなく、心も美しい素直で真っ直ぐな人物であった。『リューセーとは慈愛の象徴』と言ったのは、側近の教育係だった。前リューセーを悪く言う者はこの国に誰一人としていない。それはシーフォンばかりではなく、アルピン達もである。前リューセーが逝去した時、一介の兵士までもが崩れるように泣き伏した。

歴代のリューセーの中でも、これほど国民すべてに愛されたリューセーはいないという。だがすべてのリューセーが皆一様にそうとは限らない。二代前のリューセーは、謎の死を遂げてエルマーン史上最悪の暗黒の時代をもたらすこととなった。そのリューセーについて語る者は不思議なことに誰一人おらず、皆が貝のように口を閉ざした。

ツォンは、自分のリューセーがどのような人物であるかずっと不安に思っていたのが、今では嘘のようだと思う。

「リューセー様はきっとよい王妃になられるでしょう。そして王もまたよき王になり、この国を豊かにするでしょう……リューセー様は、陛下ととてもお似合いでございます」

「本当に？」

「はい」

ツォンがニッコリと笑って頷くと、龍聖は少しだけ明るさを取り戻した。

その翌日、昼を過ぎてもシィンワンは現れなかった。龍聖は何度も窓際まで歩いていっては、窓の外を眺めて溜息をついた。窓の鍵は外してある。いつシィンワンが来てもいいように……。だがなかなか来ないので、やはり昨日怒らせてしまったのかと次第に不安になっていった。

「リューセー様、お茶の時間にいたしましょう……陛下をお待ちなのですか？」

「え？　あ……うん」

「毎日お越しになるとは限りません。それに本当は……」

「本当はオレと会ってはいけないんでしょ？　分かっているよ……ただ昨日のことが気になるだけ……」

プウと頬を膨らませてみせる龍聖に、ツォンはクスクスと笑った。

「何がおかしいの？」

「こんなことを申し上げては失礼だと思いますが……リューセー様は本当におかわいらしい方です」

「か……かわいい？」

龍聖は少し赤くなってから、ムッと口を尖らせたので、ツォンはまたクスクスと笑った。

「そのようにすっかり私やこの世界に馴染んでしまっていらっしゃるようですが、まだこの世界に来てから六日……リューセー様がお目覚めになってから三日しか経っていないのですよ？　普通であれば、もっと警戒されるとか、余所余所《よそよそ》しくされるものだと思うのですが……リューセー様は人懐っこくていらっしゃるから」

「ああ……うん、オレ、昔から人見知りしないんだ」

エヘヘと笑ってそう言うので、ツォンはプッと噴き出した。

「そういうこととは、また違うようにも思いますが……見知らぬ異国に来て……もう二度と生まれ故郷に帰れず、家族にも会えないというのに心細くはないのですか？」

ツォンの問いに、龍聖はちょっと真顔になってからしばらく考え込んだ。ゆっくりと歩き出すと、部屋の中央の椅子に座る。ツォンは笑うのをやめて、龍聖の前のテーブルにお茶の用意をした。カップに注がれるお茶をみつめながら、龍聖は考え込むような顔をしていたが、やがて顔を上げてツォンをみるとニッコリと笑った。

「うん。あのね、そのことはもう考えないことにしているんだ。考えたって仕方ないし……もう絶対どんなことをしても帰れないんだろ？　だったら考えても虚《むな》しいだけだし……だけどね、思い懐かしむほどには、まだ覚悟が出来ているわけじゃないし、きっと思い出すと悲しくなって帰りたくなっちゃうと思うから、今はもう考えないことにしているんだ……家族のことは。それよりも、この国のことをもっともっと知りたいと思うし、すごく興味があるし……ツォンに色々なことを教えてもらえるのは楽しいんだ。だってオレ、ファンタジー小説とか映画とか好きだからさ」

「ファンタジーですか？」

「空想の世界のことだよ……ちょうどこの国みたいな。……もちろんこの世界は空想ではないんだけど、オレ達の世界とはまったく違うし、第一『竜』なんて想像上の生物だと思っていたんだからさ」

龍聖はそう言ってエヘヘと嬉しそうに笑った。それを見てツォンは『不思議な方だ』と思う。明るくて、周囲の人々に気遣いの出来る人だ。まだ幼さの残る成人前の青年だというのに、とてもしっかりしている。一見儚《はかな》げにも見えるのに、芯は強い。剛《ごう》と柔《じゅう》を併せもったような人……そんな風に思った。

その日も次の日もシィンワンは龍聖の下には来なかった。

さらに翌日、龍聖がこの世界に来て八日目の日。

とうとう龍聖はすっかり元気をなくしてあまり笑わなくなってしまった。その様子にツォンは心配を深めたが、本来まだ会ってはならない王に「リューセー様が元気をなくしてしまっているので会いに来てくれ」とは、言えるはずもなかった。

どう宥《なだ》めすかしても「大丈夫、分かっているよ」としか答えない龍聖は、明らかに塞いでいる。ただ黙々と勉強に励もうとする姿勢もまた、見ていていたたまれない気持ちになってしまう。

やはり無理を承知で、王にこのことを伝えようか……どうしようか……と思っていた時、窓の外がキラリと光って、薄い生地の遮光布の向こうに人影が映った。

思わず龍聖が立ち上がったのと同時に、窓が開いてフワリと流れ込む風に遮光布がはためいた。

「リューセー、元気にしているか?」

明るく凛とした声とともに、風になびいてキラキラと光る赤い髪が現れた。

「シィンワン様!」

「忙しくしていて、なかなか来る時間を取れなかったんだ。すまない」

そう言って微笑んで立つその姿は、いつものシィンワンであった。ゆっくりと部屋の中へと入り、窓辺に置かれた椅子の側へ、いつものように歩み寄る。

「シィンワン様! オレ、あの……ご、ごめんなさい!」

龍聖が大きな声でそう言ってペコリと頭を下げたので、シィンワンは驚いた顔をして座りかけていた椅子から立ち上がった。

「リューセー……いったいどうしたんだ？」

「あの、だって、前回……シィンワン様が怒ったように急に帰られたから……オレ、何か失礼なことを言ってしまったんじゃないかと思って……それっきりいらっしゃらなくなってしまったし……オレ……すごく気にしていたんです。本当にごめんなさい」

必死になって謝罪をする龍聖の姿に、シィンワンは目を丸くしてポカンとなった後、みるみる赤い顔になってから、ガシガシと頭をかいて大きな溜息をついた。

「……リューセー、すまない。それは私の方が悪かったのだ。まさかそんな風に、君を心配させることになっていたなんて……本当にすまなかった」

「え？」

「私は怒ってなどいないよ？　あの時は……その……今もそうなのだが……君があまりにもかわいいことを言うので、なんというか……このままでは走り寄って抱きしめてしまいそうで……だからそれを振り切るように逃げ出してしまったんだ。恥ずかしいが……本当にすまないことをした」

赤い顔で言いにくそうにそう白状をしたシィンワンに、龍聖はみるみる顔を輝かせて笑みを浮かべていった。

「じゃ、じゃあ、嫌われてしまったのではないのですね？」

「当たり前だ。君が私を嫌うことはあったとしても、私が君を嫌うはずなどないではないか！　私はずっと君が来るのを待ちわびていたのだよ？」

「よかったぁ～～……」

龍聖は安堵して、ヘナヘナと力が抜けたように椅子に座り込んでしまった。

「リューセー！」

驚いて駆け寄ろうとしたが、すぐに龍聖が顔を上げてニッコリと笑ったので踏みとどまった。

「オレ、すごく不安でした。オレにとっては、今はこの世界で頼れるのはシィンワン様とツォンだけだから。まだ他の人には誰とも会っていないから……オレにとってのこの世界はまだこの部屋の中だけで、この国の人はシィンワン様とツォンの二人だけで……それもシィンワン様は、オレが仕えるべき竜神様で、これからずっとずっと一緒にいなければならない人なのに……嫌われてしまったらどうしようかと思って……。だけどそうじゃないのが分かったのでもう大丈夫です。シィンワン様はお忙しい体なのだし、無理してオレに会いに来てくださらなくても、オレ、ちゃんと正式に会える日まで我慢します」

笑顔でそう言う龍聖に、シィンワンはドクンと心臓が跳ねた。込み上がる熱い想いに無意識に体が動いていた。

「シィンワン様！」

ツォンが思わず叫んでいたが、それを止めることは出来なかった。

龍聖の側に駆け寄ったシィンワンは、グイッと龍聖の右腕を掴み立ち上がらせるように引き寄せて、その体を強く抱きしめていた。

「シ……シィンワン……さま」

「リューセー」

龍聖は驚いて大きく目を見開いたまま、顔を上げて目の前のシィンワンの顔を見た。いつも遠くからしか見られなかったシィンワンの顔。龍聖の目に映るその顔は、彫刻のように整っていて美しかった。目の前の真紅の髪は本物で、燃えるように赤い。

ぎゅうとシィンワンの腕に強く抱きしめられて、龍聖は息が止まりそうになる。顔が火照《ほて》って熱い。心臓が痛いくらいにドキドキとし、恥ずかしくて頭が爆発しそうだ。

「シ……シィンワン様」

ホウと吐息とともにその名を呼ぶと同時に、ふいにフワリと鼻をくすぐる強い香りに気が付いた。それはシィンワンの体から香るものだ。今まで嗅いだことのないような香り。香水の香りとも違った。だがひどく甘く体がしびれるような香りだ。

それは同時に、シィンワンにも起こっている現象だった。抱きしめている腕の中の龍聖の体からひどく甘い香りがしてきた。五感を麻痺させてしまうような感覚を覚える香りだ。体の奥が痺れてきて、熱いものが込み上げてくる。頭がぼんやりとしてきた。

シィンワンの頭の奥では警告の鐘が鳴っていた。これは話に聞く、竜王とリューセーが惹かれ合う『香り』だ。これを嗅いでしまったら、媚薬のように互いに虜《とりこ》になってしまうものだ。初めて性交を行う時に、それが成就《じょうじゅ》するように仕掛けられた甘美なる体の仕組みなのだ。

ドクンドクンと、自分の心臓がまるで耳の側まで来ているように、脈を打つ音がひどく大きく聞こえる。背筋が痺れて、全身の血が逆流するようだった。

じっとみつめる目の前の龍聖の黒い瞳が潤んでいる。上気した頬で、長い睫《まつげ》をかすかに揺らしながら、その甘い香りを強めてくる。

シィンワンは唇を龍聖の唇に重ねていた。その瞬間、全身が雷に打たれたかのように痺れて、龍聖の唇から何か熱いものが、シィンワンの体の中に流れてくるような感覚に襲われた。それは魂が震え

るほどの恍惚《こうこつ》とした感覚。

『これがリューセーの魂精』

シィンワンは頭の奥でそう思った。母から貰っていた魂精とはまったく違うものだ。母から魂精を貰う時は、真綿で優しく包《くる》まれるような優しさと安堵感に包まれていた。だがこれはまったく違う。

『竜王にとってのリューセーの魂精は、虜になってしまうほど甘美な媚薬のようなものだよ』と、かつて父から聞かされたことがあった。それをシィンワンはずっと母から貰っていた魂精と似ているものだと勘違いをしていた。

『これ自体がまるで性交のようだ』と、シィンワンは心の中でぼんやりと思った。実際には性交の経験はないのだが、きっとこんな感じなのだろうと思う。

シィンワンは深く唇を吸った。龍聖がぎゅうっとシィンワンの胸にしがみつく。その感覚にハッと我に返る。纏わりつく快楽の波を、無理やり引き剝《は》がすように、シィンワンは必死の思いで龍聖から体を離した。

ハアハアと二人とも息遣いが荒くなっていた。シィンワンはフラフラとした足取りで、龍聖からさらに離れると火照った体を持て余すように苦しげに眉根を寄せてから、じっと龍聖をみつめた。龍聖もまた頰を染めてハアハアと肩で息を吐いている。その両目は潤んでいて艶やかだ。

「リューセー……すまない……近づいてはいけないと……香りの虜になると分かっていながら……こんな無理やり魂精を吸ってしまって……すまない。許してくれ」

「シィンワン様」

「嫌わないでくれ……リューセー、愛している」

シィンワンはそこまで言うと、振り切るようにテラスへと走り出た。

「ジンフォン!!」

シィンワンはジンフォンとともに、あっという間に去っていってしまった。

残された龍聖は、ガクリとその場に座り込む。ツォンが慌てて駆け寄る。

「リューセー様！　大丈夫ですか？」

肩を揺すって心配するツォンを余所に、龍聖は頬を染めたままぼんやりとした顔でしばらく宙をみつめてから、右手でそっと自分の唇に触れた。

「キスしちゃった……男の人と……」

「リューセー様？」

「でも……気持ちよかった……」


ジンフォンの住処《すみか》に辿り着くなり、シィンワンはジンフォンの背から飛び降りると、物凄い勢いで城の中へと駆け込んだ。王宮内の廊下を大股でずかずかと気が逸《はや》るように歩き、執務室に戻るのではなく、自分の私室へと真っ直ぐに向かった。

私室の扉の前で警護する兵士に「誰も入れるな」と告げて、さらに奥へと進む。

居間を横切り、寝室に入るとバタンと乱暴に扉を閉めて、ベッドにドカリと座った。

「んっくうっ……」

股間をギュッと右手で押さえるように掴むと、そこはガチガチに硬くなっていた。ゾクゾクと背筋が痺れる。

急いでズボンの帯を解いて前を開けると、猛るように赤く怒張した男根が現れる。先走りの汁でヌラヌラと濡れていた。それを右手で掴むと、上下に激しく擦った。

「んっんっんっ……あぁっ……リューセー……リューセー……」

昂《たかぶ》りとともに、次第に息が荒くなり、陰茎を扱《しご》く手の動きも速くなった。

「はっはっあぁっ……んんっううっくぅーっ……あああ」

シィンワンはブルブルッと身震いをしてから勢いよく射精した。ビクンビクンと痙攣《けいれん》する怒張した男根の先から、ビュルルッと勢い良く白い精液が放たれる。それを左手の掌で受け止めて、右手をなおも動かしながら最後まで射精を促して精液を搾《しぼ》り出した。

ハアハアと乱れる息遣いで、シィンワンは左手にベットリと付いた精液をみつめる。こんな風に自慰をして射精したのは生まれて初めてだ。

昔、年頃になった頃に、王宮付きの医師から、王位継承者としてちゃんと精通があるかどうかを調べられたことがあった。その時初めて射精をしたが、それは医学的な方法を使われてのもので、こんな風に興奮を伴う気持ちのいいものではなかった。

ましてや誰か特定の相手に欲情して射精するなど初めての経験だ。あまりの快楽に、シィンワンは頭がぼんやりとしてしまった。まだ興奮の残る体と弾む息、紅潮した頬と体、ツンと青臭い雄の匂い。陰茎はまだ半分ほど立ち上がり、完全には萎《な》えていない。

「リューセー」

シィンワンは小さく呟いてみた。もしかしたら情愛をもってその名前を呟くのは初めてかもしれない。「愛しい」とか「かわいい」という感情は、初めて龍聖に会った時から芽生えていた。これなら伴侶として愛せると思った。

だがそんな不確かな想いではなく、今はもっと強い想いで龍聖を愛しく思う。それはあの『香り』の影響かもしれないが、この体のすべてが龍聖を欲している。抱きしめて口づけて、その体をすべて手に入れたいとさえ思う。

「これが愛というものなのだろうか？　こんなに簡単に芽生えるものなのだろうか？　それとも肉欲だけのものなのだろうか？」

シィンワンは、初めて覚える感情に戸惑ってしまった。

翌日シィンワンは朝から龍聖の下にやってきた。シィンワンの早い来訪に、龍聖もツォンも驚いたが、龍聖は笑顔で迎えた。

「シィンワン様！」

「リューセー、昨日はすまなかった。あんなことをしてしまって……怒っているだろうか？」

「いいえ、いいえ、びっくりしたけど怒ってはいません。元々オレは竜神様とそのようなことをする覚悟はしていたし……それに魂精のことも教わりましたから……。シィンワン様は早く魂精が欲しいのでしょう？　もうずっと摂取していないのでしょう？　オレがもしもご飯を食べられなくなったら、絶対死んじゃうし、そんなに我慢出来ないし……だからシィンワン様が、お腹が空いているのだったら、いくらでもオレから魂精を摂ってください！　ただ……オレ……キスはこの前のが初めてで……

全然慣れていないから、びっくりしちゃって、ドキドキしちゃって、あの……オレすごくキスが下手だけど許してください」

龍聖は真っ赤な顔をして、それでも懸命にそう告げた。恥ずかしさをごまかすためなのかもしれない。早口になって夢中で話をした。それを聞くとシィンワンは驚いたように目を大きく見開いてから、ブッと噴き出して大声で笑い出した。龍聖はなぜシィンワンが笑っているのか分からなくて、赤い顔のままでちょっと困って立ち尽くしてしまった。

「アハハハ……リューセー……君はなんてかわいいんだ。アハハハ……そうか、初めてだったのか。実は私も初めてなんだよ。私も下手で申し訳ない」

腹を抱えて笑い続けるシィンワンに、龍聖は困りながらもフルフルと首を振った。

「シィンワン様は、ちっとも下手ではなかったです。すごくすごく……あの……上手でした。き、気持ちよくて、びっくりしちゃった」

言ってから自分の口を押さえてまた赤くなる龍聖を見て、シィンワンはククククとまだ笑いながらも頷いてみせた。

「ありがとう……でも大丈夫だよ。そんなに慌てて君から魂精を貰わなくても、まだまだ大丈夫だ。それに昨日はお腹が空いていてあんなことをしたんじゃないんだよ。君が愛しくて抱きしめたくなったんだ」

その言葉を聴いて、龍聖は赤くなった。

「君が怒っていないことが分かって安心した。それでは私は仕事に戻るよ……君との婚礼の日も近い。色々と忙しくなるから毎日はもう来れなくなるかもしれないが許してくれ」

シィンワンはそう言い残して去っていった。龍聖はそれを見送りながら、ギュッと服の胸元を握り締めた。なんだかひどく心臓がドキドキする。胸が苦しい。こんな気持ちは初めてだった。これってもしかして恋なのだろうか？　と心の中でそっと呟く。

初恋は小学生の時だ。五年生の時、同じクラスの女の子を好きになった。でもそれは、本当に淡い想いで、告白なんてもちろんしなかったし、ただその子と隣の席になるだけでドキドキした。中学の時も、ちょっと気になる子はいた。でも部活に一生懸命で恋する暇もなかった。高校の時は、もう誰にも恋をしないと決めていた。それはもうすぐ竜神様の所に行くと思ったからだ。

だから龍聖は、燃えるような恋なんて、まったく経験したことがない。この胸のときめきも、息苦しさも、恋のそれなのか分からない。でも頬がとても熱かった。

シィンワンが疑問に思っていたことはすぐに解消されてしまった。昨日の感情が一時のものだったのか、『香り』に流されたものか、肉欲だけのものか、それとも『愛情』なのか……。答えは龍聖の顔を見た瞬間に出ていた。

もちろん『愛情』だ。龍聖の顔を見た瞬間胸が熱くなり、また「抱きしめたい」と思った。間違いない。龍聖を愛している。そう思うと胸が高鳴り、心が躍る。ジンフォンが歌を歌いはじめたので、シィンワンは驚いて思わず笑っていた。シィンワンもなんだか一緒に歌いたいような気分だ。

シィンワンは晴れ晴れとした気持ちで、ジンフォンとともに塔へと戻った。

「陛下、おかえりなさいませ」

シィンワンがジンフォンの塒《ねぐら》へと舞い戻ると、そこにはタンレンが待ち構えていた。

「タンレン様！」

シィンワンが笑って、ジンフォンの背から飛び降りて駆け寄ると、タンレンは恭しくお辞儀をした。

すでに一線を退いた老齢の身ではあるが、元武人であるタンレンは、威風堂々《いふうどうどう》としている。シィンワンの従弟で、親友でもあるタンレンを見ていると、父王が今も生きていたら、こんな感じだったのだろうかと、シィンワンはタンレンに父を重ねて見てしまう。

「何かあったのですか？　わざわざこんな所までいらっしゃらなくとも……」

「老兵よりご忠告に参りました」

タンレンが皺の浮かぶ口元を、ニヤリと少し上げて言ったので、シィンワンは少し眉根を寄せてから首をかしげた。

「忠告？　何でしょうか」

「リューセー様の下へ通うのはお控えなさい」

「え!?」

シィンワンはギョッとして、どう言い繕おうかと目を泳がせた。その様子を見たタンレンはまたニヤリと笑ってから、ハアと溜息をついた。

「そういうところは、お父上に似ているようで似ていませんな」

「え？　あの……」

「自分の気持ちに正直ですぐに行動に移してしまうところは、お父上そっくりです。愛しいリューセー様に会いたいあまり、我慢出来ずにこっそりと禁を犯して会いに行ってしまうところとかね」

そう言われてシィンワンは恥ずかしさでカァッと赤くなった。

「だがこんな風に図星を指されて、咄嗟《とっさ》に上手い言い訳も出来ずに、すぐに顔に出てオロオロとしてしまうあたりは、大違いですな。フェイワンだったらシレッと『何のことだ？』と知らぬふりを通すところでしょう」

シィンワンは気まずい思いで唇を噛んでから俯いた。

「申し訳ありません……だけどなんで……」

「あんなに派手に行かれては、気づかぬ方がおかしい……竜王に乗って窓から侵入なんてね」

タンレンがプッと笑って言うと、シィンワンはカァッとまた赤くなって頭を下げた。

「すみません。そうですか、みんなに知られているのですか……」

「シェンレンがツォンから事情は聞いているそうです。新王のその行為を咎められる者などいない。若い者は新王に口を出す勇気などないし、年配の者は、皆フェイワンの時の辛い状況を知っているから止めることは出来ない……それぞれが陛下に進言出来ないでいるようなので、こういう役目は私がすべきだろうと、こうして参った次第です」

タンレンはそう言うと、軽く頭を下げた。シィンワンは何も言えずに神妙な顔で、叱られている子供のように立っていた。

「私だって、新王とリューセーが仲睦まじくしているところに、茶々を入れるのは不本意です。しかしやはりこれ以上は放置していられない。陛下、忠告いたします。我々がみんな気づくということは、他からも知られやすいということです。金色の巨大な竜が竜王であることは、エルマーン国民でなくても知っていることです。その王が、毎日窓から忍び込む部屋が誰の部屋か……外から見たら誰だって想像がつくでしょう。今の時期のリューセー様が一番狙われやすく危ないのです。婚姻を終え、契《ちぎ》りを交わし、竜王の伴侶としての証を貰って初めてリューセー様は真の竜の聖人となります。それまではまだ普通の人間により近い。何の力も持たないのです。竜の加護もない……そしてリューセー様を亡き者にしてしまえば、簡単にこの国を滅ぼすことが出来るということは、他国の者にも知られつつあることです。陛下の母君であるリューセー様もそれで命を狙われたのですよ？　婚礼前の今、たくさんの外国人が我が国に入国しています。通常よりもかなり厳しい検問をしてはいますが、本気で暗殺を考える者があれば、それなりに頭を使うでしょう……分かりますか？」

タンレンの話に、シィンワンはひどくショックを受けた。深く頷くと眉根を寄せる。

「城下町や、王城周辺は常に厳重に警戒していますが……念には念を入れて……今はご辛抱ください。陛下の行為は、リューセー様の居所を教えるばかりか、窓から用意に侵入出来ると知らせているようなものです」

「タンレン……私は……」

シィンワンが真っ青になって言いかけたので、タンレンは笑みを浮かべて頷いた。

「もう少しの辛抱です。婚礼を終えて北の城にお二人で籠《こも》ってしまえば、もう誰も手出しは出来ません。そしてリューセー様が証を貰い、真のリューセーになれば、もう心配は要りません……なにしろ他国の人間達は、竜族を殺したら竜の呪いを受けると、本気で信じているようですからね。我々を襲うことはありません」

「私が浅はかでした。申し訳ない。タンレン様、ご忠告痛み入ります」

神妙な顔で頭を下げるシィンワンの肩を、タンレンがポンポンと叩いて笑った。

「で？　新しきリューセー様はいかがですか？　どのようなお方ですか？」

「ああ、とても愛らしい……素直で真っ直ぐで明るくて……本当に良き者です」

とたんに顔をほころばせるシィンワンに、タンレンはニヤニヤと笑った。

「それはお会いするのが楽しみだ」

タンレンに向かって、シィンワンは嬉しそうに笑った。

龍聖は鏡台の前に座ると、鏡に映る自分の顔をジーッとみつめていた。百面相をしてみたり、両手で頬を両側に引っ張ったり押しつけたりしていた。

この国に来て、顔が変わったということは特にないと思うし、外見の何が変わったというわけでもないと思う。唯一変わったのは左腕で、日本で儀式を行った時、指輪を左手の中指にはめたら、左腕に不思議な文様の痣《あざ》が浮かび上がった。まるで刺青《いれずみ》を入れたような濃紺の痣。だがそれ以外は何も変わっていないと思う。

鏡に映るのは、この国の衣装を着ているものの、守屋龍聖十八歳だ。高校三年生。八月生まれの龍聖は、十八歳の誕生日に儀式を行うため、一学期の終業式を機に高校を退学した。それまでは本当に普通の男子高校生として暮らしていた。

家族の誰にも似ていない、綺麗な顔立ちは龍聖として生まれてきた者の宿命だと、物心ついた時に祖父から教わった。

「捨て子だ」「貰い子だ」と冷やかされることもあった。だから祖父は早くから龍聖に、その与えられた宿命について教え込んだのだ。

のびのびと自由に育てられた。家族の愛情を受けて、何不自由なく育った。友達もたくさん作った。恋愛だけはしてはいけないと言われたので、特定の誰かを好きにならないように努めた。

それでもやっぱり心ひそかに好きだった相手はいたし、それはもちろん女の子だった。

自分がやがて『竜神様』という人に仕えて、その身のすべてを捧げなければならないことを教えられても、自分が男の相手をするなどとは想像も出来なかった。男同士のセックスの仕方なんていうのも、本やネットで見たりして知ったが、それには物凄くショックを受けた。

男同士でエッチなことをするなんて気持ち悪い。キスもセックスも絶対無理だと思っていた。だけど……今の龍聖は、シィンワンのことが好きだ。シィンワンとキスをしてもちっとも嫌ではなかった。むしろ気持ちいいと思った。もっともっと抱きしめてキスしてほしいと思った。

「オレ……おかしくなっちゃったのかな？」

呟いて頰をつねる。

「ゲイになっちゃったのかな？」

呟いて鏡の中の自分に向かって、イーッとしかめっ面《つら》をしてみた。

「だけど別にツォンのことは、そういう風には思っていないし……」

口を尖らせてみる。シィンワンは、龍聖に『愛している』と言った。龍聖もはっきりとではないが、より『愛している』に近い気持ちで、シィンワンのことが好きだ。

最初は絵画から抜け出てきたみたいに美しく凛々《りり》しいその姿に憧れた。ギリシャ神話の神様みたいだと思った。スラリと高い身長もガッシリとした体格も、同じ男としては憧れるものだった。

それに優しくて広い心の持ち主であるところに惹かれた。竜神で王様だというのに、少しも気取ったところがなくて、自分の過《あやま》ちを素直に認めて「すまない」と頭を下げられる真摯《しんし》で潔い姿にも憧れた。

惹かれない方がおかしいと思う。最初は憧れで、それから好きだと思って、今は恋愛感情に近いものを抱いている。

まだ会ってから十日も経っていないのに、これって変なのだろうか？　と思う。

「リューセー様、陛下から贈り物です」

そこへツォンが荷物を抱えて部屋に入ってきた。

「え？　なに？」

龍聖が嬉しそうな声をあげて立ち上がると、ツォンがふたつの箱を部屋の中央のテーブルの上に置いた。

「こちらは異国の珍しいお菓子ですね」

箱のひとつをツォンが広げてみせると、色とりどりの変わった形のお菓子が箱いっぱいに入っていて、甘い香りが部屋の中に広がる。

「こちらは外套《がいとう》ですね……手紙が付いていています。陛下からのお手紙です。お読みになりますか？」

「え？　でも……あっ」

龍聖は手紙を開いて驚いた。少しぎこちない筆跡ではあるが、ひらがなで手紙は書かれていた。

「リューセー　残念だが婚礼まで会えなくなってしまった。だけどいつもリューセーのことを思っている。婚礼が済んだら、これを着て私の竜で一緒に空を飛ぼう。　シィンワン」

龍聖は手紙を声に出して読んでから、みるみる顔を輝かせた。手紙を大事に抱きしめて、箱の中の外套を手に取った。それは深緑のベルベットのような肌触りの生地で作られていた。

「これ、外に出る時に着るの？」

「はい、高貴な若い方が好んでよく着られます。丈が短くてフードが付いているのが今の流行です」

「着てみていい？」

「もちろんです」

龍聖は手紙をテーブルの上にそっと置いてから、箱の中の外套を取り出して広げた。ツォンに手伝ってもらって、服の上から外套を羽織った。

「頭からすっぽりと被るのです……そうです。ああ、とてもよくお似合いですね」

龍聖は言われて嬉しくなって笑うと、鏡を覗き込んだ。胸くらいまでの丈しかないケープのような形をしていた。胸の所に金糸で紋章が刺繍《ししゅう》してある。

『緑頭巾《みどりずきん》ちゃんだな、これ』と思って、龍聖はクスクスと笑ったが、シィンワンからの贈り物だと思うととても心が弾んだ。ただの贈り物ではない。初めての贈り物で、その上『竜に乗せてくれる』という約束の品だ。

龍聖は何度も何度も鏡を覗き込む。ツォンは微笑みながらその様子を見守っていた。

「せっかくお菓子を頂きましたから、お茶の用意をいたしますね」

ツォンはそう言って、部屋の扉を開けるとベルを鳴らして侍女を呼んだ。

その時窓の外が騒がしいことに龍聖は気が付いた。

「何だろう？」

窓辺へと歩いていき、窓の外を見た。たくさんの竜が騒がしく鳴きながらグルグルと飛んでいる。

「もしかして……シィンワン様がいらしたのかな？」

龍聖は窓を開けてテラスへと出た。竜がひどく騒いでいる。こんなことは初めてだ。

「なに？」

竜達が上へ下へと騒ぎながら飛びまわる空を眺めた。竜達の間を黒い物体がすごい速さで飛んでいる。

「あれは……鳥？」

龍聖がそう思った時、それは真っ直ぐ龍聖目がけて飛んできた。近づいてくるに従って、それが大きな鷹のような鳥だということが分かった。物凄い勢いで飛んでくると、まるで龍聖を襲うかのようにブワッと羽ばたいて龍聖の頭上すれすれを掠めた。龍聖は「わぁ！」と驚いて咄嗟にしゃがみ込んで難を逃れた。

「リューセー様！　どうなさったのですか！」

テラスに出ている龍聖に気が付いて、ツォンが慌てて駆けてくる。

「大丈夫、でも大きな鳥が……うわあ!!」

避けて安心して立ち上がったところへ、鳥がまた目の前に現れた。大きな鳥は二羽いたのだ。羽を広げると三メートルくらいありそうな大きな鳥が、龍聖に襲いかかり、その大きな脚で龍聖を掴もうとした。

ギリギリで避けて、爪の餌食《えじき》になることから逃れたが、鳥は龍聖の着ていた外套のフードを、がしりと掴んだ。グイッと鳥の上昇とともに引っ張られる。

「あっ！　ダメだ！」

するりと外套が抜けて、鳥は外套だけを掴んで飛び去ろうとしたが、咄嗟に龍聖は外套の端を掴んでいた。

大きな鳥がギャギャギャッと悲鳴のような鳴き声を上げて、必死に飛び立とうと羽ばたく。バサバサと大きな翼が羽ばたくので、巻き起こる風と散る羽で目を開けていられなかった。

龍聖はギュッと目をつぶりながらも、外套を必死になって引っ張る。鳥の羽ばたく力は強くて、龍聖はそのままズルズルと引っ張られて、テラスの手すりまで来ると、そのまま手すりを越えて連れていかれそうになる。

「うわあ!!」

「リューセー様!」

ツォンが慌ててリューセーの腰を摑んだ。

「リューセー様! 手をお離しくださいっ! このままでは落ちてしまいます!」

もう一羽の鳥が、ツォンを攻撃するように襲いかかってくるのを必死で避けながら、ツォンは龍聖に向かって叫んでいた。

「やだよ! シィンワン様から貰った外套がっ!」

「リューセー様が落ちたらもともこもありません! お離しください!! 誰か! 誰か来てくれ!」

騒ぎを聞きつけて、廊下にいた兵士達が駆け込んできた。剣を抜いて鳥を追い払おうとするのと同時に、外套がビリリッと音を立てて破けそうになったので、龍聖が思わず手の力を緩めると、それはするりと手から抜けてしまった。鳥は外套を摑んだままバサバサと飛んでいく。

「あああ!! ダメ! 返せよ!」

龍聖はそれを見て悲痛な声をあげた。二羽の大きな鳥は、竜達に追われながらも、上手にそれをかわして、なおも龍聖を諦めていないかのように、近くの空をぐるぐると旋回しては、時々こちらへ近づいてこようとしていた。

「誰か！　誰か弓矢を持ってない？」

龍聖がそう叫ぶと、兵士達は言葉が分からずにおろおろとしていたので、ツォンがそれを通訳した。するとにいた兵士が「持っています」と弓矢を手に取って見せた。

「貸して！」

龍聖は奪い取るように弓矢を手に取ると、すくっと立ち上がって、弓を構えた。背筋を真っ直ぐに伸ばして、矢を番《つが》えた弓をグググッとめいっぱい引くと、狙いを鳥に定めた。

ツォン達は驚いたようにそれをみつめる。

「この距離で、飛んでいる鳥を狙うなんて……」

弓矢を貸した兵士が、ポツリと驚いたように呟いた。

「リューセーが襲われたというのは本当か!?」

そこへシィンワンが顔色を変えて部屋の中へと駆け込んできた。それと同時だった。龍聖はギリギリと引いていた弓の弦《つる》から手を離した。

シュンッと矢が空を切って真っ直ぐに飛んでいく。それは一瞬の出来事だった。真っ直ぐに飛んだ矢は、鳥に見事に当たった。バッと羽根が散って鳥が落下していくのを、人々は驚きの顔でみつめていた。

残った一羽が龍聖の方へと向かってくるのを、龍聖は迎え撃つように二本目の矢を番えて弓を引いた。シュパンッと音を立てて矢が放たれると、見事にこれも命中した。

皆が息を呑んでみつめる中、シィンワンが龍聖に歩み寄る。

「リューセー……見事だ」

シィンワンに声をかけられて、龍聖はハッとして振り返った。泣きそうな顔をしてシィンワンをみつめる龍聖の顔を見て、シィンワンは驚いて目を丸くした。

「い……いかがした⁉　怪我でもしたのか？」

側まで歩み寄り抱きしめたくなるのをグッと堪えて、シィンワンは少し距離を置いて立つ。

「シィンワン様にせっかく頂いた外套をあの鳥が……あの鳥が……」

「リューセー……外套など、またいくらでも贈る。君に怪我がなくて良かった」

「でもっ……シィンワン様に初めて頂いたプレゼントなのに……オレ……悔しくて……」

「だから鳥を射《い》たのか？」

驚きながらシィンワンが聞き返すと、龍聖は眉根を寄せて唇をキュッと結んでからコクリと頷いた。

それを見てシィンワンは笑みをこぼす。

「リューセーは、意外と気が強いのだな」

そう呟いてプッと噴き出すと、周囲の兵士達も釣られてクスクスと笑った。

「それにしても見事な腕前だった。我が国の兵士達に見習わせたいものだ」

「弓道をやっていたんです。これでも学生日本一なんですよ？」

「一番か……素晴らしい」

シィンワンは微笑んで頷いた。

「陛下、城の麓《ふもと》の森で、怪しい男を捕らえましたが舌を噛み切って自害しました」

「そうか、何か今回のことに関与していたのか？」

「はい、おそらく……男の懐《ふところ》から鳥笛が出てきました。あの鳥はその男が操っていたかと」

「手の込んだことを……どこの国のものだ？」

「人種は西の民のようですが、身元が分かるものは何も身につけていませんでした」

「そうか……婚礼までさらに警備を厳重にしろ。我が国を滅ぼそうと思う者は、数百年に一度のこの機会を待ちわびていたことだろう……リューセーは殺させない」

「はいっ」

シェンレンは深く礼をすると、足早に去っていった。シィンワンはそれを神妙な顔で見送ってから、ふうと溜息をついた。

「人間とは……争いを好み、権力を好む……なんと欲深いものか……だが我ら竜族もかつては残虐非道な所業に及び、今はその報いを受けている……人間達も限度を越えれば、同じように報いを受ける時が来るのだろうか……」

それはせつない韻を含んだ呟きだった。

第4章　婚礼

　数日後、祭壇の前に立つシィンワンと龍聖の姿があった。二人とも真っ白な婚礼衣装を身に纏い、厳粛な面持ちで立っていた。

　龍聖は緊張して、かちかちになっている。ツォンから儀式の段取りや作法を何度も繰り返し教わったのに、頭が真っ白で何もかも忘れてしまいそうだ。

　婚礼衣装を身に纏ったシィンワンを見た時、純白の衣装に深紅の髪が映《は》えて、「かっこいい」と惚れ惚れしたが、それは一瞬のことで、神殿の重厚な雰囲気に呑まれて、今は緊張もピークになっている。

　たくさんの蠟燭《ろうそく》の火が灯る祭壇は、幻想的で美しく、その祭壇のさらに奥に鎮座《ちんざ》する巨大な竜の石像が、この場に厳格さと神秘さを与えていた。

「古《いにしえ》からの慣わしにより、竜王・シィンワン陛下と十代目リューセー様の婚姻の儀を執り行います」

　神殿長の朗々《ろうろう》とした声が響き渡った。それから神殿長は祭壇に向かって祝詞《のりと》のようなものを詠唱しはじめる。粛々《しゅくしゅく》と執り行われる儀式に、龍聖は緊張して顔をこわばらせて俯いていた。

　シィンワンは、隣をチラリと見ては、硬い表情の龍聖を心配していた。顔が青白く見える。婚礼衣装がとても似合ってかわいい。でもいつもの龍聖のように、頬がほんのりと上気している方が、もっと白い衣装に映えるのにと思った。

「竜王よ、この者を真のリューセーと認め、汝《なんじ》の妃と迎え入れるならば、ここに誓約の証をたてられよ」

神殿長が杯《さかずき》をシィンワンの前に差し出すと、シィンワンはその杯の上に左手を被せるように掲げた。

「竜王・シィンワンは、リューセーを我が妃と認める。我らシーフォンと我が国エルマーンのために、そして我がために、リューセーを迎え入れ生涯をともにすることを誓う。証としてこれをリューセーに与える」

シィンワンは穏やかなよく通る声で宣誓の言葉を述べると、懐から銀の短剣を抜き出し、その刃先を杯に掲げている左手の指先に宛がうとピッと斬りつけた。指先から真っ赤な血が数滴滴《したた》り落ち、次の瞬間ボオッと杯から赤い炎が上がった。

炎はまるで幻であったかのように一瞬で消え、神殿長はその杯を下に下げると、シィンワンも左手を元に戻した。その杯を今度は龍聖の前に差し出す。龍聖が恐る恐る中を覗き込むと、杯には液体が入っていて、その中に何かが沈んでいるのが見えた。シィンワンが杯の中に手を入れて、底から指輪を取り出した。

「リューセー、左手を」

シィンワンから優しく言われて、龍聖は左手を差し出した。シィンワンはその手を取ると、中指に指輪をはめた。その指輪は不思議なくらいに龍聖の中指にピッタリとはまった。血の色のように真っ赤な石が真ん中に埋め込まれている。シィンワンがいつもはめている指輪に似ている。

「ここに王の指輪と妃の指輪が揃った。二人の心が真であれば、竜神が祝福するでしょう。竜神の審判を受けに行かれよ」

龍聖はシィンワンに伴われて長い階段を上り、塔の最上階まで行った。とても広い部屋があって、そこには黄金の大きな竜が座って待っていた。シィンワンの竜だ。

「わあ……はじめまして、ジンフォン」

龍聖が声をかけると、金色の竜はグググッと喉を鳴らして、ユラユラと尻尾を振った。

「ジンフォンが、君に会えて嬉しいと言っているよ」

シィンワンが微笑みながらそう言うと、龍聖はきらきらと瞳を輝かせて笑顔になった。

「え!? 本当? シィンワンは、ジンフォンの言葉が分かるのですか?」

「もちろんだよ。ジンフォンは私の半身だ。我々は心が通じ合っているんだよ。だから私がリューセーのことを想うように、ジンフォンもリューセーのことが好きなんだ……なあ、ジンフォン」

シィンワンがそう言って、ジンフォンに話しかけると、ジンフォンがまたグググッと喉を鳴らした。龍聖をみつめる大きな金色の瞳を、少し細めて笑っているように見える。

「今のは、何て言ったんですか?」

「リューセーのことが大好きだと言ったんだよ」

シィンワンがそう訳したので、龍聖は赤くなって照れくさそうに笑った。そんな龍聖の様子に、シィンワンはジンフォンと目を合わせると微笑み合う。

「さあ行こう」

「どこへですか?」

「北の城だよ。初代竜王が築いた居城だ。我らにとっての聖地だ。婚礼はさっきの儀式で終わりではないよ。これから我々は聖地である北の城で三日間過ごして、竜王の審判を受ける。我らが認められれば、晴れて我らは夫婦となれるのだ」

「夫婦……」

龍聖は不思議そうに小さく呟いた。

「あの……オレはシィンワン様に魂精を与えるためにこの世界に来たのですよね？　でも男同士だし……オレは妾のようなものになるのだと思っていました」

「まさか、君は私の伴侶だ。王妃になるのだと教わらなかったのか？　リューセーとは竜の聖人。この国では私よりも偉いのだぞ？」

「確かに王妃になると言われたけど、それはそういう言い方をされただけで、オレはてっきり……でも……ええ!?　嘘だ～！」

目を丸くして、頬を上気させて驚く龍聖を見て、シィンワンは楽しそうに笑う。

「本当だよ。君がいなければこの国は滅びるのだ……さあ、乗って」

先にジンフォンの首の上に乗ったシィンワンが、龍聖に手を差し出したので、龍聖は恐る恐るその手を握った。グイッと上に引き上げられて、龍聖もジンフォンの上に乗る。そのまま首を伝って、ジンフォンの広い背中へと移動した。

「さあ、ジンフォン！　北の城へ行こう」

ジンフォンは大きく羽ばたくと、大空へブワリと勢いをつけて飛び立った。

「わあ!!　すごい!!」

龍聖が感嘆の声を上げる。シィンワンは後ろからその体を支えるように抱きしめた。

「シィンワン様！　ほら！　すごい！　みんな小さく見える」

「ハハハハ……気に入ったか？」

「はいっ！　あ……あれ？　そういえば、こうしていても……あの香りがしません」

「婚礼の儀式で、竜王の証を君に与えたからな」

シィンワンはそう言って、龍聖の左手を取り、その指にはまる指輪に触れた。

「私の血を吸った指輪だ。それをはめることが出来るのは、私のリューセーだけだ」

シィンワンは抱きしめながら、龍聖の耳元で囁いた。龍聖はカアッと赤くなる。

「ほら、あれが北の城だ」

シィンワンが指を差した方角を見ると、険しい岩山の頂上にそびえる古い岩城があった。

「あれが聖地……」

「そう……半年前まで、あそこで私は百年の間眠っていたんだよ」

「あそこで？」

「そう……あの城の中に、始祖であるホンロンワン様がお造りになった特別な部屋があるんだ。ホンロンワン様の宝玉に守られた部屋。新しき竜王が眠るための部屋と、新しき竜王とリューセーが契るための部屋……君はまだ正式な『リューセー』になっていないから、その部屋で『リューセー』になるんだよ」

「リューセーになる……」

龍聖はとても不思議そうに呟いた。

ジンフォンとは入口で別れて、シィンワンに手を引かれるままに廊下を進む。誰もいない静かな城の中、長い回廊を進み、いくつかの広間を抜けて、最奥の眩いばかりの光に満ちた円形の広間へと辿り着いた。

「ここはかつて竜の墓場だったところだと言われているんだ。ああ、墓場といっても怖いことはないんだよ？　竜の亡骸は時とともに朽ちると石化するんだ。半透明の結晶になって……この床や壁がそうだよ。人間達はこれを宝石と同じ価値があると言う。はるか昔は、国交のためにこの石を削って宝石のように加工して、売買に使ったこともあるそうだ。天井にある竜の宝玉が、ここに永遠の光をもたらしている」

言われて龍聖は天井を仰ぎ見たが、キラキラと光が乱反射していて、眩しくて『竜の宝玉』を見つけることは出来なかった。

「ここには誰もいないのですか？」

「ああ、儀式が終わるまでは誰も来ない、我々二人だけだ」

「儀式？」

「そう、この先の部屋は我々王とリューセーしか入れない聖なる場所だ。そこで契りを交わす」

「ち……契りって……え？」

龍聖はカッと赤くなったが、考える間もなくグイッと手を引かれて、さらに奥の扉へと連れられていった。扉を二人の指輪を使って開けると、大きなベッドだけが置かれた部屋があった。ベッドの側には、赤い光を放つ大きな玉があり、その光で部屋全体が、ほんのりと赤く照らされている。

「さてと……リューセー、手伝っておくれ、ベッドを寝られるようにしなければならないんだ」

シィンワンがそう言って、広間の中央にある大きなテーブルの上に置かれた寝具を取りに向かった。龍聖は慌ててついていくと、運ぶのを手伝い、二人で一緒にベッドメイクを行った。

「この部屋は我々しか扉を開けられないし、入れないからね。ベッドの支度は自分でしないといけないんだ」

シィンワンが笑いながらそう説明する。

ようやく用意が整って、龍聖が満足そうに出来上がったベッドをみつめていると、隣にいたシィンワンが龍聖の左手を取って、指輪をそっと外した。

「あ……」

龍聖が驚いているのを無視して、シィンワンも自分の指から指輪を外す。とたんにあの香りがシィンワンの体から溢れ出してきた。それを嗅ぐと、頭の芯が痺れて、意識が朦朧《もうろう》となってしまう。体が次第に火照ってきて、心臓が激しく脈を打ちはじめる。

「あの赤い光を放っているのが、初代竜王が持っていた竜の宝玉だ。あれから発せられる赤い光は、我々シーフォンの力を活性化させ元気にしてくれる。君の魂精の力も強くなる……。ここで君と契りを交わし、竜王の証を君に刻み込むんだ。竜の宝玉が、君の体が真のリューセーへと変化するのを助けてくれる」

「本当の……リューセーの体……？」

すでにぼんやりとしはじめている龍聖が、潤んだ瞳でシィンワンをみつめながら聞き返した。だがその答えを聞くよりも先に、唇を塞がれた。

龍聖は一糸纏わぬ姿で、ベッドの中央に横たえられた。その白い肢体を熱いまなざしでシィンワンがみつめる。

「リューセー……君の肌はなんて綺麗なのだ……男の体とは思えぬ」

十八歳の若い体は、汗も弾くほどに艶やかな肌をしていた。女の肢体とは明らかに違う、引き締まったしなるような体は、手足や肩、胸にほどよく薄く筋肉がつき、無駄な肉のない美しい形をしていた。スラリと伸びた長い手足。細い腰。薄めの陰毛に縁取られた陰茎は、すでに頭を持ち上げていた。

「シィンワン様……見ないでください……」

龍聖は羞恥で爆発してしまいそうだった。ギュッと目を閉じる。

シィンワンは体を屈め、ベッドに両手をついて平伏《ひれふ》すような形になって、そっと龍聖の陰茎の先を口に含んだ。

「あっ……やぁっ……」

龍聖がビクリと体を震わせた。シィンワンはさらに深く咥え込むと、頬を窄《すぼ》めてチュウと亀頭を吸い上げる。

「あっあっあっ」

龍聖は体をくねらせて声を漏らした。シィンワンはなおも愛撫を続けた。顔を上下させて、陰茎を扱くように愛撫すると、口の中で硬さを増していき、すぐにでも弾けてしまいそうだった。

「ん、ん、ん……ああっやっあああっあっ！」

ビクンと龍聖の腰が跳ねて、シィンワンの口の中に精を吐き出した。それを吸い上げて飲み込む。

「ああっあっ……」

激しく息を乱して龍聖はグッタリとした。シィンワンは体を起こすと、前へと移動して龍聖に覆い被さるように体を重ねた。ハアハアと息を吐く唇を吸い、頬や耳に何度も口づけては、また深く唇を吸った。龍聖もぎこちなくシィンワンのキスに応える。そっと差し出してくる舌先を、シィンワンが舌で搦《から》めとり、口内を愛撫した。

両手で龍聖の胸をまさぐる。肌理《きめ》の細かい肌が掌に吸いつくようだ。薄く浮かぶ筋肉の形に合わせて指先を滑らせた。小さな乳首を指の腹で捏《こ》ねるように愛撫する。そのたびにビクリビクリと龍聖の体が反応して震えた。

龍聖の陰茎は再び立ち上がり、亀頭の先からトロトロと先走りの汁を垂らしている。それがシィンワンの腰骨に当たると、龍聖の体がビクリと震えて、ゆるゆると腰を揺すり、昂りをさらにシィンワンの腰骨に擦りつけてくる。それは無意識の行為だった。

シィンワンも腰を動かして、自分の猛る太い男根を龍聖のものに擦りつけた。熱い肉塊が擦れ合う。

「んっんっんっ」

唇を口づけで塞がれて、龍聖は苦しげに喉を鳴らす。シィンワンの唇が離れると、ハアハアと熱い吐息が漏れた。シィンワンは右手を龍聖の股の間に差し入れて、指先で奥の窪みを探った。その窪みの中央を指先でグリグリと弄《いじ》る。鈴口から溢れ出す汁が股の間を伝って流れてきていた。窪みが汁でたっぷりと濡れている。指先でしばらくそこを弄っていると、やがてツプリと中に挿入出来るように柔らかくなる。まず指先が入り、さらにゆっくりと中へ指を埋めていく。中はひどく熱かった。

「ああっ！　シィンワン様……んんっんっ」

龍聖が身をよじらせる。シィンワンは深く根元まで入れた指をゆっくりと動かして出し入れした。チュクチュクと音がする。時間をかけてゆっくりと解し、やがて指の出し入れが楽になってくると、挿入を二本に増やした。二本の指を使って、入口を左右に広げるようにしたり、内壁を引っかくように愛撫する。そのたびに龍聖の腰がびくりと跳ねる。立ち上がった昂りからはダラダラと汁が溢れ続けていた。

「リューセー……愛してる……」

シィンワンも荒い息遣いになって呟いた。龍聖の香りの虜になっている。媚薬のようなその香りで、体中の血が沸き上がり、龍聖の体中に口づけるたびに、魂精が体に流れ込んでくるような快楽を感じていた。それがさらに欲情を煽り立てる。夢中になって、獣のように龍聖の体を嘗《な》めまわし愛撫した。気のきいた愛の言葉を発する余裕など皆無だ。龍聖の美しさを褒めたたえる言葉も思いつかない。ただ時折無意識に、龍聖の名を呟き、愛していると囁く。それはまるで熱に浮かされてうわ言を言っているようだった。

十分に解した穴から指を抜くと、両手で龍聖の膝を左右に大きく開いた。龍聖の股間が露《あらわ》になる。赤く腫《は》れたように色づいて小さく口を開いている秘所も露になる。

シィンワンは腰を近づけると、その小さな穴に昂りを押しつけた。怒張して硬くなった亀頭で、ぐいっと穴を押し開くと、ゆっくりと中へと埋まっていく。押しては引きを繰り返し、刺激されて赤く熟《う》れた口が丸い亀頭を飲み込んでいった。

「ううっ……ああっあっ……んーっ」

龍聖はきゅっと唇を噛んで叫びそうになるのを堪えた。肉を割られて押し開かれていくその感覚に、声をあげそうになったからだ。痛みはほとんどなかったが、熱い塊《かたまり》が下から体内へと入り込んでくる感覚は、鈍い苦しさを伴った。今までそんな所に異物を挿入したことなどない。初めて味わう感覚に、下腹がキュウと鈍く疼《うず》いた。

「あっああっ……入ってくる……あああっ」

それはどんどん中へと入ってきた。肉の塊独特の硬さと柔らかさを併せ持つその物体が、下腹部を押し上げるようにして、龍聖の中を凌辱《りょうじょく》する。その熱さに声が止まらなかった。

シィンワンは、ゆっくりと今にも爆発しそうに荒ぶる昂りを挿入させていき、半分ほど入ったところで、中が狭くてそれ以上入らなくなった。腰を少し引き、浅い部分で腰をゆさゆさと揺すった。亀頭が内壁に擦れて気持ちいい。

「ううっくっ……んんっんっ……」

シィンワンはその快楽に喉が鳴り荒く息を吐いた。龍聖の中はひどく熱い。差し入れたペニスは、今までにない快楽を得ている。背筋が痺れて血が逆流しそうだった。快楽とともに、体中に魂精が流れ込む。腰を激しく揺すって、次第に深くペニスを挿入していった。

「ああっああっああっああっ」

龍聖は次第に自ら足を広げて、シィンワンを受け入れていた。シィンワンの男根が根元まで埋まると、ブルブルと体を震わせて、そのまま腹の上に白い精液を飛び散らせる。

「ああっあ――――っ……あっあっあっあっ」

ガクガクと龍聖が腰を震わせると、シィンワンも「くぅっ」と声を漏らしながら、腰を揺すって龍聖の中に射精した。ビクビクと腰を痙攣《けいれん》させながら、龍聖の腰を両手で掴むと、さらに前後に激しく腰を動かす。出し入れされる肉塊が湿った音を立てて、肉の交じり合う淫猥《いんわい》な音となる。

「あっあっあっ……シィンワン様っ……あっうっうっ」

「リューセー……リューセー……うっ」

激しく交わって、性欲のままに貪り合った。

何度も何度も絶頂に上りつめ、まるで性交の虜になっているかのようにいつまでも求め合った。やがて二人とも精根尽き果てて、崩れるように眠った。

龍聖が目を覚ますと、そこは赤い光の灯る部屋の中だった。前髪を撫でられて、ゆっくりその相手を目で追うと、赤い光のせいでさらに眩しいほどに赤く輝く長い髪のシィンワンの穏やかな笑みがそこにある。

「シィンワン様」

「君は晴れて我が伴侶となった。君の体には竜王の証が刻まれた。これで名実ともに我がリューセーだ。国中の竜達がすべて君に従うだろう」

シィンワンの言葉を龍聖はうっとりとした表情で聴いていた。その額には、小さな花の形のような濃紺色の痣が浮かび上がっていた。竜王の証だ。

竜王の伴侶としての証が刻まれたその体は、龍聖自身では気づかないうちにすでに少しずつ変化を始めていた。外見上では分からないが、その体のうちで少しずつ変化していき、やがて竜王の子を宿せる体となっていくのだ。

「疲れたか？」

「ん……少し……でも眠っていたんでしょう？　だから大分いいみたい」

「そうか」

シィンワンは微笑んで、龍聖の額に口づけた。

「でもオレ……初めてだったのに、あんなに変な声出したり、乱れちゃって……恥ずかしいよ」

「恥ずかしい？　なぜだ？」

「だって……男の人に抱かれて、あんなに……なんか淫乱みたいじゃないですか？　エッチ大好きで、やりまくってる人みたいで……でもオレ、本当に男同士なんて経験ないし、セックス自体初めてだったんだよ！　信じてください！　本当なんです……」

龍聖はそう言って赤くなって目をつぶると『信じらんないよ……』と心の中で呟いた。

まったくの初体験、童貞だったのだ。女の子とだってエッチしたことないのに、こんなにセックスが気持ちいいとは思わなかった。

それも男とのセックス。自分が女みたいに抱かれて、尻の穴にペニスを挿《さ》し入れられていたなんて信じられない。それでエッチビデオの人みたいに、あんあん、って変な声出したりして……お尻を犯されて気持ちいいなんて信じられない。

だがまだ僅かに火照って快楽の跡を残す体に、いやでもそれが事実だと知らされる。尻がジンジンと鈍い痛みとも痺れともつかぬ感覚を残していて、まだ何かが挟まっているような変な感じがする。体を動かすと、トロリと何か熱い液体が流れ出そうになるので、慌ててお尻に力を入れた。それが自分の中に射精されたシィンワンの精液だと気づくのに、少しばかりの時間を要した。

急にカアッと赤くなって黙り込んで目を閉じてしまった龍聖を、シィンワンは優しい眼差しでみつめながら、龍聖の黒髪を何度も撫でた。

「私だって、君に夢中になって、獣のように君を求めた。私も性交は初めてだ。誰もこの手に抱いたことはない。君だけだよ？　君も私も初めてなんだから、最初は優しくそっと一度交わるだけにしよう。後は慣れてから少しずつって思っていたのに……私もなんだか君の体に夢中になって、訳が分からなくなってた。あんなに何回も君の体を抱いたりして、乱暴にしてしまったかもしれない。申し訳ない。恥ずかしいのはお互い様だ……今だってまた君を抱きたくなっている」

「お……起きなくていいのですか？」

シィンワンにすごいことを言われたと思って、真っ赤になった龍聖が、慌ててごまかすように起き上がろうとしたので、シィンワンはグイッとその体を引き寄せて抱きしめた。

「無理に起きなくてもいいんだ。我々の今やるべきことは、三日間交わり続けることなのだよ」

「みっ……三日間！　ずっとセックスするの!?」

「せっくす？　ああ、性交のことだね？　そう私と交わることで君の体が変化するんだ……リューセー……その……ツォンから聞いたかい？　なぜ私と性交をしなければならないのか……以前君は、慰み者になるためとか言っていたけど、その誤解は解けたのかな？　私と交わるのは、決して私の慰み者として奉仕するためではないんだよ？」

シィンワンは龍聖を腕に抱きしめたまま、とても優しく耳元で囁くように尋ねた。龍聖は振り仰いでシィンワンの顔を見るなんてことは出来なくて、シィンワンの胸元に顔を寄せたままで、こくりと頷く。

「シィンワン様に魂精を与えることと……シィンワン様の子供を産むことだって……。オレ、男だから無理だって、すごくびっくりしたんだけど、竜王は男とか女とか関係なく、自分の子供を孕ませることが出来るって……。でも言われてみたら、竜王様は竜神様ですもんね。神様なのだから……うちの家をずっと何百年も栄えさせるくらいに、すごい力を持っているのだから……子供を作るなんて、きっと朝飯前だよね」

龍聖が答えながらも、自分で自分の言葉に納得するように、何度も頷いている。シィンワンから龍聖の顔は見えないが、きっと頰を上気させて、一生懸命に話しているのだろうと思うと、思わず顔がほころんだ。

「朝飯前というほどではないよ……実は元々我々シーフォンは、子供が出来にくいんだ。竜だった頃は性交して子供を作ったりしなかったし……長生きだから、そんなにたくさん子孫を残す必要もなかったんだと思う。自分が死ぬ時に、自分の分身を作るって感じだったらしい。でも今のこの体になってからは、ずっと寿命が短くなってしまったし、男女に分けられてしまったから、子供をたくさん産まなければ、いつか絶滅してしまうんだよ」

シィンワンが少し寂しげにそう言うと、龍聖が顔を上げた。じっとシィンワンをみつめる。

「その話は習いました……昔はもっとたくさんいたって……二千人くらいいたって……でも今は四百人くらいしかいないんでしょ？」

「ああ、そうだよ」

「でも竜王の子が生まれれば、シーフォンの出生率も上がると聞きました。シィンワン様は兄弟がたくさんいるんですよね？　前の竜王と龍聖が、がんばってたくさん産んだって……だからシーフォンにもたくさん子供が生まれて、三百人切っていたのに、今は四百人に増えたのだから、これでもすごく増えたんだって、そう教わりました」

シィンワンはクスリと笑って、龍聖の額にそっと口づけた。龍聖は赤くなって恥ずかしそうに目を伏せる。

「そう、私の父と母はとても仲良しで……私もあんな風な夫婦になりたいと思っていたんだ。だから君が私のリューセーとして来てくれたのは、本当に嬉しい。君とならば、きっといい夫婦になれると思う。君さえよければだけど」

「オ、オレはもちろんいいですよ。だって嫌だと断る理由はないし……シィンワン様は、想像の何十倍もかっこよくて、優しくて、すっごく素敵だし……。そんなシィンワン様がオレのことを好きだって……愛しているって言ってくれてて……オレも初めてシィンワン様を見た時から、なんか……これ、一目惚れなのかな？　今まで一目惚れとかしたことないし、男の人をそんな風な気持ちで好きになったことないから分からないけど……最初から好きになっちゃってて……。シィンワン様が来なかった日とかすごく寂しかったりして……だから結婚するって聞いて、嬉しかったんです。結婚式の日が待ち遠しくなっちゃって……昨日は眠れないくらい興奮しちゃって……王妃になることとか、セックスのこととか、教えてもらったはずなのに、オレ、色々と思い違いはしていたけど、だけど今はすごく幸せだから……」

まだ龍聖は話している途中だったが、その唇をシィンワンが塞いだので、それ以上話せなくなってしまった。シィンワンの唇が、愛撫するように龍聖の唇を吸って、舌を絡ませてくる。龍聖は、ぎこちない様子で、その口づけを、目を閉じて受けていた。

長い口づけからようやく解放されて、龍聖がほうっと熱い息を吐いた。

『キスってこんなに気持ちいいんだ。ただ口と口をくっつけるだけだと思ってた。なんか頭がぼーっとしちゃう』

龍聖は潤んだ瞳で、シィンワンをみつめながらそんなことを考えていた。

「すまない……君が話をしている途中だったのに……君があんまりかわいいことを言うから、衝動的に口づけをしてしまったんだ。我慢出来なかった。許しておくれ」

「べ、別に……許すも許さないも……オレ……嫌だなんて思ってないから……シィンワン様の口づけは、とても気持ちよくて好きです……あっ！　オレ、何言ってんだろう！」

うっとりとした表情で答えていた龍聖だったが、自分の発した言葉に驚いて、大きく目を見開いた。そしてみるみる耳まで赤くなる。

「あの、口づけが好きとか言っちゃったけど、オレ、本当に淫乱じゃないですから……本当に……」

赤くなって一生懸命言い訳をする龍聖がとても愛しくて、シィンワンは思わず笑みがこぼれてしまう。

「大丈夫だよ、リューセー……そんなに気にしなくても、別に私はそんなこと思っていないよ。私だって君との口づけが好きだから、こうしてするわけだし……それともこんな私は淫乱だと思うかい？」

言われて龍聖はぶるぶると首を振った。

「シィンワン様は淫乱なんかじゃないです！」

「ならばよかった」

シィンワンがそう言うと、二人は顔を見合わせて笑った。

「そうか、では私と夫婦になるという意味も、性交をする意味も、ちゃんと誤解なく分かっているんだね？」

「は、はい……でも……さっきも言いましたけど、神様であるシィンワン様が、男に子を孕ませるというから、てっきり神通力みたいなのを使うのかって、思っていました。もちろん……セックス……性交するって話も聞いていたけど、なんか『子を作る』って話を聞いたら、オレが思っているセックスとは違うのかもって思ってしまって……そしたら、なんか普通に……本当に普通にセックスしちゃったから、逆にちょっとびっくりしました」

龍聖はそう言って笑ったので、シィンワンも釣られて笑った。

「確かに私は……特に竜王という存在は、人間達に比べたら、不思議な力を持っているから、神様と思われても仕方がないかもしれないけど……私は君と同じ普通の男だと思っているよ。好きな人のかわいい姿を見たら欲情するし、生殖器だって君達となんら変わらないし、欲情すれば勃起して、性交するわけだから……」

シィンワンの言葉を聞きながら、そういえば先ほどから何かが腰のあたりに当たっているなと、龍聖はふと視線を落として、そこに赤黒く怒張しているシィンワンのペニスを見てしまった。

『わ！』と声を上げそうになるのを、なんとか堪えた。そして改めてじっとみつめる。それは自分のものと比べると、倍以上も大きく立派なものだった。

『こんなに大きいのが、お尻の穴に入っていたの？』そう思ってとても驚いた。なんだかお尻の穴が、じりじりと焦《じ》れてくるような感覚がする。シィンワンの勃起したペニスを見て、興奮してしまったようだ。龍聖のそれも、むくむくと硬くなりはじめていた。

「リューセー？」

急に俯いたまま黙り込んでしまった龍聖に、シィンワンは不思議そうな顔で声をかける。

「リューセー？」

もう一度名を呼ぶと、龍聖は慌てて顔を上げた。その顔は真っ赤に上気していて、目も少し潤んでいる。

「どうかしたのか？」

「あ、あの……シィンワン様……またオレと性交……したいですか？」

「ああ、もちろんだよ」

そうシィンワンは素直に答えるので、龍聖はますます赤くなった。

「今すぐ？」

恐る恐るというように、龍聖が尋ねると、シィンワンは微笑んで少し考える。

「それは……そうだね。実はずっとさっきから、君に欲情しているんだけど……君が嫌ならと思って我慢してる」

シィンワンがそう言って、照れくさそうに笑ったので、龍聖はきゅんっと胸がときめいてしまった。

「あ、あ……あの……オレも……なんか今、すごくエッチな気分になっちゃって……その……つまりエッチっていうのは、いやらしいって意味で……シィンワン様と……性交したいです」

龍聖はそこまで言って、恥ずかしくなって両手で顔を隠した。

「リューセー……」

シィンワンはとても驚いたように龍聖をみつめる。

「なんか……変なんです……シィンワン様の……その……おちんちんを見たら……お尻がむずむずしちゃって……オレのお尻に入っていたんだって思ったら……なんか興奮しちゃって……ごめんなさい！ オレ、変なこと言ってる」

「リューセー、リューセー……変なんかじゃない……変なんかじゃないよ」

シィンワンは龍聖の両手を、顔から外させると、龍聖の目をみつめながら、一生懸命に宥めるように言った。

「嬉しいよ……君がそう思ってくれるのが……。私との性交は嫌じゃなかった？ ちゃんと気持ちよくなった？」

「き、気持ちよかった……気持ちよかったから、淫乱になっちゃうかもって心配したくらいだし……。ああ、どうしよう……シィンワン様……お尻に……入れてほしい……なんかすごく……むずむずして……変じゃない？ こんなこと言うの……変なやつだと思いませんか？」

「思わないよ」

シィンワンはそう言って、奪うように龍聖の唇に口づける。深く吸って、強く抱きしめた。

「一緒に気持ちよくなろう」

シィンワンは口づけの合間にそう言うと、龍聖の体を抱きしめたまま、龍聖の太腿に手をかけて足を開かせると、その中心に昂りを宛がい、ゆっくりと挿入した。散々交わった後なので、まだ穴は柔らかく解されたままだった。太い亀頭の先が、入口を押してめいっぱいに広げると、飲み込まれるように入っていく。

「あっああっ……本当に……入ってくる……ああっあっああっ」

シィンワンは龍聖の腰を両手でしっかりと抱いて、ゆっくりと根元まで深く挿入した。龍聖の中はとても熱くて、シィンワンの昂りをぎゅうぎゅうと締めつけながら、その肉壁がうねるように動いて包み込む。それはたまらないほどの快楽を与えてくれる。すぐにでも射精してしまいそうで、シィンワンはぐっと奥歯を噛みしめて堪えた。交わると龍聖から媚薬のような魂精が、体にじわじわと浸透してくる。それだけで龍聖の虜になってしまいそうだ。

「ああっあんっあっ……なんか……シィンワン様で……お腹の中がいっぱいになっちゃってる……ああっあっ」

熱い肉塊を深く挿入されて、龍聖は身をよじって喘いでいる。

「リューセー……私のが、君の中に入っているのが分かるかい？」

シィンワンは息を乱しながらそう尋ねた。龍聖は何度も頷いてから、薄く目を開けてシィンワンをみつめる。そっと手を伸ばして、自分の尻のあたりを探ると、穴の中に挿入しているシィンワンの陰茎の根元に指先が触れた。

「あっあああっああっ」

本当にシィンワンと交わり、つながっているのだと思った瞬間、龍聖の昂りがびくびくと跳ねて、その先からビュッと薄く白濁した精液が吐き出された。

リューセーの体の変化とは、体の中に『卵室』と言われる女性の子宮のような器官が出来ることだ。そこに竜王が射精した精液の中にある『卵核』というものが定着すると、リューセーの魂精を受けて

卵へと成長し、リューセーはそれを産み落とす。その卵が、竜王の子となるのだ。

最初のシィンワンとの交わりで、龍聖の体はリューセーの体へと変化をしはじめていた。この部屋に満ちているホンロンワンの宝玉の力で、それは活性化され、痛みや苦しみを緩和《かんわ》され、一日かけて変化を遂げる。

「リューセー……すまない……止まらない」

シィンワンは湧き上がる欲情を抑えきれずに、激しく腰を動かしていた。龍聖の中に深く挿し入れた昂りを、肉襞《にくひだ》に擦りつけるように、抽挿《ちゅうそう》する腰の動きが止まらなかった。

「あっあっあっあっ」

突き上げられるたびに、龍聖の唇から甘い喘ぎ声が漏れる。激しく動いて中を犯してくる熱く太い肉塊が、快楽の波を高めてくる。今にもその波が、龍聖の体を呑み込んでしまいそうだ。

「ああーっあああーっ……やだ……あああーっ……おかしくなっちゃう……あぁっあああぁっ」

龍聖は涙を滲《にじ》ませながら、身をよじって喘ぎ続けた。声が出てしまう。恥ずかしいと頭の奥で思っても、激しく攻められると、声が勝手に出てしまう。気持ちよすぎて、頭がおかしくなりそうだ。

「あっあっ……リューセー……ううっうっくうっ」

シィンワンが顔を歪めて、小さく唸《うな》ると、ぶるりと体を震わせて、龍聖の中に精を放った。最初の時よりも、その爆発は大きく感じた。頭の中が真っ白になり、ただ腰をゆさゆさと揺さぶり続けて、残滓《ざんし》まで搾りつくすように、龍聖の中へ注ぎ込む。大量に吐き出された精液は、交わる隙間から溢れ出た。

はあはあと、シィンワンの腕の中で息を荒らげながら、ぐったりと身を委ねる龍聖を、シィンワンは薄く目を開けてみつめた。白いしなやかな肢体はうっすらと汗ばみ、朱《しゅ》に染まっている。荒い息遣いとともに上下する薄い筋肉の付いた形のよい胸には、小さな乳首がぷくりと立ち上がっていた。少し凹んだ腹の上を、龍聖自身が放った射精の飛沫が、幾筋も線となって散らばり濡らしている。大きく左右に開かれた足の間には、ほどよい大きさの形のいい陰茎が、半分ほど頭を持ち上げている。

柔らかな丸い双丘の中心には、シィンワンの男根が挿し入れられたままになっていた。その交わっている部分からは、白い精液が溢れ出していて、龍聖の股を濡らしている。

龍聖は柔らかな頬を染めて、潤んだ両の目はぼんやりと宙をみつめている。

シィンワンは冷静にまじまじとみつめながら、その情景はひどく淫猥だと思った。

性交する姿なんて、少しも綺麗じゃないしかっこよくもない。むしろ滑稽《こっけい》だ。自分は膝をついて立ち、勃起した性器を相手に挿入して、馬鹿みたいにただ腰を前後に振り続けるのだ。それなのに、龍聖はなんと綺麗なのだろうと思う。こんなあられもない姿を曝しているとしても、美しいと思う。

そんな美しい龍聖の体を犯し、夢中で貪るように体を重ねる。それがどんなに滑稽でも、美しい龍聖の体に溺《おぼ》れて、交わりたいという欲望には抗《あらが》えない。

シィンワンはようやく息が落ち着いたところで、深呼吸をすると、再び腰を動かしはじめた。

「あっあああっあっ」

龍聖が泣くように甘えた声で喘ぎはじめる。

子作りのためなんて、そういうことはもう頭にはない。龍聖との性交の虜になってしまった。愛しているという感情が、どんどん湧いてくる。龍聖のことが愛しくてたまらない。

「リューセー……愛してる……愛してる」

シィンワンは何度も囁いた。

若い二人は、たちまち性交に夢中になった。昼夜を問わず、互いに求め合った。恥じらいもいつしか忘れる。それは密室の中での特異な雰囲気のせいもあっただろう。誰の目も気にせず、ひたすら本能のままに求め合う。

不確かな淡い想いしかなかった二人が、急激に距離を縮めて、「愛し合う」という実感を互いに持ち合うには、十分な時間と空間だった。

三日間が過ぎて、二人は迎えに来た神殿長の前で、婚姻の議を滞《とどこお》りなく終えた。来た時とは違う気持ちで、二人は北の城を出た。

別れた時と同じ場所でジンフォンが待っていたので、龍聖は駆け寄ると、ジンフォンが伸ばしてくる鼻先を両手で撫でた。

「わあ、ジンフォンも着飾っているんだね？　すごく素敵だ！」

ジンフォンは頭に花冠を乗せて、背中には金の縁取りの付いた赤いビロードのような布がかけられていた。

「君は竜が怖くないのか？」

「え？　だってジンフォンは、シィンワン様の半身でしょ？　だから怖くはありません」

幸せそうな笑顔で答える龍聖を、シィンワンは同じく幸せそうな顔でみつめた。

「そうしていると私の母を見ているようだ」

「シィンワン様のお母様？　似ていますか？」

「そうだな……顔はそんなに似ていないけど……母も竜が大好きで、いつもそうして父の竜を撫でていた。竜を愛する聖人だった」

するとジンフォンがググググッと喉を鳴らして鳴いたので、龍聖は一瞬目を丸くしてから、すぐにアハハハハハと笑い出した。

「今、ジンフォンは何て言ったの？　何かしゃべっているみたいでかわいいよ」

「君も……リューセーも良き聖人だと言ったんだよ。ジンフォンは」

シィンワンはそう言ってクスリと笑うと、「さあ行こう。皆が待っている。我々の新しい国でこれからともに幸せになろう」と言って、龍聖の手を取るとジンフォンの背に乗った。

第5章　リューセーの資格

「お分かりですか?」

そう尋ねられて、ニッコリと微笑み返した龍聖のまだ幼さの残るかわいらしい表情に、尋ねた方は思わず笑みを返さずにはいられない。そして困ったように小さく溜息をついてから、分厚い本をパタリと閉じた。

「もう終わり?」

龍聖は小首をかしげて尋ねた。

「いえ、リューセー様には難しい本を読みながら、この国の歴史を学んでもらうよりは、もっと別の方法で学んでもらう方がいいような気になってきました」

「え? どういうこと? オレちゃんと話聞いていたよ? 国交が大事だってこともちゃんと分かってるよ? それともオレが馬鹿みたいな顔してた?」

龍聖が心配そうに質問ぜめにするので、側近で教育係のツォンは困った顔になる。

「申し訳ありません。決してそういうつもりで言ったのではないのです……リューセー様が、誰よりもそれは真面目に勉強に取り組まれていることは、私が一番存じております。こんなに優秀な生徒は他にはいません。エルマーン語だって、今ではもうずいぶん上達されていらっしゃいます。この世界に来て、まだ一年も経っていないというのに素晴らしいことです」

ツォンが慌ててそう褒めたので、龍聖は少し照れたように笑った。

「なんかすごく面白いんだよ。オレ、日本にいた時、そんなに勉強する方じゃなかったけど、ここで色々と学ぶのはすごく楽しいんだ。ツォンが教えるのが上手いんだよ」

龍聖がニコニコとしながらそう言ったので、ツォンもニッコリと微笑み返した。

「私を褒める必要はありませんよ。私の教え方が悪ければ、それは咎められても仕方のないことですが、悪くないのであれば、それは当然のことです。リューセー様に理解しやすいように教えられなければ、私は教育係失格なのですから」

「あ〜あ……ツォンみたいな先生がいたら、日本でも勉強が楽しかったのにな〜……ツォン大好き」

屈託なく笑顔でそう言う龍聖に、ツォンは少し困ったような顔をして苦笑した。

エルマーン王国を治める竜族の長、竜王は神からの罰により、自らの命を生きながらえさせるために、『魂精』と呼ばれる人間が持つ魂の力を分けてもらわなければならない体だった。しかし強い『魂精』を持つ人間は、なかなか見つけることが出来なかった。

始祖ホンロンワンは、強い『魂精』を持つ人間を長い月日をかけて探し求め、異世界にある「大和の国」にてようやく、龍成《りゅうせい》という青年を見つけ出した。そして龍成を貰い受け、守屋家の一族と契約を交わした。

『魂精』を持つ人間が一族に生まれたら、竜王に差し出す。代わりに守屋家には永久の繁栄を約束するという契約だった。

証を持って生まれた男子は『龍聖』と名付けられ、十八歳になると異世界へ渡る儀式を行いエルマーンの国へとやってくる。

エルマーンの人々にとっては、竜の聖人であるリューセーこそが、憧れ敬うべき人であった。

ツォンはそのリューセーの側近となるために、少年の頃から厳しい教育を受けてきた。伝説のような憧れのリューセーの側近になることは、この世でもっとも名誉あることだった。

そして今、目の前に本物のリューセーがいる。

純真無垢で、優しくて、明るくて、朗《ほが》らかな、誰からも愛される青年。ツォンの想像とは違うリューセーだったが、誰よりも忠義を尽くせる真の主人だと思っている。

家臣であるツォンにさえ、このように汚れのない真っ直ぐな瞳で「大好き」と言えるリューセーに、戸惑いさえも覚えてしまう。

先代のリューセーも、アルピンに慕われた優しい人だったと聞いていたが、自分が仕えるべきこのリューセーも、本当に素晴らしい方だと思う。

「リューセー様、リューセー様はもうわざわざこんな難しい本を使って、歴史の勉強をしなくてもいいと思ったのです。リューセー様は、陛下のお仕事のお手伝いをされたり、外交の席に積極的に出られたりしていらっしゃるので、勉強しなくても、国交のことや歴史のことは自《おの》ずと学ばれることでしょう。ですからもう歴史の勉強の時間はなくすことにしようと思ったのです」

ツォンが穏やかな口調でそう告げると、龍聖はうんうんと頷いてから、頬杖をついてしばらく何かを考えるような素振りをした。

「う～ん……じゃあ、これからこの時間は何をする？」

龍聖が悪戯《いたずら》っ子のような笑みを浮かべて尋ねたので、ツォンも少し考える素振りを見せた。

「そうですね……それでは、エルマーン語の会話の練習として、エルマーン語で何か私に話をしてください。何でも結構です。日常のことでもいいです。日本語を使ってはダメですよ」

そう言われて、龍聖は「えぇ～～!?」と言った後、少し楽しそうな顔をしてから、う～んと天井をみつめて考えた。

「あ、じゃあね……」

「リューセー様、エルマーン語ですよ」

つい「じゃあね」と日本語で言ってしまったので、アハハと笑ってからまた考えた。

「この前、シィンワンに弓矢の使い方を教えたんだ。そしたらね、シィンワンってばすごいんだよ！あっという間に覚えて、すごく上手いんだ。シィンワンって本当に何でも出来てすごいよね。竜王だから？　だけどオレは、シィンワンは特別だと思うんだ。きっと今までのどの竜王よりも、かっこいいし、頭いいし、優しいし、強いし、最高だと思うんだ」

龍聖があまりにキラキラとした表情でそう語るので、ツォンはおかしくなってククククッと笑い出した。

「あれ？　なに？　オレのエルマーン語、おかしかった？」

「いえ……申し訳ありません……あまりにリューセー様がかわいらしいので……」

「かわいいとか嬉しくないって言ったじゃん」

龍聖がプウッと頰を膨らませてみせたので、またツォンはクスクスと笑った。

「申し訳ありません。でも本当にリューセー様は陛下が大好きなのですね」

「当たり前だよ。愛しているもん」

龍聖は得意げにそう言った後、アハハハと明るく笑った。

その時コンコンと扉を叩く音がして、少し間をおいてからゆっくりと扉が開かれた。それと同時に真っ赤な色が視界に入る。

「笑い声が聞こえたが、ずいぶん楽しい勉強なんだね」

そう言って入ってきたのは、竜王シィンワンだった。

「シィンワン！」

龍聖はパアッと満面の笑顔になって立ち上がると、タッとシィンワンの下へと駆け寄り、飛びつくような勢いで抱きついた。

「こら、リューセー……子供みたいで、はしたないよ？」

抱きつく龍聖を受け止めるように、優しく抱きしめ返してから、シィンワンがクスリと笑って言った。龍聖はシィンワンの顔を見上げると、少し拗ねたように口を尖らせて見せる。

「一日ぶりなんだから仕方ないだろ？」

エルマーン王国の周囲は、グルリと険しい岩山で囲まれており、外界から遮断された大きな要塞のような形になっている。外界との出入り口は、東西南北四カ所にある岩山の隙間、渓谷となっている所に道を作り、門を作り、そこに砦《とりで》を建てて、外からは容易には入れない関所が設《もう》けられていた。

古くなっていた北の関所を壊して新しく建て直していたのだが、その砦が完成したので、しばらく閉ざしていた門を開けて、再び出入りが出来るようにした。

その準備のためと、新しい砦の視察も兼ねて、昨日の午後からシィンワンは泊まり込みで出かけていたのだ。

「陛下がお留守でしたので、リューセー様は寂しがって、ずっと陛下の話ばかりされるのですよ」

ツォンがクスリと笑いながらそう言ったので、龍聖は少し赤くなって反論した。

「嘘だよ！　別にそんなことないよ。全然寂しくないし、別にシィンワンの話もしてないし……」

「今だって、シィンワン様を褒められていたところでした」

ツォンがさらにそう付け加えたので、龍聖は「あ！」と目を丸くして、じっとツォンを振り返ってみつめると、ぷうっと頬を膨らませてみせた。

それを聞いてシィンワンは嬉しそうに龍聖をみつめた。

「そうなのかい？」

「えっと……そ、それより、シィンワンは帰ってきたばかりだろ？　まだ仕事？　疲れてない？」

一生懸命話を逸《そ》らそうとして龍聖が抱きついたままそう言うので、シィンワンは一度ツォンと視線を合わせて笑ってから、龍聖の髪を撫でた。

「別に大した仕事ではなかったから、全然疲れていないよ。ただこれから着替えて、少しばかりゆっくりとしたいと思っていた。夕方から何人か接見をしなければならないが、それで今日の仕事は終わりだよ」

「そうなんだ」

「リューセーはまだ勉強かな？」

「え……えっと……」

龍聖はシィンワンから体を離すと、チラリとツォンを振り返って見た。ツォンは微笑んで頷いた。

「勉強は終わりだよ」

ツォンの合図で、龍聖は嬉しそうに笑ってシィンワンにそう言った。

「じゃあ話し相手をしてもらおうかな？」

シィンワンが優しくそう言うと、龍聖は満面の笑顔で大きく頷いた。

ふわふわの長毛の獣の皮で作られた敷物の上に、ゆったりとした長衣に着替えたシィンワンが、くつろいだ様子で横になっていた。

茶器の載った盆を持った龍聖がやってきて、それを近くの床の上に置くと、シィンワンの隣に正座した。

大きな枕をいくつか重ね置いて、そこに凭《もた》れかかるようにして横になっていたシィンワンは、長い腕を伸ばして龍聖の腕を掴むと引き寄せた。

バランスを崩して、そのまま胸に倒れ込むような形で、龍聖がシィンワンに抱きつくと、シィンワンは愛おしそうに、その黒い髪を撫でた。

「寂しかったのかい？」

「寂しかったよ……あの大きなベッドで、一人で寝たんだよ？　ゴロゴロ転がっても何にもないし寂しいよ」

龍聖はグリグリと顔をシィンワンの胸にすり寄せながら言った。

「本当に君はかわいいな……私は時々、どうしていいのか分からなくなるよ」

「え？」

「君が可愛すぎて困ってしまう」

「なんで？」

「だって君のことばかり考えて何も出来なくなってしまうだろう」

「だったらオレだって、シィンワンのことが好きすぎて困っちゃうよ。オレ、昨夜みたいに、シィンワンがちょっといないだけで、寂しくて死んじゃうかと思ったもん」

「リューセー」

シィンワンはリューセーの体を強く抱きしめた。細くてしなやかな体。薄い布地越しに、龍聖の肌の温かさを感じた。背中を撫でて腰を抱きしめる。すると龍聖が、両手をシィンワンの首に回して抱きついてきた。龍聖が唇を重ねてくる。そっと唇が触れて、柔らかな龍聖の唇の感触がした。

「大好き」

龍聖が囁いた。

「オレ、本当に……シィンワンばっかりなんだ。オレの頭の中は、シィンワンだらけだよ……好きで好きで……本当に大好きで……好きすぎて困る……どうしていいか分かんないくらいシィンワンが好き……ねえ、どうしよう」

困ったように龍聖が言うと、その唇を今度はシィンワンが塞いだ。強く吸って、舌を絡めた。深く熱い口づけを与えると、龍聖の喉が鳴って、ギュッと首に回す手に力が入った。

クチュクチュと音を立てて舌を絡め合う。時折苦しげな甘い息が漏れる。深い口づけ、柔らかな口づけ、長い時間をかけて、飽きることなく何度も口づけを交わし合った。会話はいらなかった。ただ互いの温もりを求め合った。

シィンワンの脇のあたりに、硬いものが当たっていた。龍聖の硬く立ち上がった昂りが、当たっていたのだ。無意識に腰をすり寄せるようにして、昂りをゆるゆると擦りつけてくる。その先からこぼれ出る蜜で、しっとりと衣の布地が濡れていた。

そっと布地越しに、その昂りをシィンワンが包むように握った。

「あっああっ」

ビクッと龍聖の体が震えた。少し背を反らせるようにして、ビクッビクッと反応する。

「ダメッ……今触ったら……出ちゃう……」

「もう？　まだ何もしていないのに？」

シィンワンが少し意地悪く言いながら、親指で龍聖の亀頭の形をなぞるように触ると、ビクンと龍聖の腰が跳ねた。ビュビュッと精が吐き出されて、みるみる布地に染みが広がった。ガクガクと腰が震えている。

「あああっああっあ――――っ」

龍聖は泣くような喘ぎ声を上げると、ふるふると震えてシィンワンに抱きついた。ハアハアと息を乱す。

「シィンワン、シィンワン」

すがりつくようにして何度も名前を呼んだ。

シィンワンは龍聖の腰を抱きながら、長衣の裾をたくし上げて、龍聖の白い柔らかな双丘を剝《む》き出しにした。ふたつの丸い肉を両手で摑むと優しく揉みしだく。

「ああっあ……やぁ……やだ……こんな所で……恥ずかしい……」

「誰もいないよ」

シィンワンは甘い声で囁いた。

「私達だけだ」

そう言ってからまた口づけをした。

双丘の谷間の窪みに、中指をそっと挿し入れる。柔らかなその入口は、指に纏わりつくようにしながらも、無理なく挿入を受け入れた。第二関節まで入れてから、かきまわすように動かすと、温かな中の粘膜が生き物のように収縮して蠢《うごめ》いた。

「うっうん……あっあっ」

指の動きに合わせて声が漏れる。少し萎えて半勃ちだった龍聖の陰茎がまた固くなりはじめた。むくりと頭を持ち上げて、小さく震えている。

「はあ……ああっあっ……はあっ……早く……入れて……シィンワンのを……早く入れて」

龍聖が乞うように言った。シィンワンはゾクリと震えて息を乱す。平静でなどいられない。龍聖に意地悪する余裕など本当はなかった。自身の昂りの方が今にも爆発しそうだ。腹に付くほどそそり立ち、血管を浮き上がらせて、ビクビクと脈を打って汁を滴らせていた。

体を起こして龍聖の上に覆い被さると、両足を広げさせて、腰を抱き込んだ。昂りの先端を、柔らかく解れた窪みに宛がい、グググッと押しつける。小さな穴がゆっくりと開いて、みるみるその大きな丸い亀頭を飲み込んでいった。

「ああっあ――――っ……んっんっんあっんんっ」

肉を押し分けて、大きな肉塊が中へと埋め込まれていく。根元まで深く入れると、シィンワンはハアハアと苦しげに息をした。

龍聖との交わりには、想像を超える快楽がある。直接交わることで、魂精も流れ込んでくる。それは媚薬のように、シィンワンのすべてを痺れさせ、快楽の波に溺れそうになる。

まだまだ若い二人は、性欲が強いせいもあり、いくら交わり合っても飽きることはなかった。婚姻の儀式を行って、正式に夫婦となって以降も、二人は毎日交わり合っていた。二人とも覚えたばかりの性交に夢中になっていた。

たとえ前の日の夜に、疲れるまで交わり合ったとしても、また次の日、抱き合っただけで燃え上がってしまう。

龍聖の「好きすぎて困る」というのも、決して大げさな話ではなかった。

本来、子孫を残すための生殖行為であるが、竜王と龍聖は、異種族間で愛し合えるようにするためか、特にその行為の快楽は、他の比ではなかった。

「シィンワン……」

龍聖が甘えるような声で名を呼ぶ。シィンワンはその声に煽られて、今にも爆発しそうな昂りを、龍聖の中で暴れさせた。腰を激しく動かし、カリで中の肉襞を擦るように刺激すると、龍聖は頬を上気させながら、身を震わせて気持ちよさそうにハアハアと乱れる息の合間に、甘い声を漏らす。

「あっ……あんあっ……んんっんっ……あぁあぁっ」

「リューセーっ……ああっ……リューセー……」

「ああっあんっ……シィンワン……ダメ……そんな……したら……イっちゃう……」

龍聖の昂りからは、透明な汁がトロトロと溢れ出しはじめていた。腰を揺さぶられて、体の奥までかきまわされ、絶頂まで上りつめる。

「リューセーっ……くっ……私もっ……もうっ……ううっくぅっ」

「あっあっあっあっ……あっあっあ――――っ」

ドクンとシィンワンの腰が跳ねて、ググッと深く龍聖の中に昂りを挿し入れてから、勢いよく中へと精を吐き出した。その熱い迸《ほとばし》りを感じて、龍聖もまた体を痙攣させながら果てた。

シィンワンはゆるゆると腰を揺らして、すべての精が出尽くすまで、龍聖の中の熱さと余韻に浸ってから、ずるりと男根を引き出した。

「ああっあっ……」

龍聖がせつない声を上げる。まだハアハアと息が乱れていた。少しぐったりとした様子で、目を閉じて、横たわっている。シィンワンはその体に被さるように、自らも横たわると、龍聖の首筋に何度も口づけた。

「シィンワン」

「リューセー……辛くないか？」

「ううん、すごく気持ちいい……気持ちよすぎて、死んじゃうかと思った……」

龍聖は甘えた声でそう囁いてから、口づけを強請《ねだ》った。シィンワンはその体をそっと包み込むように抱きしめて、龍聖の唇に唇を重ねる。

「オレ……本当に寂しかったんだよ……」

「すまない」

シィンワンは優しくそう謝ると、何度も唇や頬や瞼に口づけた。愛しくてたまらなかった。このかわいい愛妻を、どうして一晩も放っておけたのかと思うほどだ。

「シィンワン……オレのこと好き？」

「何だい？　当たり前だろう？」

「ねえ、好き？　好きって言ってよ」

「好きだよ」

シィンワンが囁くと、龍聖は嬉しそうにククッと笑った。

「もっと言って」

「好きだよ……リューセー、好きだ。愛してる」

「シィンワンの言葉は魔法みたいだ……」

龍聖はうっとりとした様子でそう呟くと、幸せそうな笑みをこぼす。

「お前のその笑顔の方が魔法のようだよ」

シィンワンはそう言って、強く抱きしめた。まだまだ足りない。どんなに抱いても溢れる思いは止まらない。もっと抱きたいと思ったが、シィンワンはグッと堪えた。

「リューセー、今はここまでだ……この後まだ接見の仕事が残っている」

「じゃあ、一緒に行ってもいい？」

強請るように龍聖が言うと、シィンワンはフッと笑ってから「いいよ」と答えた。


謁見の間《ま》に、竜王が龍聖を連れて現れたので、外務大臣であり、シィンワンの弟でもあるヨウチェンは、少し驚いた顔をしたが何も言わなかった。

シィンワンが龍聖を伴って政務を行うのは、決してこれが初めてというわけではない。執務室にも龍聖を連れてきて、シィンワンが仕事をしている間、ずっとその様子を龍聖が見学していたことが何度もあった。

接見の席にも以前に一度だけ、顔を出したことがある。だが今日のようにともに現れて、接見の席に着くのは初めてだった。

「まあ、相手が喜ぶからいいけど」

ヨウチェンは苦笑しながらそう小さく呟いた。

その日の接見は二件。隣国の大使が挨拶のために訪れて、土産の品を献上し、自国の様子などを伝えて、今後の交流について確認するという、特に政治的に難しい接見ではなかったので、ヨウチェンも何も言わなかったというのもあった。

エルマーン王国には、他国ではかなりの高値で取引されるほど良質な生糸《きいと》や織物などの輸出品があり、純粋に貿易を目的とした国交を結ぶ国もあれば、「竜の存在」を後ろ盾に欲しいと願う政治的な国交を求める小国もある。

非戦闘国を掲げているエルマーン王国にとって、政治的な国交を求めてくる国の使者との接見は、いつも揉めて長引くため、龍聖には見せたくないというのが、シィンワンやヨウチェンの考えだった。

この日は、王妃である龍聖も隣の玉座に鎮座して出迎えたので、謁見に来た大使達はそれは感激していた。龍聖はただ黙ってニコニコしているだけだったが、十分に外交の役に立った。

無事に接見が済み、龍聖は嬉しそうに笑ってシィンワンをみつめた。

「どうだった？」

シィンワンが尋ねると、龍聖は瞳をキラキラと輝かせた。

「シィンワンがすごく威厳があってかっこよかったよ。本当にシィンワンはすごい王様だね」

無邪気に褒めたたえる龍聖に、シィンワンは少し照れくさそうな顔で、チラリとヨウチェンを見た。

ヨウチェンはニコリと笑っただけで何も言わなかった。

「ではこれで今日の政務は終わりだな」

シィンワンがそう言って立ち上がろうとした時、ネンイエがやってきた。

「陛下、失礼いたします。ひとつ至急で読んで頂きたい書簡がございます」

「そうか……じゃあ執務室に行こう……リューセーは先に部屋へ戻っていてくれるか？　私もこれが済んだらすぐに戻る」

「では私がリューセー様を部屋までお送りしましょう」

ヨウチェンがそう言ったので、シィンワンも安堵したような表情になった。

「そうしてくれるとありがたい。リューセー、いいね？」

「はい、先に戻っています。ヨウチェン様、よろしくお願いします」

龍聖はヨウチェンに向かってペコリと頭を下げた。

「リューセー様、私は弟なのですから、ヨウチェンと呼び捨てになさってください」

ヨウチェンはクスリと笑ってそう言うと、龍聖をエスコートするように歩き出した。

「で、でも……目上の方だし……」

龍聖は一緒に歩きながら困ったように答えた。

「あ！　あの、オレの言葉、おかしくないですか？　通じてますか？」

龍聖がハッとしたようにそう言ったので、ヨウチェンは、少し不思議そうな顔をしてから、ニッコりと笑って見せた。

「リューセー様のエルマーン語の上達ぶりは素晴らしいです。ちゃんと通じていますよ」

「良かったぁ」

龍聖はホッとした表情で、ニコニコと笑い出した。その様子をヨウチェンは微笑ましくみつめた。

「それにしても、本当にお二人は仲がよろしいですね」

「え？」

「先ほどまでも、仲睦まじくしていらっしゃったのでしょう？」

ヨウチェンはちょっと意地悪く言ったが、龍聖は意味が分からずにキョトンとした顔で隣を歩くヨウチェンの顔を見た。

「つまり……夫婦の営みのことですよ」

ヨウチェンが柔らかく言ったので、そこでようやく気づいて、龍聖はカアッと顔を赤くした。

「え？　あの……どうして……」

ごまかすことも知らないその素直さに、ヨウチェンはククッと笑った。竜王が幸せの絶頂にある時、半身である竜が歌を歌うことを知らないのだと思った。が、敢えてそのことは言わなかった。

「それにしても、安堵しました。こう毎日励んでいらっしゃる様子を見て、本当に安堵しましたよ」

「ま、毎日……励むって……そんな……」

龍聖はますます真っ赤になって俯いてしまった。恥ずかしくて顔から火が出そうだった。

「いやいや、本当に……なにしろ兄上は、眠りにつく以前……つまり、リューセー様に会う前の話ですが、本当に真面目で堅物で、私などは若い頃、色々と遊んでいたものですから、よく怒られましたよ。ちょっとエッチな話をしようものなら、汚らわしいものでも見るみたいな顔して……兄には性欲がないんじゃないかと心配したくらいに、潔癖で晩生《おくて》でした。だからリューセー様とちゃんと子作りが出来るのかと、ずいぶん心配したものです。それが今では……こんなに人とは変わるものだと、本当に驚いています」

ヨウチェンの話に、それまで赤くなって俯いていた龍聖は、「え!?」と驚いた顔になって、顔を上げた。

「まあ、こんなにかわいいリューセー様なら仕方がないですかね？　それにしても、同じリューセーと言っても、やっぱり違うものなのですね。リューセー様と、我々の母であるリューセーはまったく似ていないし……。同じ血筋だから、もしかしたら、母にそっくりなリューセー様が来るかと思っていたのですよ。なにしろ兄は物凄いマザコンですからね……」

「……あの……前の龍聖と、オレは全然似てませんか？」

「ええ、全然似てませんよ」

ヨウチェンはニッコリと笑ってそう言った。

「そ、そりゃあ……顔はそんなに似てないかもしれないけど……ほかも全然違いますか？」

「そうですね、まったく違いますね」

ヨウチェンははっきりと答えた。彼には他意はない。意地悪で言っているつもりもなかった。むしろ褒め言葉のつもりで『全然違う』と言ったのだ。だが龍聖は顔色を変えて、少し俯いた。

「さあ、部屋に着きましたよ」

ヨウチェンは、龍聖の変化には気づいていないようで、にこやかにそう告げると、王妃の私室の扉を叩いた。しばらくして中からツォンが現れた。

「これはヨウチェン様……リューセー様、陛下は？」

「陛下は今執務室で、至急の書簡にご対応中です。リューセー様は先ほどまで接見の席にご列席になられていたのですよ」

「え？　リューセー様が接見に？」

それを聞いてツォンも少し驚いたような顔をした。

「おかげで客人達は大変感激なされて、外交も順調にことが運びそうです。これからもリューセー様には時折接見の時間に席に着いて頂けると、陛下も私も助かりますよ」

「そうですか……リューセー様……？　どうかなさいましたか？」

ツォンは龍聖の様子に気が付いて、少し心配そうに声をかけた。龍聖は顔を上げると、ヨウチェンの方を振り返り、ペコリと頭を下げてからニッコリと笑った。

「オレで役に立つことがあれば何でも言ってください。あの……リューセーとして、みんなの役に立てるようにがんばりますから」

そう明るく言ったがどこかぎこちない様子で、さっと部屋の中へと入っていった。さすがに少し様子がおかしいと、ヨウチェンも気づいたが、なぜかは分からないので、ツォンと顔を見合わせた。

「お疲れなのかな？　申し訳ないことをしました。接見の件は、まあ私も調子に乗って言ってしまいましたが、無理にという話ではありませんので、誤解のないようにリューセー様にお伝えしてください」

ヨウチェンはツォンにそう言うと、軽く会釈をしてから去っていった。ツォンは礼をしてそれを見送ると、パタンと扉を閉めた。部屋の中を振り返ると、奥の長椅子に、龍聖は横になっていた。

「リューセー様……大丈夫ですか？　お疲れなのでしたら、寝所でお休みになりますか？」

ツォンが心配そうに声をかけたが、龍聖は顔を突っ伏したままで、ピクリとも動かなかった。

「リューセー様？」

心配になってもう一度声をかけると、ゆっくりと龍聖が顔を上げた。

「ねえ、ツォンは、前の龍聖のこと知ってる？」

「え？」

急に尋ねられて、ツォンは驚いてすぐには答えられなかった。何を意図してそんなことを聞くのかが分からなかったからだ。

「会ったことある？」

「え……あ……はい、まだ子供の時ですが、一度だけ御前でお声をかけて頂いたことがあります。私が次のリューセー様の側近候補に選ばれた時です」

「どんな人だった？」

「……とても優しい方です。下々の者にも分け隔てなく接せられて、気さくに話しかけられるし、私にも、まるで母親のように優しくお声をかけてくださいました」

「綺麗な人だよね」

「？　リューセー様はご存じなのですか？」

「あ〜……もちろん曾じいちゃんぐらいの時代の人だから、会ったことなんてないけど……写真は見たことあるし……あっ……」

「どうかなさいましたか？」

一瞬、龍聖がハッとした様子で、何かを思い出したような顔をしたが、すぐに首を振った。

「なんでもない」

龍聖はそう言ってまた俯いてしまった。俯いたまま、のろのろと体を起こすと、少しグッタリした様子で椅子の背に凭れるようにして、だらしなく座った。そして大きく溜息をつく。

「リューセー様？」

「前にさ……この国の歴史の勉強をしたでしょ？　その時に、前の竜王と龍聖の時代に、この国は滅亡の危機にあって、でも二人の力で国を建てなおしたって教わったよね……だから、この国の人達にとっては、前の竜王と龍聖って、神様みたいに崇められているんだよね」

「……そうですね。国が危機にあった頃は、私はまだ生まれていませんでしたので、話に聞いただけですが……」

なぜ急にそんなことを聞いてくるのか、ツォンにはまだ訳が分からず、答えも慎重になっていた。龍聖が何を聞こうとしているのか意図が分からない以上、下手なことは言えないと思ったからだ。

「実はね、日本でも同じ感じだったんだ……昔、曾じいちゃん達の時代……守屋家は潰れかかってて、次々と色んな人が亡くなったり、会社が倒産したり、借金を抱えたり、とにかく不幸の連続だったって……それを前の龍聖が、竜王の下へ行く儀式をしてくれて、向こうで竜王に仕えてくれたおかげでその後、守屋家はどんどん運が向いてきて、いいことが続いて、みるみる盛り返していったんだって……。だから竜王様の下で、きっと龍聖ががんばって尽くして気に入られたからだろうって言って、前の龍聖は、守屋家を救った救世主だって……ずっと神棚に、前の龍聖の写真が飾ってあったんだ。

オレが証を付けて生まれてきて、『龍聖』って名前を付けられた時、オレのじいちゃん達も父さん達もみんな、「前の龍聖にあやかりなさい」って言って……ずっとそう言い聞かされて育てられたんだ。だからとにかくオレは、絶対竜王様に気に入られなきゃいけないって……竜王様に尽くそうって、ずっとそう思ってて……それが当たり前だと思ってた。だけどこっちの世界がどんな所かなんて分からないじゃん？　こっちの世界で前の龍聖がどんなことをやっていたかとか分かんないし……オレ……ちゃんと『リューセー』として相応《ふさわ》しいかどうか分からないし……シィンワンはすごい王様だから、シィンワンの役に立たなきゃって……そう思ってがんばってるつもりなんだけど……なんか……あんまり自信がないんだ」

龍聖はそう言うと、椅子の上で膝を抱え込んで丸くなった。ツォンはそこまで話を聞いて、ようやく龍聖の様子がおかしい理由が少しばかり見えてきた。

「リューセー様……誰かから、何か言われたのですか？」

ツォンは龍聖の前にひざまずくと、顔を覗き込むようにして、そっと囁くように尋ねた。だが龍聖は抱えた膝の上に顎《あご》を乗せて、目を伏せたまま何も答えなかった。

「前のリューセー様と、リューセー様が違うのは当然です。だからといって、それを気に病むことなどありません。リューセー様はとても立派に務めていらっしゃいますよ？　勉強だって、本当にがんばっていらっしゃるし、エルマーン語もずいぶん上達されて、だからヨウチェン様達とも、私の通訳がなくても、お話がお出来になったでしょう？　周囲からの評判はとてもいいですよ。皆様、リューセー様をとても褒められるので、私も側近として本当に誇らしく思っています」

ツォンはまるで子供を宥めるかのように、優しく諭すように語りかけた。

「接見の席はいかがでしたか？　来賓の方は、リューセー様がいらっしゃったので、大変感激されたとヨウチェン様が言っていらっしゃいましたが……早速、今日勉強した外交の話を実現なさったのですね」

ツォンが話を続けるが、龍聖は黙ったままで元気がなかった。こんなに沈んだ様子の龍聖は初めてだった。何があったのか、ツォンはとても心配になった。

その時扉を叩く音がして、少し間をおいてシィンワンが入ってきた。

「リューセー……こっちに戻っていたんだね。向こうの部屋に戻っても、姿がないから心配したよ。待たせたね。さあ戻ろうか？」

シィンワンが微笑みながら優しく声をかけたが、龍聖は椅子の上で膝を抱えて丸くなったままだった。シィンワンは不思議そうな顔をして、ツォンを見た。ツォンは困ったように、龍聖とシィンワンを交互に見た。

「リューセー？　どうかしたのかい？」

シィンワンが少し心配そうに歩み寄ろうとした時、バッと龍聖が顔を上げて、勢いよく椅子から立ち上がった。

「ううん、なんでもないよ！　大丈夫！　シィンワン、もう仕事は終わったの？」

「あ、ああ……今日はもう終わりだ」

「じゃあ戻ろう……なんかオレ、お腹が空いちゃった」

龍聖は明るくそう言って、笑顔を見せた。いつもの龍聖だ。だがなんとなく空元気に見えて仕方がない。シィンワンは訳が分からずに、またツォンの顔を見た。ツォンは困ったような顔のままで、小さく首を振ってみせた。

二人は王宮の奥にある王の私室に戻ると、夕食を摂って、その後ゆっくりと二人で話をしながらくつろいだ。いつもと同じ二人の時間の過ごし方だ。龍聖が、シィンワンに色々と質問をして、シィンワンがそれに答えて、互いにたくさん話をしてまったりと過ごす。

いつもたわいもないような話が多かった。だが互いを知るには、一番の方法であり、より情を深め合う大切な時間だ。

やがて龍聖が小さくあくびをひとつすると、それが合図のように、もう休もうかと話を切り上げる。

二人は手をつないで、仲良く奥の寝所へと向かった。

二人で寝てもまだ余裕がある広く大きな天蓋付きのベッドが、寝所の中央に鎮座している。そこにピョンッと龍聖が乗って、手を引いてシィンワンをベッドに引き入れると、チュッと口づけをして、

「今日も一日お疲れ様でした」と龍聖が囁く。

それが毎日の儀式のように繰り返されていた。シィンワンは、この龍聖の甘く優しい囁きに、すべての疲れが癒される思いをいつもしていた。

たくさんの親族や家臣達と、賑《にぎ》やかに食する宴《うたげ》よりも、龍聖と二人っきりで睦まじくする食事の方が何倍も好きだった。

食事の後、ソファでくつろぎながら、二人でゆっくりとたわいもない話をし合う時間が、何よりも好きだった。

そしてこうして寝る前に、龍聖の笑顔とかわいい口づけで、すべての悩みも疲れも、仕事の煩《わずら》わしさも、何もかもが吹き飛んでしまうのだ。そして龍聖を愛しいと思う気持ちだけが残り、幸せな気持ちで一日を終わることが出来た。

ベッドの上で向かい合って座りながら、シィンワンは目の前の龍聖の顔をまじまじとみつめた。ベッド脇にひとつだけ灯るランプの淡い光に照らされて、龍聖の真っ黒な大きな瞳が、宝石のように光っている。柔らかな頬は、少し朱に染まり、たくさんのかわいい言葉を紡ぎ出すその唇は、艶やかに濡れていた。

まだ表情に幼さの残る、かわいくて愛しい、我が妻。

シィンワンにみつめられて、龍聖は頬が熱くなっていた。キスして抱き合いたいという衝動に駆られる。シィンワンと一緒にいると、いつも抱きしめられたいと思うし、たくさんキスもして欲しいという気持ちになる。シィンワンの逞《たくま》しい厚い胸板に、身を預けるととても安堵した。その太く逞しい腕に包まれるように抱きしめられると、胸が高鳴った。

シィンワンとのキスはとても気持ちいいし、そうするとすぐにいやらしい気持ちになってしまう。モヤモヤとした気持ちが、体の奥から湧き上がってきて、体の芯が熱くなって、ペニスがすぐ硬くなって立ち上がってしまう。お尻もうずうずしてくるし、そこを早く弄られたいと、いやらしいことで頭の中がいっぱいになる。

今も、こんなにみつめられて、もう下半身がじんじんとしてきている。半分ばかり立ち上がっているかもしれない。

龍聖はハッと我に返って、そんな自分を恥ずかしいと思った。

「あ、あのね、シィンワン」

「なんだい？」

「今日はもう……その……エッチなことしちゃったし……このまま眠ってもいい？」

「疲れたのかい？　すまなかったな」

「ううん……ご、ごめんなさい」

「なぜ謝る？」

シィンワンは優しく龍聖の髪を撫でてから、肩を抱いて一緒にベッドに横になった。上掛けを龍聖の肩までかけてやると、優しく抱きしめた。

「シィンワン、キスして」

龍聖がそう言うと、シィンワンはそっと唇を重ねた。優しく口づけて少し離すとじっと龍聖をみつめた。

「おやすみ、リューセー」

「おやすみなさい」

二人はチュッと軽く何度か口づけを交わして、龍聖はシィンワンの胸元に顔を埋めた。シィンワンは龍聖を懐に引き寄せるように抱きしめなおすと、静かに目を閉じた。

結婚以来、性交をしないでの就寝など初めてのことだった。だがこんなに穏やかで、安らかな眠りはないとシィンワンは思って目を閉じた。腕の中に、龍聖の温もりを感じるだけで幸せだった。

だが龍聖は、悶々《もんもん》としたまま、なかなか眠りにつくことが出来なかった。下半身はまだ疼いていて、前も後ろも、無意識にいやらしい行為を期待しているのだ。だがそれは恥ずかしいことだと思った。

『オレは淫乱なんだ』

龍聖はそう思うと、恥ずかしくて涙が出そうだった。

頭の上で、シィンワンの安らかな寝息が聞こえてきた。それに気づいて、ますます龍聖は恥ずかしくなった。

『やっぱり』

と龍聖は心の中で思って、カアッと耳まで赤くなる。こんないやらしい気持ちで悶々としているのが、自分だけなのだと思うと、恥ずかしくて仕方なかった。いつからこうなってしまったのだろう？いや、元々生まれつき淫乱だったのだろうか？

シィンワンと初めてこうなるまで、龍聖はまったくの童貞で未経験だったから、自分が淫乱かどうかなんて分からない。学校の友達とはよくエッチな話もしたし、そういうのに興味もあった。けれど友人の家でこっそりエッチなＤＶＤを観た時も、ちょっと興奮はしたけど、それだけだった。

自分の部屋でエッチな本を見ながら自慰なんていうことも、実はそんなにしたことはなかった。上手く気持ちよくなれなくて、射精まで至らないこともあった。擦りすぎてちんちんが痛くなったこともあった。やり方が下手なのかと思ったが、自慰の仕方なんて人には聞けないし、なんとなく面倒で、そのままあんまりしなくなっていた。

だけどシィンワンとの行為で、至高の快楽を知ってしまってからは、自分でもコントロールがきかないくらいに、エッチなことばかり考えて、エッチばかりしたくなってしまう。

いつもシィンワンに抱きしめてと強請り、キスをしたがったり、セックスだって、龍聖からいつも誘っていたように思えてきた。

『ヨウチェン様は、シィンワンはあまり性欲がなくて潔癖だったって言ってた……本当はエッチなんてあまりしたくないんじゃないだろうか？　前の龍聖は、きっとこんなに淫乱じゃなかったんじゃないかな？　だからオレと似てないんだ』

考えれば考えるほど、そうとしか思えなくなる。

『そもそもキスだって、本来は魂精を与えるための行為なんだし……セックスは、子供を作るのが竜王の使命だからやらなきゃいけないってだけだよね……今だって、別にエッチしなくても、シィンワンは平気そうだし……っていうか、もう寝てるし……』

龍聖は半分元気になってしまっている自分のペニスをぎゅっと摑んで、恥ずかしいのと悲しいのとが混ざって、ちょっと涙が出てきてしまっていた。

龍聖はそれまでまったく考えてもいなかったことを、ヨウチェンの何気ない言葉で指摘され、我に返ってショックを受けてしまっていたのだ。

『前のリューセーには全然似ていない』この言葉が、自分でも思ってみなかったほどショックだった。

それは容姿が似ている似ていないという次元の話ではない。

龍聖にとって、この国の人が言う『リューセー』は、自分の名前とは違う、ひとつの役職のように感じられていた。だから『リューセーに似ていない』と言われるのは、『リューセーらしくない』と言われているように受け取ってしまったのだ。

物心ついた頃から、周囲の者に『立派に龍聖としての務めを果たしなさい』と、言われ続けていたことも、自分を責める原因になっていた。

この世界に来て、初めての経験ばかりで、目新しいことが楽しくて無我夢中で過ごしてきた。それがここにきて初めて、我に返るスイッチが運悪く入ってしまったのだ。

『オレ、このままだと、シィンワンに愛想尽かされちゃったりしないかな……いつも無理やり『好き』とか言わせちゃってるよね……うんざりされたりしないかな……いつもエッチしたがるのもオレばっかりなんだとしたら、呆《あき》れられてないかな？　シィンワンはすごく優しいから、絶対にそんな顔はしないし、オレに悟られないようにすると思う』

考えれば考えるほど、どんどんマイナス思考になっていた。不安がどんどん膨らんでいく。

『どうしよう。オレ、シィンワンに嫌われちゃったら……。もっとがんばらないと……もっとリューセーとして役に立たないと……』

龍聖はギュウと強く目をつぶって、唇を噛んだ。


翌日、いつもと一見変わらない様子の明るい笑顔の龍聖の姿があった。だがツォンは、いつもとの微妙な違いを感じていた。

「無理していらっしゃる」

そう感づいていた。

昨日、誰から何を言われたのかは分からないが、龍聖がひどく自分に自信をなくしてしまっていることに気が付いた。それを決定づけるかのように、今日はいつにもまして、勉強熱心だ。休む間もなく、次々に新しいことを学びたがる。

「そんなに一度に勉強しては、混乱してしまいますよ？　ひとつひとつじっくり学んでいきましょう」

ツォンが少し落ち着かせようと窘《たしな》めても、聞く耳を持たない様子で必死になって勉強を続ける。

「リューセー様……リューセー様っ!?」

「え？　あ、なに？」

ツォンは小さく溜息をついた。

「昨日、何があったのですか？　私にも話せないことなのですか？」

ツォンは決して責める様子ではなく、穏やかな口調で、だが真っ直ぐに龍聖をみつめて、問いかけた。龍聖は困った顔で、一瞬目を逸らしてから、少し考えるような素振りをして、持っていた分厚い本をそっとテーブルの上に置いた。

「……リューセーの役目って……なに？」

「え？」

「王様に魂精を与えるだけの存在？　子供を産むだけの存在？」

「そんなことはありません！」

思わずツォンは大きな声を出していた。龍聖が驚いたように目を大きく見開いて、ツォンをじっとみつめたので、ツォンは我に返り、コホンと小さく咳払いをすると、深く息を吸い込んで自分を落ち着かせた。

「申し訳ありません。リューセー様があまりにも驚くようなことをおっしゃるので、私も思わず声が大きくなってしまいました……魂精を与えるだけの存在だなんて……子供を産むだけの存在だなんて……いったい誰が、そんな偽りを申したのですか？」

ツォンはいつものように穏やかな口調だったが、明らかに怒っているのが分かって、龍聖は慌てた。

「違う、違う！　誰もそんなことを言ってないよ……今のは……今のはちょっと……飛躍しすぎたかもしれないけど、リューセーの役目は何だろうって……ただ本当に思って聞いただけだから……」

龍聖は本当に慌てた様子で、必死になって誤解を解こうと弁明した。龍聖は素直で嘘はつかない。その様子から、確かにただ聞いただけなのだろうと推察出来たので、ツォンは少し冷静さを取り戻した。

「陛下に魂精を与えるのは、確かにリューセー様の大事な役目ですし、これだけはリューセー様にしか出来ないことです。ですがこのエルマーン王国にとって、リューセー様の役割はそんな単純なものではありません。リューセー様は竜の聖人ですから、シーフォン達にとって絶対的な存在です。それは竜王とはまた違う意味での絶対的君主……何より竜王の妃なのですから、国を治めるうえで、リューセー様にも力を貸して頂く必要があります。だからこそこうして、歴史や政治の勉強をして頂くのです」

「力を貸す……」

龍聖は呟いてじっと考え込んだ。

「例えば……先代のリューセー様は、積極的に国内の政策に関わっておいででした。アルピンのための学校を作られたのも先代のリューセー様です」

先代のリューセーの名前が出て、龍聖はびくりとした。

「アルピンのための学校……それまでなかったの？」

「はい、城に仕えるアルピンには、簡単な教育がなされますが、一般のアルピン達には学校に通って勉学に励むという習慣がありませんでした。ですから文字を書けない者、計算が出来ない者がたくさんいたのです。それを先代のリューセー様が改善なさって、城に仕える者だけでなく、農民も商人も皆等しく教育が受けられるように、無償の学校を建設されたのです。おかげで今では、ほとんどのアルピンが、文字も書けて、本も読めるようになりました」

ツォンの話を聞いて、龍聖は驚くとともに再びぼんやりとしてしまった。先代のリューセーの行いを聞けば聞くほど、自信がなくなっていく。誰でも通える学校というのは、龍聖のいた世界では、当たり前のことだったが、この国の人々……特にアルピンにとっては、革新的ですごいことだったのだろうというのは想像出来る。

エルマーン王国には、シーフォンとアルピンというふたつの異なる種族が住んでいる。元々竜族であったシーフォンは、神からの罰のひとつとして、その頃もっとも弱い民族であったアルピンを保護し、共存することを定めとされた。

最弱の民族……その頃のアルピンという種族は、おそらく「人間」としての文明が、まったく進化しておらず、獣に近い生き物であったのだろうと推測される。だから当時すでに文明を持っていた他の人間から、奴隷として扱われていたのだ。

性格はとてもおとなしく、従順であるため、他の民族から虐《しいた》げられて、滅びようとしていた種族だった。それを守りともに生きることを命じられたシーフォン。

国を与えられ、エルマーンの国民として生きる道を作られたアルピンを導き、ここまでの文明をともに築き上げてきた。シーフォンは長い年月をかけて、アルピンを「人間」として進化させてきたのだろう。

だから先代の時代のシーフォンとて、別にアルピンを虐げていたわけでもないし、奴隷にしていたわけでもない。ただどちらの種族も、「学校を作る」という発想も文化もなかった。

そんな人々に、学校を作らせて、国民の民度を上げるということを提案したリューセーは、すごいと思うし、国民すべてが感謝するのも当然な、偉大な功績だと思う。

それは十八歳の龍聖にだって分かる。そしてきっと自分には、そんな発想力や行動力はないだろうと思った。

今は必死に学んで、シィンワンを頼りに日々を過ごすことしか出来ない。こんな自分では、『リューセー』として失望されてしまうと思った。

『オレは、何にも出来ないし、エッチばかりしたがって淫乱だし、シィンワンは優しいから何も言わないけど、きっとがっかりしているんだろうな……』

そう思ったらとても悲しくなった。こんなことなら、もっと日本でいっぱい色々な勉強をしたり、資格を取ったりしておけばよかったと思った。自分がこの世界に来て、何かシィンワンのために出来たことと言えば、弓矢を教えたくらいだ。だがそれも、シィンワンはすぐに覚えて上達してしまった。

そうしたらもう何もない。

「他には？　他にも何か前の龍聖がやったことってある？」

「そうですね……先代のリューセー様が、それまでのリューセー様とは特に違っていたのは、自らアルピン達の側に行き、話をしたり、交流を持たれたことでしょうか？　その結果が学校でもあるし、そういえば、兵士を強くするために、アイキドーを教えたりしていましたね」

「合気道を!?」

「はい、アルピンは元々の性質で、とてもおとなしいところがありますから、あまり闘争心がないのです。兵士になった者も、戦えばそれほど強くありません。剣術の訓練はしていますが、得意ではないのです。それを見たリューセー様が、暴力的な方法ではなく、体を使って相手と戦う方法としてアイキドーを教えてくださったのです。ですから現在の兵士達は、皆、訓練の中にアイキドーを取り入れています。おかげで役に立ったことが何度もありました」

それを聞いて、また龍聖は愕然《がくぜん》としてしまった。

『オレはシィンワンに弓矢を教えたけど、それはシィンワンに褒めてほしかったからだ。シィンワンがオレの弓矢の腕を褒めるから、嬉しくて、認めてほしくて、調子に乗ってた……別にシィンワンに弓矢を覚えて強くなってほしいとか思って教えたわけじゃない……アルピンの兵士達に教えるなんて、まったく考えてもいなかった……やっぱりオレはダメなんだ』

自分本位だったことに気づいて、また落ち込んでしまった。聞けば聞くほど、その違いに愕然としてしまう。前のリューセーが、この世界でも、日本でも、讃《たた》えられ、崇《あが》められて当然だ。自分とは全然違うのだ。

『オレ……なんでリューセーなんだろう……何かの間違いじゃないのかな？　オレが来たのは間違いじゃないのかな？』

そんな不安が膨れ上がってきた。

「ツォン……あの……あのさ、今まで間違って別の人がリューセーとして来たことってあるのかな？」

龍聖は俯いたまま尋ねた。その問いに、ツォンは意味が分からないというように、首をかしげて眉を寄せた。

「間違い……ですか？」

「そう、勘違いで本当はリューセーじゃないのに、間違って来ちゃった人」

「それはないですね。そもそもリューセーでない人は、儀式をしてもこちらの世界には来れないはずです」

ツォンはそう答えながら、「それが何か？」というような顔をして、俯いたままの龍聖をみつめた。

「リューセー様？　どうかなさったのですか？」

龍聖は返事をせずにただ俯いて、テーブルの上をみつめているだけだった。どうしたらいいのだろうと考えても、何も思い浮かばない。マイナスなことばかり考えてしまう。それは龍聖にとって初めての挫折でもあった。これまでの人生で、ここまで自分に自信を失ったことはなかった。常にポジティブなのが取り柄だった。でも今は、そんな「前向きな気持ち」だけではどうにもならないような気がしていた。

特にここは異世界。親兄弟も友人もいない。自分の常識で知っていることが何もない。

それなのに自分は『リューセー』と呼ばれる竜の聖人で、竜王の妃で、この国の頂点に立つべき人物なのだ。それまで自覚していなかったが、突然自分の立場の重責を感じてしまっていた。

「ちょっと休んでもいいかな？」

ポツリとそう呟いた。

「具合が悪いのですか？」

ツォンが慌てて心配そうに言った。

「疲れたのかな……頭が痛いから……でもね、しばらく横になれば大丈夫だから、心配しないで……それにお医者様を呼んだり、シィンワンに言ったりしないで」

龍聖はそう言って立ち上がると、奥の寝室へと歩いていった。最近はほとんど使っていない、龍聖の私室の寝室だ。

ツォンが心配そうに後をついてくるので、龍聖は寝室の入口で足を止めると振り返った。

「一人になりたいんだ。ごめんね」

そう言うと、パタンと扉を閉めてしまった。

「リューセー様……」

ツォンは突然のことに戸惑いを隠せなかった。


龍聖はベッドに俯せになって横になっていた。グルグルと色んなことを考えていたら、頭がガンガンと痛んできた。不安が膨らんで胸が痛いと思ったら胃がキリキリと痛んできた。

「リューセーって、どうしたらいいんだろう？　オレ、この国のリューセーとして、どうしたらいいのかな？　何をしたらみんなの役に立つ？　どうしたらシィンワンのためになる？」

不安を口に出してみた。それを耳から聞くと、さらに不安が強くなった。こんな頼りない声で、弱音を吐くようなのは、きっと『リューセー』なんかじゃない。

「だって誰も教えてくれなかった……父さんも母さんも……じいちゃん達だって、こっちの世界でオレが何をしないといけないか、ちゃんと教えてくれなかった……。ただ、竜王様のために尽くすんだって……気に入られるようになれって……そして体も捧げなきゃいけないって、それだけ……それだけだった。勉強もがんばったし、運動もがんばったし……だけど学校の勉強とかスポーツなんて、どんなにがんばったって、こっちの世界で、王妃としては何も役に立たないよ……王様の奥さんになるなんて……王妃の立場になるなんて、誰も教えてくれなかった」

弱音を一気に口にしたら、とても悲しくなって、気が付いたら泣き出してしまっていた。ベッドに顔を埋めて泣いた。泣き出したら止まらなくなってしまった。出来るだけ声を殺して、それでも涙がボロボロとこぼれて止まらなくて号泣していた。

「帰りたいよ……日本に帰りたいよ……」

最後は無意識にそんなことを口にしていた。

「どこか具合が悪いのか？」

シィンワンが龍聖の私室まで来ていた。ツォンがシィッと静かにするように窘めてから、チラリと後方の奥の部屋の扉を見た。

「陛下、申し訳ありませんが、別の部屋へ参りましょう」

ツォンは声を潜めてそう言うと、そのままシィンワンとともに廊下へと出て、何事かという顔のシィンワンを宥めながら執務室へと移動した。

「どういうことだ」

執務室に来てから、ようやくシィンワンが大きな声でツォンにそう尋ねた。

「私もよく分からないのです。……ですがおそらく……リューセー様はホームシックにかかられているのだと思います」

「ホームシック？」

聞きなれない言葉に、シィンワンが眉をひそめた。

「大和の世界の言葉です……つまり、故郷を恋しがっているということです」

「リューセーが故郷に帰りたがっているというのか？」

シィンワンは驚いて思わず大きな声を上げていた。ツォンは困ったような顔をしてから頷いた。

「もちろん本当にそうかは分かりません……ただ、今朝はいつもとご様子が違いましたし……そもそもはご自身の『リューセー』としての立場に少し自信をなくしていらしたようです。それが発端ではないかと思います。奥の部屋にこもられてから泣いていらした様子ですし……」

ツォンが言いにくそうにそう告げた。シィンワンは目を丸くして言葉を失っていた。

「昨夜は何かいつもと様子の違うところはありませんでしたか？」

さらにそう尋ねられて、シィンワンはぼんやりとした顔になった。

「確かに……そう言われると昨夜はちょっと様子がおかしかったかもしれない。でも泣くほどとはとても……」

明るくて元気な龍聖しか知らないシィンワンには、『泣いていた』という言葉はとても衝撃的だった。

「私に何か落ち度があったのだろうか……」

シィンワンはそう呟いて考え込んでしまった。とても深刻な顔で思い悩むシィンワンの様子に、ツォンも困ったように溜息をついた。

「リューセー様は、まだ幼いところがおありなのです。十八歳というと、大和の国ではまだ成人の扱いではありません。親が恋しくなってもおかしくはありません」

ツォンは決してシィンワンのせいではないというようにそう告げた。だがシィンワンはショックを隠しきれなかった。

「リューセーが寂しく感じてしまったのならば、それは私のせいだ。そりゃあ……肉親の代わりにはなれないけれども、寂しければ寂しいと、私に言えなかったリューセーのことを思うと……それはやはり私のせいだ」

シィンワンは呆然《ぼうぜん》とした様子でそう言った。

「接見の際に何かあったのではないですか？　リューセー様は、ご自身のリューセーとしての仕事ぶりなどを気にされていました。ご自身に自信がなくなったとしたら、昨日の接見の時くらいしか思い浮かばないのですが……」

「接見の際は……」

シィンワンは言いかけて、しばらくじっくりと思い出していた。だがどう思い出しても、接見中に何かあったというわけではなかった。政治的に難しいものではなかったし、隣でニコニコと龍聖が笑っていて、その笑顔に、接見した隣国の大使も、とても感動していたくらいだ。

「いや……何もなかった。接見が終わった時も、リューセーは機嫌がよくて……分からない」

シィンワンは頭を抱え込んだ。

「とにかく今日のところは、このままそっとしておいた方がよいかと思います。念のため私がリューセー様のお部屋に待機していますので、陛下はご自分のお部屋にお戻りください」

「しかし……」

「お願いいたします」

ツォンが深々と頭を下げて丁重にお願いしたので、シィンワンはそれ以上強く言えなかった。たとえ竜王といえども、龍聖の身の安全に関しては、側近の言葉が第一となっていた。それに逆らうことは出来ない。側近はそこまで権限を与えられていたのだ。

シィンワンは仕方なく、自分の部屋へと帰っていった。


気が付いたら朝だった。泣きながら寝てしまっていたようだ。体を起こして目を擦ると、腫れていて少しヒリヒリと痛かった。きっとひどい顔をしていると思った。

シィンワンはどうしているだろう？　ふと最初にそう思っていた。夜にシィンワンの下に戻らなくて、変に思われただろうか？　また迷惑をかけてしまったと思った。そうしたらまた不安な気持ちを思い出した。

しばらくの間、ベッドの上に座ってぼんやりとしていた。やがて扉を小さく叩く音がした。

「リューセー様？」

ツォンの声がした。

龍聖はベッドから降り、ゆっくりと歩いて扉の所まで行くと、そっと少しだけ扉を開けた。

「リューセー様」

それでようやくツォンが安堵したような声をあげた。中を覗いて、目の前に両目を真っ赤に泣きはらした龍聖が立っているのを見た時は、一瞬息を呑んだが、すぐに平静さを取り戻すと、優しく微笑みを浮かべた。

「お顔を洗いましょうね、すぐにご用意いたします」

ツォンがそう言って、すっと離れたので、龍聖はそのまま扉の手前に立ち尽くしていた。少しして、水の入った手桶を持ってツォンが戻ってきた。少し開けられた扉越しに、龍聖を覗き込むと「入ってもよろしいですか？」と優しく声をかける。龍聖はコクリと頷いた。

顔を洗ってもらって、髪を梳《す》いてもらって、着替えも手伝ってもらった。食事も用意してくれたが、龍聖はあまり食べることが出来なかった。ツォンはそれでも無理強いはせず、そのまま再びベッドに横になるように促した。

「リューセー様は、こちらの世界に来てからずっと全力疾走をしてこられて、少しばかりお疲れになっているのですよ。たまにはゆっくりとお休みください」

そう優しく語りかけるように言ってから、龍聖の手を優しく握って側にいてくれた。龍聖は黙ってツォンに甘えるかのように、されるままになっている。たくさん泣いたら、なんだか体の中が空っぽになってしまったような気持ちになっていた。気が抜けて、何もする気が起きない。ただツォンの優しさが心地よかった。

「お母さんみたいだ」

龍聖は掠れる声で小さくそう呟く。ツォンは微笑んで何も言わなかった。

「オレね……どうしたらいいのか分からなくなっちゃったんだ……龍聖の役目って……龍聖の仕事って何だろうって思ったら……オレに何が出来るんだろうって思ったら……」

龍聖はそう言いながら、そのまま目を閉じて眠ってしまった。ツォンはそんな龍聖の寝顔を憐れむような顔でみつめていた。

「おいたわしや……リューセー様……」

翌日はいつものように朝から起きることが出来た。不安が消えたわけではなかったが、気が抜けたようになって、何も考えなくなっていた。

いつもの明るさはすっかり消えてしまい、ただ静かにおとなしくなってしまった龍聖の様子に、またツォンは胸が痛んだ。

身支度を済ませて、少しだけ食事をしてから、勉強を始めたが、龍聖にはまったく覇気《はき》がなく、いつものようにコロコロと変わる表情で、屈託なく驚いたり不思議がったりすることもなかった。

しばらく時間が過ぎたところで、ツォンはチラリと時計へと目をやった。

「リューセー様、今日はリューセー様とお話がしたいというお客様がおいでなのですよ？」

「お客様？」

ぼんやりとした表情で、龍聖は不思議そうにツォンを見た。ツォンは頷いて微笑む。すると計ったようなタイミングで扉が叩かれた。ツォンが席を立ち、扉を開けるとその向こうに立つ人物に、丁重に頭を下げた。

部屋へと入ってきてたその人を見て、龍聖は少しばかり驚いて立ち上がりかけた。

「ラウシャン様……」

ラウシャンは龍聖に会釈をしてから、立とうとする龍聖を、右手で制すると、もう一度改めて頭を下げた。

「リューセー様、お久しぶりでございます。リューセー様のご活躍は、息子のネンイエからもよく話を聞かされております。なかなか我が家へ遊びにいらっしゃらないので、私の方から出向いて参りました」

もちろんラウシャンを呼び立てたのはツォンだった。だがラウシャンはツォンの方は敢えて見ずに、龍聖へと語りかけた。ツォンが向かいの椅子を引いて、そこに座るように促したので、ラウシャンは龍聖の向かいに座ると、威厳ある落ち着いた様子で、真っ直ぐに龍聖をみつめた。

「ラウシャン様……あの……」

なぜ突然、ラウシャンが来たのか龍聖には分からなくて、戸惑っている様子だった。

シーフォンの最長老であり、王族の直系でもあるラウシャンは、竜王であるシィンワンさえ、他のシーフォンとは一線を画して礼を尽くすような人物である。龍聖などが気安く会って話をするような相手ではないと思っていた。

ツォンは、そっとラウシャンの前にお茶を出したが、すぐにその場を離れて、二人から距離を取って見守るようにみつめている。

「リューセー様はこの老人が怖いですかな？」

ラウシャンが真面目な口調でそう言ったので、龍聖は「え？」と思わず聞き返してしまった。いきなりなぜそんなことを聞かれるのか分からなかった。第一そういうラウシャンの言い方は、憮然としていて、普通の人が聞けば『怖い』印象を持っても仕方のないものである。龍聖は戸惑いつつ、じっとラウシャンをみつめた。

「いいえ、怖くないです」

「なぜ怖くないと言い切れるのですかな？　本人を目の前にして気を遣っているつもりですか？　私はお世辞にも愛想がいいとは言えないし、むしろ気難しくて、人々から敬遠されがちだ。リューセー様とは一度話をしたことはあるが、逆にその一度しか面識がない。普通ならば、怖いと思われても仕方がない」

そう問い詰める言い方は、淡々としていて、わざと怖がらせようとしているみたいだ。龍聖は少しぼんやりとした様子で、何も答えずにラウシャンをみつめていた。

「どうなさいました？」

ラウシャンが問いかけると、ようやく龍聖が口を開いた。

「ラウシャン様は怖くないです。別に気を遣って言っているわけじゃないです。本当に怖くないから怖くないと言いました……怖くない理由は、ラウシャン様が、オレの祖父に似ているからです。オレの祖父は、無口で真面目で堅物で通っている人でした。融通の利かないところが、気難しいと勘違いされることがありましたし、無口で愛想がなく不機嫌そうに見られることがありました。だけど祖父は、誰よりも優しくて、仁義を尊び、誠実な人でした。オレにはとても厳しかったけど、とても優しかった。ラウシャン様もそんな方だと、最初にお話をした時から思っていましたので、怖いなどと思ったことはないです」

龍聖が真面目な顔でそう答えると、ラウシャンは、しばらくの間龍聖を無言でみつめていたが、やがてフッと優しいまなざしになった。

「リューセー様はとても聡《さと》い方だ。そのように人の本質を、表面ではなく内面で受け取ろうとされる。それは人の上に立つ者にとっては、とても大事なことです。さすがはリューセー様……と思わざるを得ない。リューセー様は失礼ながらまだ年が若く未熟な部分を多くお持ちだ。だが年を取って、色々な経験を重ねていけば、誰もが自然と成熟していくもの。でも今のような人を見る目などの本質的な部分は、後からどうと出来るものではない。貴方はリューセーになるべくしてなった方に相違ない」

「え？」

龍聖はいきなり核心を突かれて、少し驚いた。思わずチラリとツォンを見る。龍聖が『リューセー』としての自分に自信をなくしてしまっていることを、ツォンがラウシャンに言ったのだなと思ったからだ。

「ところでリューセー様は、先代のリューセー様がこの世界に来られたのは何歳の時だかご存じか？」

「え？　……あの……儀式は十八歳になったらやるのがしきたりだから、前の龍聖もオレと同じ年ではないのですか？」

龍聖がキョトンとした顔でそう言うと、ラウシャンは首を振ってみせた。

「色々とあって、先代のリューセー様がこの世界に来られたのは、大和の世界の歳で二十八歳。この世界でいうところの百五十歳くらいだ。もうそれなりに人生経験を積んだ成熟した大人だ。経験で培《つちか》われた知恵もある。働いていたとおっしゃっておられたから、社会に出て色々な相手と出会い、様々な人との付き合い方も知っておられたでしょう。未熟な貴方様とは、そもそもスタート地点が違うのです。ましてや『リューセー』という名前が同じなだけの別人だ。貴方様と違って当然。それを比べる方がおかしいというものだ」

「二十八歳……」

それは龍聖も知らない情報だった。自分よりも十歳も大人の龍聖。それならば、今の自分よりもずっと色々なことを知っていて当たり前なのだろうか？　自分もあと十年遅く来ていれば、もっとシィンワンの役に立てるような大人になっていたのだろうか？　龍聖はふとそんなことを考えた。

「そして竜王もまた若い。先代の竜王とは違い、これから色々な経験を積んで竜王らしく在《あ》らねばならない」

「え？　シィンワンは立派な竜王でしょう？　何でも出来るし、優秀だし、皆から慕われているいい王様だと思います」

龍聖が慌ててシィンワンを弁護した。ムキになって言う様を見て、ラウシャンはフッと目を細めた。

「リューセー様は、陛下が好きですか？」

「え!?」

突然そんなことを聞かれて、龍聖は驚いたがみるみる耳まで赤くなっていった。

「そ……そりゃあ……好きです……」

真っ赤になって恥ずかしそうにそう言った龍聖に、さらにラウシャンは目を細めると、満足そうに頷いた。

「リューセー様、貴方の役目として一番大切なこと……もっともリューセーに必要な資格は何だとお思いかな？」

ラウシャンは優しくそう尋ねた。龍聖はそれを聞かれて少しだけ眉根を寄せた。それが分からないから悩んでいたのに……そう思ったからだ。しばらく困ったような顔で、テーブルの上をみつめた。

「やっぱり……あるんですね？」

口を尖らせてちょっと拗ねたように龍聖が尋ね返したので、ラウシャンは少しだけ首をかしげた。

「何がですかな？」

「龍聖に必要な資格ってやっぱりあるんですね……」

龍聖はそう言って顔を上げると、眉間に少ししわを寄せたままでラウシャンをみつめた。ラウシャンは目を細めて口の端を少しだけ上げると、ひと息の間を作ってから頷いて見せた。

「それはもちろんです。ただ証を持って生まれただけでは、それは見かけだけのもの。真に良きリューセーとなるには、必要な大事な資格があるのです。それがあるかないかではずいぶんな違いだ。歴代のリューセーは、皆、その資格を持っていました」

ラウシャンがそう答えたので、龍聖は少しショックを受けたような顔になった。そしてみるみる悲しげな表情へと変わる。

「必要な……資格を持たない龍聖は……どうなるんですか？」

恐る恐るそう尋ねると、今度はラウシャンが険しい表情に変わったので、龍聖は驚いた。

「それは……この国の滅亡を意味します」

「え!?」

思いもかけない言葉に、龍聖は驚いて悲しいどころの話ではなくなってしまった。

「め……滅亡!?」

ラウシャンはコクリと頷いた。

「リューセー様にとってもっとも大事な役目……もっとも必要な資格……歴代のリューセー様は皆、多かれ少なかれ、個人差はあってもそれなりにお持ちだった。だからエルマーンの国は栄えた。でもこの国にも暗黒期があり、先々代のリューセー様の時に不幸なことがあり、滅亡しかけました……だが……決してそのリューセー様に資格がなかったわけではない。あの方にもあの方なりに十分なリューセーとしての資格があった。それを最大限に生かすことが出来なかったのが不幸であり、だが資格を持っていたからこそ、滅亡せずに今の時代を迎えることが出来たのだと私は思うのです」

歴史の勉強の中で、『暗黒期』と呼ばれた先々代の話は習った。だがなぜそんなことになり、どんな事件が起きたのかという詳しいことまでは、ツォンは教えてくれなかった。ツォンはとても穏やかな顔で「不幸な事実があったということを知る必要はありますが、その不幸な事実の詳細まで知る必要はありません。なぜなら、歴史の中でそれを乗り越えて、現在は幸せなのですから、悲しい事実は知らずにいた方がいいこともあるのです」と言っただけだった。

龍聖に資格がなければ、この国が滅亡する……自分にもしも資格がなかったら『暗黒期』以上の不幸をこの国にもたらしてしまうということだ。そう考えたら、怖くなってみるみる涙が溢れてきた。

「リューセー様?」

ラウシャンが龍聖の様子に気づいて声をかけた。龍聖はガタガタと震えていた。

「これは……少し意地悪をしすぎましたかな?」

ラウシャンが困ったような顔でツォンを見た。ツォンが慌てて龍聖に駆け寄り、背中をさすって宥めた。ラウシャンは苦笑して頭をかいた。

「こんなこと、妻が知ったら激怒しますな……リューセー様、申し訳ありません。少し私も意地悪が過ぎたようだ。お許しください」

ラウシャンが深々と頭を下げたが、龍聖は両目にいっぱい涙を浮かべていた。

「ご……ごめんなさい……オレ……龍聖の資格が……ないかも……」

「何をおっしゃられるリューセー様、貴方は十分すぎるほどに資格をお持ちだ」

「え？」

「貴方が自分でさっき証明したではありませんか」

「え？」

龍聖は訳が分からず目を大きく見開いた。ポロリと涙が頬を伝ってこぼれ落ちる。それをツォンがハンカチで拭った。

「リューセーとして、もっとも大事な役目……必要な資格というのは、どれほど深く竜王のことを愛しているか、愛せるかということです」

「え!?」

思いもよらぬ答えに、ますます龍聖は目を丸くした。ポカンとしてしばらく何も言えなくなっていた。ラウシャンは澄ました顔で、お茶を飲んでいる。

「そ……そんなわけないですよね？　オレをからかっているんでしょ？　そんな簡単な答えのはずがないです」

「何をおっしゃる!?」

今度はラウシャンが驚いた顔になって、カップを置いた。

「え？」

「簡単なこと？　リューセーが竜王を愛することは簡単なことではございません。異世界の男性をいきなり愛するなど、簡単なことではありませんよ。リューセー様……しかし貴方は『簡単なこと』とおっしゃった。そしてさっき竜王を好きだとおっしゃった。それが心からのものだということは、私もすぐに分かりました。竜王を心から深く愛することが出来ているのならば、これほどリューセーとして相応しい方はいらっしゃいますまい」

ラウシャンにそう言われても、まだ龍聖は納得がいかないようだ。からかわれているのではないか？　と不審そうな表情をしている。ラウシャンは苦笑して、コホンと咳払いをひとつした。

「信じて頂けないようだが……では別の話をしましょう。リューセー様、これだけはどうか覚えておいて頂きたい。竜王とは、この世でもっとも孤独な存在です」

「え？　孤独？　……どういう意味ですか？」

「竜王という存在は、この世の中でたった一人の存在。言い方を変えれば、この世に一人しか存在してはならない存在。だからこそ、竜王としての力を持つに足りる年になり成人すると、眠りにつかなければならない。なぜなら現役の竜王がまだこの世に存在しているからです。現役の竜王とはつまり、父であるもう一人の竜王。眠りについた竜王が目覚める時は、その父である竜王が崩御した時。竜王は自分の親の死に目に会うことは出来ないのです」

「えっ！」

「我々シーフォンと竜王は、一見して似ているようで、実はまったく違う存在なのです。我々シーフォンは、より人間に近い。この身は人間と同じく、食物を摂取して生きながらえることが出来る。しかし竜王は、リューセーから貰う魂精でしかその命をつなぐことは叶わない。またその生涯は、死ぬまで竜王としての使命を全うしなければならず、辞めたくても竜王は竜王を辞めることは出来ないし、自由に死を選ぶことも出来ない。竜王が死ぬ時は……つまり引き継ぐ次世代の竜王をもうけずに、永遠にこの世から『竜王』という存在を失ってしまう時は、この国も我々シーフォンも滅びる時なのです。だからどんなに辛くとも、竜王は竜王であり続けなければならない。そしてその竜王にとっての唯一の存在がリューセーなのです。だからリューセーは、無償の愛を竜王に与えられる者でなければならない。リューセーが竜王を心から深く愛するということは、それほどに大事なことなのです。もしもリューセーが竜王を愛することが出来なかったら……それがこの国の滅亡の時と言っても過言ではありません」

じっと神妙な顔でラウシャンの話を聞いていた龍聖が、再びポロポロと涙を流しはじめた。だがこれはさっきまでの不安の涙とは違っていた。ただかっこいい、素敵で完璧な優しい王様と思っていたシィンワンが、それほどまでに重く過酷な立場と運命を背負っていたのだと知って、涙が溢れてきたのだ。

「貴方様は、シィンワン王を心から好きだと言った……貴方は孤独な竜王を、生涯ずっと側で愛し続ける唯一の存在になれますか？」

「愛してます」

龍聖は涙声で、だが力強くはっきりと言った。

「愛しています。オレはシィンワンを愛しています。誰よりも……オレにはもったいないくらい素晴らしい人で、こんな人の相手がオレでいいのかな？　なんて思うけど、たとえシィンワンがオレのことを好きじゃなくても、オレは誰よりもずっとずっとシィンワンのことを愛し続けます。だってオレにはシィンワンしかいないから……。オレ……オレ、怖かったんです。オレ、シィンワンのことが好きすぎて……シィンワンのことしか考えられなくて……朝も昼も夜も、ずっとずっとシィンワンのことで頭がいっぱいで……ずっとずっと側にいないと不安で、胸が苦しくて……。シィンワンの仕事の邪魔しちゃいけないって分かっているのに、それでも王様の仕事をさぼってでもオレの側にいてほしいって悪いことを考えちゃうくらい……好きで好きで仕方なくて……だから怖くなって……オレはリューセーとして、この国に来て何も役に立ってなくて、ただただシィンワンに夢中になるばかりで、こんなんじゃ、リューセー失格だと思われるんじゃないかって……向こうの世界に追い返されたらどうしようって……」

龍聖は唇を震わせながら必死の形相《ぎょうそう》で語っていた。何度もしゃくり上げる。ラウシャンはそんな龍聖を、真剣な表情で黙ってみつめていた。

「オレ……もう、シィンワンがいないと生きていけないんだ。シィンワンがいないと、オレ死んじゃう。そんなこと考えたらダメだって分かってるのに、好きで好きで、頭がおかしくなっちゃうくらい好きで……シィンワンに嫌われたくなくて……周りからリューセー失格だからいらないって言われたらどうしようって不安で……。ヨウチェン様が、前のリューセーとオレでは、全然似てないって話をされた時から、どんどん怖くなってきて……全然役に立たないリューセーなんていらないって思われてるんじゃないかって……。ラウシャン様……お願いです！　オレ、何でもするから……何でもするから、シィンワンの傍にいさせてください……オレからシィンワンを取り上げないで……オレのこといらないって言わないで……」

龍聖はそこまで言ってワッと泣き出してテーブルに突っ伏してしまった。

「誰もそんなこと言いませんよ……貴方達ほどお似合いの二人はいない。先代の竜王とリューセー様以上に仲がいいのに、それを裂くことなど出来るものか……貴方様は誰よりもリューセーらしいリューセーですよ。リューセー様」

ラウシャンは困った顔で苦笑しながらそう言うと、ツォンに頷いて目配せをした。ツォンは、大泣きする龍聖を気にしながらも、急いで隣の部屋へと続く扉を開けに行った。するとそこにはシィンワンが立っていた。

「リューセー！　馬鹿な……君は一人でそんなことを考えていたのか」

そう言いながら駆け寄ると、その体を抱きしめた。

「シィンワン……ごめんなさい……嫌いにならないで……」

「君のことを嫌いになどなるものか！」

「陛下、お聞きの通りでしたので……まあ……後はどうぞ仲良くなさってください」

ラウシャンはそう言って立ち上がると、やれやれという顔で、ゆっくりと部屋を出ていこうとした。

その後を慌ててツォンが追いかけてきた。

「ラウシャン様……本当にありがとうございました」

「いやなに、年寄りの役目などはこんなものだよ」

ラウシャンはそう言って、ニッと笑ってから部屋を出ていった。ツォンは深々と頭を下げて見送ってから、一度振り返り二人の姿をみつめた。

誰よりも純粋で素直な龍聖と、誠実で心優しい竜王。若い二人はとてもお似合いだと思った。そしてこんな優しい二人が築くエルマーン王国が、これからどんな国になるのかも楽しみだと思った。その一端に自分がいることが誇らしい。

「私もまだまだ未熟です。リューセー様のお苦しみを分かってあげられなかったのだから……」

ツォンは独り呟いてから、今度は二人に向かって頭を下げると、そっと部屋を出ていった。


ようやく泣き止んで、それでもまだ鼻をすすっている龍聖の頭を優しく撫でながら、シィンワンはその体をそっと抱き上げて、奥の寝室へと運んだ。

龍聖の私室の寝室は、一人用なので、二人で使っているベッドに比べると小さいが、それでも十分に二人が寝れるほどの大きさはある。

シィンワンは龍聖を抱いたままベッドに横になった。龍聖は子供のようにシィンワンの胸にすがりついていた。鼻の頭を赤くして、両目も真っ赤にしていた。

落ち着くまでずっと頭や背中を撫で続けた。

やがて息も静かになり、龍聖は小さく溜息をつくと「ごめんなさい」と小さく呟いた。

「なぜ謝る？」

シィンワンが優しく尋ねた。

「昨日……部屋に戻らなくて……魂精も……あげてないし……わがままなことして……ごめんなさい

「……でも……嫌いにならないで……」

　そう言ってまた声が上ずったので、慌ててシィンワンがその体を強く抱きしめた。

「リューセー、オレが怒るとしたらただひとつだ。二度と『嫌わないで』とか言わないでほしい。私が傷つく」

「シィンワン」

「そんな風に君から思われているのかと思うだけで傷つく。私が君を嫌うことなどあるものか……誰よりもこんなに君を愛しているのに……」

　愛しげにシィンワンが抱きしめながら囁いた。

「君がこうして側にいてくれるのならば、魂精など貰わなくてもいい。リューセーの役目など関係ない。私には君が必要なんだ。愛してる。愛しているんだリューセー」

「シィンワン」

　龍聖が顔を上げてシィンワンの顔をみつめると、金色の美しい両の目が、龍聖を映していた。こんなに近くで見ても、うっとりするほどに整った端整な顔立ち、いくらみつめても見飽きることなどない。それは造形だけの話ではなく、優しく男らしいシィンワンの心根をその顔に映し出していると思うからだ。

　ほうっと溜息が出る。

　龍聖がキスしたいと思うと同時に、シィンワンにキスされていた。唇を吸われて、甘く噛まれた。それに応えると、舌が絡みついてくる。すぐに体が熱くなるような口づけを貰った。クチュリと音を立てて舌を絡められ、口内を愛撫されて、背中がゾクゾクと痺れた。息遣いが次第に荒くなっていく。

体中が熱くなってきて、その先の快楽を期待してしまう。セックスをしたいという欲求が湧き上がってきて止められなくなる。

龍聖はまたそんないやらしいことを考える自分が恥ずかしくなった。だが体がいうことを聞かない。もう勃起してしまっているし、後ろの秘所もジリジリと疼きはじめていた。

シィンワンの唇が、龍聖の唇を解放して、首筋へと落ちていった。耳の付け根をチュウと吸われて、ぞくりと震える。

「あっああ」

思わず声も漏れた。

「シィンワン、シィンワン……ごめんなさい」

「また謝るのかい？」

シィンワンがそう囁きながら、首筋から鎖骨までのラインを、丁寧に愛撫するように舌を這わせる。

「だって……シィンワンはあまり……エッチはしたくないんでしょ？」

「え？　誰が何だって？」

シィンワンはさすがにちょっと驚いて顔を離して龍聖を見下ろした。頬を上気させて、両目を潤ませた龍聖が、じっとシィンワンをみつめている。

「シィンワンは……潔癖で……あまりエッチなことは好きじゃないって……」

「そんなこと誰が言ったんだ……っていうか……ああ……そんなことを言うのはヨウチェンだな」

シィンワンはチッと舌打ちをしてから、体を起こした。バッと男らしく乱暴に服を脱ぎ捨てて全裸になった。

「リューセー、見ろ」

シィンワンが龍聖にそう言うと、龍聖は潤んだ瞳でぼんやりと、目の前で体を起こして膝をついて座るシィンワンを見た。逞しい腕、筋肉の形が盛り上がる厚い胸板。引き締まり筋肉で割れている腹。その肉体は眩しいほどに男らしかった。うっとりとみつめる。

「エッチをしたくない者が、演技でこんなになるか？」

シィンワンがそう言って、自分の昂りを右手に持って見せつけるように龍聖に言った。血管を浮き上がらせて怒張しているシィンワンの男根がそこにあった。龍聖のそれの倍以上はある立派な陰茎は、勃起して質量を増してさらに太く長く大きくなっている。カリ高の大きな形のいい亀頭は天を向いていた。その先の鈴口からは、先走りの汁が流れはじめていて、赤黒い肉塊をぬらぬらと濡らして光らせている。表面にいくつか浮き上がっている動脈が脈打つのか、ビクリビクリと別の生き物のように蠢いていた。

「シィンワン……」

「私は君のそのかわいい声を聴き、かわいい体を抱きしめて、愛していると囁いただけで、こんなにもなってしまうのだ。君を欲して、君を抱きたいという欲望でいっぱいになる。私は聖人君子ではない。君の体が辛いだろうからと、いつも我慢しているが、本当は、あの北の城での儀式の時のように一日中でも君を抱いていたいくらいだ。子作りのためなどではない。君が愛しくて、君を想うと、こんなになってしまうのだ……私はいやらしい男なんだよ、リューセー……君の熱く狭いその中に、これを入れてひとつになりたいという欲求でいっぱいだ」

「ああ……シィンワン……」

龍聖は上気した体を小さく震わせた。後ろの秘所が疼く。シィンワンの昂りを見て、それを入れてほしいという期待でジクジクと疼く。龍聖もじれったいというようにモタモタと着ていた衣装の前を開いて、体を半分露にした。勃起して腹の上に先走りの汁の水たまりを作っている龍聖の昂りが現れた。龍聖は両足の膝を立てると、少し尻を浮き上がらせて、自分の右手をそこの隙間に入れ、秘所を指で弄りはじめた。

「シィンワン、シィンワン……」

せつない声を上げながら、シィンワンの昂りをジッとみつめて、自慰を始めた龍聖に、シィンワンはもうたまらなくなった。ゴクリと唾を飲み込む。

「リューセー……」

少し声が掠れた。

「あっあっあっ……シィンワン……早く……」

龍聖は指を二本そこに入れて解しながら、せつない甘い声でそう誘った。

「リューセー」

シィンワンはもう我慢出来ないとばかりに、龍聖の両足に手をかけた。両足を開かせて、尻を持ち上げると、朱に色づいた小さな孔《あな》に亀頭の先を宛がった。ググッと手を添えて中へと押し入れるように丸い頭を押し込むと、穴がゆっくりと広がった。

「ああああっあっあっあっんんっんっ」

少しずつ挿入すると、中はとても熱くて、ギュウギュウと締めつけてくる。亀頭が入れば後は軽く中へと入っていく。根元まで入ったところで、動きを止めて、ハアハアと荒く息をした。キュッキュッと内壁が蠢いて、シィンワンの昂りを締めつけるので、すぐにでも射精してしまいそうだった。

龍聖の方は、奥まで挿入されて、押し上げられる感覚に促されるように、昂りの先からピュルッと少し射精してしまった。透明な液体が腹の上に飛び散る。

「ああっあっ……あっ……シィンワン……ああっ」

シィンワンはゆっくりと腰を動かした。少し抜きかけて、再び奥へと押し入れる。それはたまらない快楽だった。次第に腰の動きが速くなる。

「あっあっあっあっ」

腰を動かすたびに揺すられて、龍聖が吐息とともに甘い声を漏らす。

「はっうっ……うっ……リューセーっ……んっ……リューセー……」

龍聖を抱きながら、シィンワンは自分の中に獣のような荒ぶる感情があることに気づいていた。昂る想いを抑えることが出来ない。細い腰を抱いて、貫くように男根を挿し入れ、狭い龍聖の中をかき乱し犯す。甘い声で泣くように喘ぐ龍聖の甘美な声に、さらに欲望が膨らむ。激しく揺さぶるその腰の動きを止めることが出来なくなる。もっともっと龍聖を犯したくなる。乱れさせ、喘がせ、いつものあのかわいい龍聖とは別人のように、いやらしい淫靡《いんび》な姿を曝け出させたくなる。そういう荒ぶる想いに支配される。

それが『竜』の本質かもしれないと思った。

腰を叩きつけるように激しく動かして昂りを頂点へと持ち上げていく。

「リューセー……うっうっあっ……うっくぅっ」

ブルッと腰を震わせて射精した。何度か腰を揺すって、全部出しきると、同じように射精している龍聖の陰茎を、掌の腹の部分で擦り上げるように愛撫してやる。

「ああ、ああっあっ」

龍聖が甘い声を上げながら、キュウキュウと穴を収縮させて締め上げてきた。入れたままのシィンワンの男根は、大量に精を出したはずなのに、刺激を受けてまた硬さを増して膨張している。

龍聖の両足を抱えるようにして、深く挿入したまま、ゆさゆさと腰を揺さぶった。亀頭の先が、龍聖の内壁を擦りながら突き上げる。

「ああんっあっ……シィンワンっ……あっあっ……」

「リューセー……うっ……はぁっ……気持ちいいかい？」

囁くように尋ねると、龍聖はコクコクと上気した顔で何度も頷いて、喉を鳴らしながら喘いでいる。乱れる姿に欲情して、シィンワンの昂りがさらに硬くなる。

「ああっあーっ……おおき……い……」

龍聖は、体の中にある熱い塊の大きさを感じて、ブルッと身震いをした。下腹がシィンワンの男根でいっぱいになっているように感じる。揺さぶられると、体の奥の方を突かれて刺激されて、下半身がジワジワと痒いような痺れの波に襲われる。気持ちよすぎて頭がおかしくなりそうだ。もっともっと突いてほしいという気持ちでいっぱいになる。シィンワンの大きな男らしい手で、ペニスを扱かれると、気持ちよすぎてずっと射精しているような痺れるほどの快楽に襲われる。

「あ――っあああっあ――っ」

龍聖は背を弓なりにのけぞらせて、たまらず声を上げていた。ギュウギュウと入口が収縮して、シィンワンを締め上げる。シィンワンはグッグっと腰を押しつけて突き上げながら、奥へと射精した。

ぶるっと身震いをしながら、ゆるゆると腰を揺らして、奥に最後の一滴まで精を出し尽くす。ハアハアと肩で息をしながら、ゆっくりと龍聖の中から自身を引き抜いた。

「リューセー」

囁いて、龍聖の体をそっと抱きしめる。火照って朱に染まる細い体は、しっとりと汗ばんでいた。肌理の細かいその肌は、手で撫でると吸いつくようだと思った。リューセーのすべてが愛しい。

まだハアハアと二人とも息が乱れていたが、何度も軽く口づけを交わした。シィンワンが龍聖の頬や瞼に何度も口づけると、龍聖はうっとりとした顔でそれを受け入れる。

「シィンワン……本当に……オレを抱いて気持ちよくなれる？」

「ああ、こんな快楽を他に知らない。……リューセーこそ辛くないか？」

「ううん、気持ちよくて死んじゃいそう」

龍聖はそう言って恥ずかしそうに笑った。その頬にまた口づける。体を撫でながら、小さな胸の突起がプクリと腫れたように立ち上がっているので、それを指の腹で転がすように揉むと、龍聖の体がビクビクと震えた。ハアと甘い息を吐く。

「気持ちいいかい？」

尋ねると、龍聖はコクリと頷いた。

「男なのに……おっぱい揉まれて……あんっ……気持ちいいとか……おかしいよね」

「いや、リューセーには、気持ちよくなってほしいから……」

シィンワンはそう言って、チュウッと乳首を強く吸い上げた。

「あぁっあっあんっ」

ビクビクっと体を震わせる。

「気持ちいい？」

「うん……また……勃ってきちゃうよ……」

龍聖は甘い声でそう言った。

「私もだよ」

シィンワンがそう言ったので、龍聖はシィンワンの下半身を覗き見た。さっき見たのと同じくらいに怒張しているのが見えた。それだけでゾクリと下半身が熱くなる。また入れてほしいという衝動が湧き上がる。

「シィンワン……オレ……胸とか……愛撫されるのも好きだけど……やっぱり……入れられるのが一番気持ちいい……いやらしくてごめんね」

龍聖は泣きそうな声でそう言いながら、足を開いてみせた。赤く腫れた穴が、ヒクヒクと動いて口を開けて待っている。二度も中に射精し注ぎ込んだ精液が、溢れ出て周囲を濡らしている。そこへ亀頭を宛がうと、ヌルリと容易《たやす》く中へと入った。深く挿入すると、隙間から精液が溢れ出ていやらしい音を立てる。シィンワンが腰を動かして、肉塊が出し入れされるたびに、精液が溢れ出た。そのいやらしい音と快感に、さらに欲情して二人とも乱れた。

「ああっあっあっあっ……んんっ……あっあっあっ……」

「ううっ……はぁっ……うっくっ……リューセー……んんっ」

規則正しい律動で腰を揺さぶられ、中をかきまわされ、龍聖はさらなる快楽に支配され、頭の中が真っ白になった。二人は言葉もなく、ただ喘ぎを漏らす。

「んん――っ……ああんっああ――っ」

龍聖が背を反らせてビクビクっと腰を痙攣させると、シィンワンもまた腰を激しく動かしてギュウギュウと締め上げられながら射精した。

残滓まですべてを注ぎ、快楽の波が過ぎ去ると、シィンワンは龍聖の中からゆっくりと自身を引き抜いた。ぐったりと横たわる龍聖の体を愛しげに抱きしめ、隣に横になり寄りそう。龍聖はシィンワンの胸に顔を擦り寄せ、はあはあと乱れる息を吐く。龍聖の背中を、シィンワンが優しく何度も擦った。

「リューセー」

シィンワンに名を呼ばれて、龍聖は顔を上げた。優しい金色の瞳がそこにある。

「ヨウチェンが、君に変なことを吹き込んだかもしれないが……ヨウチェンも悪気があったわけではないのだ。許してやっておくれ」

「あ、いいえ……別にヨウチェン様は悪くないです。オレが勝手に自信をなくしてただけなんで……」

龍聖が赤くなって弁明するので、シィンワンはクスリと笑ってから、その頬を愛しそうに撫でる。

「私はね、昔……昔と言っても、私自身ではほんのついこの前までのことなんだけど……なにしろ百年ばかり眠っていたからね。その眠る前の話なんだけど……なんというか、恋愛とかそういうことに、とても鈍感で……。異性に興味を持つとか、性欲を感じるとかそういうことがまったくなかった。……それに比べて、ヨウチェンはとても早熟で、私より二十も年下のくせに、口づけも性交も経験していた。私はそういう弟のことが理解出来なくて、結婚前にふしだらだなんて言ったものだから、兄上は潔癖症だなんて言い返されたんだ」

シィンワンがそう言って笑ったので、龍聖は目を丸くしながらも真剣に話に聞き入っていた。

「私自身は別に潔癖症というつもりはなかったんだ。今思えば……結局誰かに対して特別な恋慕の情も持ったことがないわけだし、異性にも興味がないわけだから、性欲が湧くはずもなくて……だから自慰なんてものもしたことなかったし……それで弟が誰かと口づけしたり性交したりすることが理解出来なかったんだね。体が男としての機能を成熟させていれば、自然と性欲が湧いたりするもので、年頃になれば当たり前のはずなんだ。だからヨウチェンからしてみたら、私のことを潔癖症だと思っても仕方ないと思う。だけど私は逆に不安になってしまったんだよ。私は私のリューセーを愛することが出来るだろうか？って」

「シィンワン……あの……」

龍聖がその言葉に驚いて何か言いかけたので、シィンワンはチュッと優しく額に口づけて笑ってみせた。

「君が現れるまで、ずっと不安で、すごく悩んだりもしたんだ。私はどこかおかしいのかもしれないってね。男として不能だったらどうしようとまで考えた。だけど……初めて君を見た時……その不安がすべて消え去った。あの時のことは今でも忘れない。君は黒い異世界の服を着ていて、髪もまだすごく短くて……私の姿を見て、その大きな目をもっと見開いて……驚いたと思ったら、みるみる頬に赤みがさして、とても明るい表情になった。すごくキラキラしたまなざしで私をみつめて……その瞬間……ああ、なんてかわいい人なのだろうと……胸がときめいた。それは私にとって、初めて感じる高揚感《こうよう》だった。あの時は分からなかったけど、今思い返すと、あれが一目惚れだったんだなって思うよ」

「一目惚れ？　シィンワンがオレに？」

龍聖は驚いたように尋ねながらも、みるみる顔を赤くしていた。シィンワンは笑いながら頷く。

「自分でも当時は分からなかった。君に初めて会った後部屋に戻ってから、ずっと君のことばかり考えていた。執務中もずっと君のことが頭から離れなくて……なぜそんなに君のことで頭がいっぱいになるのか分からなくて……もう一度会って確かめてみようと思って、禁を犯して再び翌日君に会いに行った。そこで初めて確信したんだ。君のことを好きだと……」

「そ、そんな……」

龍聖は耳まで赤くなり恥ずかしそうに目を伏せた。シィンワンはそんな龍聖を愛しそうにみつめながら、何度も頰や髪を撫でる。

「あんまり君がかわいくて、私が君に初めて無理やり口づけをしたことがあっただろう？」

「あ……はい」

「それで私は自分の行動に動揺して、そのまま君の部屋を飛び出してしまった……実は告白すると、あの後私は生まれて初めて自慰をしてしまったんだ」

「え!?」

「君に初めて欲情して……君のことを思って自慰をした」

龍聖が驚いて目を開きシィンワンをみつめると、シィンワンは恥ずかしそうに少し赤くなっていた。

「弟から潔癖と勘違いされるような晩熟な私が、君に一目惚れして、禁を犯してまで君に毎日会いに行き、夢中になって、君を想って自慰までして……こんなに君のことを好きすぎる私は、変だと思うかい？　君は私を嫌うかい？」

　問われて龍聖は慌ててぶるぶると激しく首を振った。

「そんな！　嫌うだなんて！　オレ、すごく嬉しい……今の話……シィンワンがそんな風にオレのことを好きになってくれたんだって分かってすごく嬉しい……嫌いになるわけないよ」

「じゃあ、私も同じだ……あんなに泣くほど、君が私を好きだって聞いて、嫌いになるわけないだろう？　君が私のリューセーで本当に良かった。他の者などまったく想像出来ない。君だけが私のリューセーだよ。君と夫婦になれて本当に良かった。こんなに幸せなことはないよ」

「シィンワン……」

　龍聖が幸せそうに笑って、シィンワンにそっと口づけたので、シィンワンも笑って口づけを返した。

　二人が仲直りしてからは、ますます仲睦まじく、執務室や、接見の席でもいつも一緒にいた。周囲は政務に支障がない限りは特に何も言わなかった。接見による他国との外交に関しては、側《そば》に龍聖《りゅうせい》がいた方が喜ばれたし、執務室での仕事の際には、龍聖は邪魔にならないようにと部屋の隅に椅子を置き、そこに座ってニコニコしながらシィンワンの仕事ぶりを眺めているだけなので、龍聖の笑顔に癒される他のシーフォン達もいて、これもまったく支障がなかった。

　ツォンも特に口出しはしなかった。龍聖の幸せこそが、ツォンがもっとも望んでいることだったからだ。二人が仲睦まじいことは嬉しいことにほかならなかった。


　ファーレンは、向かいに座り優雅にお茶を飲むシェンファを、訝《いぶか》しむような顔でじっとみつめていた。呼ばれたから来てみたら、いきなりお茶にしましょうと言われた。シェンファは優雅にティータイムを楽しんでいる。たわいもない会話を少ししただけで、なぜ姉が自分を呼んだのか理由が分からずにいた。

　そもそもファーレンは、この年の離れた姉が苦手だった。八人兄弟の末っ子であるファーレンが、物心ついた頃には、すでにラウシャンの下《もと》へ嫁いでいて、一緒に過ごしていない。親子ほど年が違うし、実際シェンファの息子のネンイエとは、ほぼ同じ年だ。

「姉上……あの……用件は何ですか？」

この状況にいたたまれず、痺れを切らして尋《たず》ねていた。シェンファは、クスリと笑う。

「あら、弟とお茶をしたいって理由で呼んじゃダメなの？　冷たいのね」

「そ、そういうわけではありませんが……」

困ったようにぶつぶつと呟きながら、お茶を飲んでごまかすファーレンを見て、シェンファはおかしそうにクスクスと笑った。

「嘘よ、あなたにお願いがあって呼んだの」

「お願い？」

意外な言葉に、ファーレンが首をかしげた。

「貴方にリューセー様の友達になってもらいたいの」

「え!?」

それは想像をはるかに越えた話だったので、ファーレンは飛び上がるほど驚いた。その反応に、シェンファは笑っている。

「じょ……冗談でしょ？」

笑っているシェンファを見て、ファーレンは苦笑しながら尋ねた。だがシェンファは首を振った。

「冗談じゃないわ。本気の話よ」

「え、でも……友達って……」

ファーレンは動揺したように、目をうろうろとさせている。

「ちょっと色々とあってね。……主人と話し合って決めたの……もちろんシィンワンにも相談済みよ。

リューセー様には、同じ年頃の友人が必要だと思うの……それで貴方が適任だと思ってね」

「ちょ、ちょっと待って……適任って……オレは弟だし……」

「だからよ。リューセー様と対等に話が出来るのは、ロンワンしかいないでしょ。リューセー様は、とても繊細な方で、悩みがあっても誰にも打ち明けずに、一人で抱え込みがちなの……でもまだ若くていらっしゃるから、すぐに思いつめてしまって、一人で解決は出来ないのよ。何でも話せる友人が必要だと思うの」

シェンファの話を聞きながら、ファーレンは少し眉を寄せて不服そうな顔をする。

「相談なら、それこそ姉上が聞いて差し上げればいいじゃないですか。姉上はそういうことがお得意でしょう？」

「私はだめよ……年が離れすぎてて、リューセー様にとっては母親みたいなものですもの……。それに小姑《こじゅうと》みたいで、きっとリューセー様に気を遣わせてしまうわ。第一、それは貴方が一番分かっているんじゃないの？　貴方だって、私のことが苦手でしょう？」

シェンファに図星を指されて、ファーレンは少し赤くなった。

「だったらアイファ姉さんとか」

「ファーレン……貴方がいいの。だから貴方にお願いしているのよ」

「なんでオレ？」

「リューセー様は、シィンワンの伴侶と言っても男性よ？　女性よりも男性の方が友達になるならいいに決まっているわ！　それに貴方のためでもあるの」

突然の話に動揺していたファーレンだったが、さらに「貴方のため」と言われて目を丸くした。

「貴方……シィンワンのことを兄と思えていないでしょ？」

「えっ!?」

ファーレンはまた飛び上がるほど驚いた。

「な、何を言われるのですか!?　そんなわけないでしょう！」

動揺しながら真っ赤な顔で反論するファーレンに、シェンファは困ったように微笑んでみせる。

「頭ではちゃんと分かっていても、情があるかどうかは別でしょう？　貴方のシィンワンに対する態度は、兄というより、王に対するものだわ。それが悪いとは言わない。兄弟であっても、竜王だけは別。私達は家臣として王を崇《あが》めなければならない。だからと言って兄弟の情が不要というわけじゃないわ。シィンワンが眠る前、貴方はまだ小さくて、兄としてかわいがってくれていたことを、ほとんど覚えてないのよね？　だから突然シィンワンが現れても兄として親しく思えず、慣れないのは仕方ない。でも親しくなってほしいの。シィンワンのことを愛してほしい」

シェンファに言われたことは、すべて当たっていて、ファーレンはまったく言い返せなかった。むっとした様子でしばらく考え込むように俯《うつむ》いているのをシェンファは、それ以上何も言わずに見守った。やがてファーレンは顔を上げると、溜息をひとつつく。

「それで？　オレはどうすればいいんですか？」

「とりあえず毎日遊びに行ってあげてね」

シェンファはニッコリ笑ってそう言った。

「リューセー様、ファーレン様がお会いしたいとお越しですが、お通ししてもよろしいですか？」

本を読んでいた龍聖に、ツォンがそう声をかけた。

「ファーレン様が？　うん、もちろん大丈夫だよ。お通しして」

龍聖は意外な客に、少しばかり緊張した。ついこの前まで、普通の高校生だった龍聖にとっては、お客様をもてなすなど、とてもハードルが高いことで緊張するのも仕方ない。

なぜ急にファーレンが訪ねてきたのだろうと思った。

この世界に来て一年近く経つが、シィンワンの兄弟達とそれほど親しく交流したことはなかった。

理由は色々とある。この世界に来たばかりの龍聖には、たくさん学ばなければならないことがあった。毎日のほとんどの時間が、勉強に費《つい》やされる。

シィンワンの兄弟達は、忙しそうな龍聖を気遣って、積極的には会いに来なかった。

最近ようやく余裕が出てきた龍聖は、空いた時間をシィンワンのために使うようになった。シィンワンの執務室に見学に行ったり、接見の席に同席したり、いつもシィンワンの側にいる。これでは誰とも親しくなる暇がない。

そんな龍聖を心配しているのは、シェンファだけではなく、シィンワンやツォンもだった。

毎日ツォンと、二人だけで部屋の中で過ごすか、シィンワンにべったりくっつくしかない龍聖を心配していた。決して人見知りというわけでもないのに、自ら誰かに会いに出かけることのない龍聖。とても社交的で、色んな所に出かけていた母のことを思い出し、もっとシーフォン達と交流してほしいと、シィンワンは思っていた。

「ご機嫌いかがですか？　リューセー様、突然お邪魔してしまい申し訳ありません」

「あ、いえ、来てくださって嬉しいです。どうぞおかけください」

龍聖はファーレンを出迎えるように側まで歩み寄ると、笑顔でそう挨拶《あいさつ》をし、握手をして、ソファへと座るように促した。龍聖はファーレンの向かいに座ると、少しばかり緊張した様子で、じっとファーレンをみつめる。

『綺麗《きれい》な人だなぁ』としみじみと思う。シィンワンの兄弟はみんなとても綺麗だ。いや兄弟だけでなく、シーフォンは皆とても綺麗だ。不細工《ぶさいく》なんて言葉は、きっとこの国には存在しないんだろうなって思う。

そんな中でも、シィンワンの兄弟は本当に揃いも揃って美しい。みんなきらっきらっとしていて、王子様とお姫様という感じで、龍聖には近寄りがたい。だから会って話すのは、とても緊張してしまう。

目の前に座るファーレンも、年が近いはずなのだが、美しすぎて近寄りがたかった。

肌が透き通るように白くて、目鼻立ちも絵に描いたように整っていて、濃紺の髪がサラサラで、龍聖の知るどんな女優よりも美人だと思う。男だけれど、その美しさを比較するなら、男優よりも女優だ。いや、龍聖のいた元の世界の人間でこんな美人はいないかもしれない。

『だって人形みたいだろう？　……睫長いし、鼻もすーっと通ってて、作り物みたい……オレと同じ男とも思えないよね……』と、まじまじとみつめながら感心する。

「実はリューセー様にお願いがあるのです」

「オ……オレにですか？」

ファーレンが真っ直ぐにみつめ返して、そう切り出したので、龍聖は少しばかり慌てた。

「はい、リューセー様は弓の達人だとお聞きして、ぜひオレに弓を教えて頂きたいのです」

「ファ、ファーレン様に弓を……ですか？」

「はい」

ファーレンは真面目な顔で頷《うなず》いた。

「オレは見ての通り、背は高いけど貧弱な体で、シィンワン兄上やヨウチェン兄上達のように逞《たくま》しくはありません。剣技もあまり得意ではない。武人にはとてもなれないとうに諦めて、文官として兄上を支えようと、学問に専念して参りました。だけど……オレだってロンワンの男としてのプライドはあります。いざという時に何も出来ないのは嫌だ……。以前、刺客《しかく》として放たれた大きな鳥を、リューセー様が弓で射《い》て退治したと聞いて……憧《あこが》れていたのです」

ファーレンがとても真剣な様子で褒めるので、龍聖は赤くなって両手をひらひらと振って否定した。

「全然そんな……あの時は無我夢中だったから、倒せたのは幸運だっただけです。弓は十二歳から六年間続けていただけで、そんな大したことは……」

龍聖は恥ずかしくて、謙遜《けんそん》しようとしたが、真剣なまなざしのファーレンを前に、謙遜の言葉を飲み込んだ。

「弓だけは、オレが唯一誇れるものです。オレで良かったらお教えします」

龍聖が力強く答えると、ファーレンは安堵《あんど》したように微笑みを浮かべた。


人懐っこい龍聖が、ファーレンに対して心を許すまでに時間はかからなかった。

毎日、午後ふた時ほど、弓を習いに来るファーレンを、龍聖は心待ちにするようになる。龍聖に親しげに懐かれて、ファーレンも嫌な気持ちになるはずもなく、あんなに二の足を踏んでいたのに、すっかり仲良くなっていた。

二人は弓の稽古も真面目にやってはいたが、会えば色々な話に夢中になってしまうのもしばしばだった。弓の稽古《けいこ》の後、中庭に並んで座り、楽しげに話をする二人の姿があった。それを遠巻きにツォンが、微笑ましく見守る。

「え？　ラウシャン様って怖くない？」

ファーレンが驚いたように目を見開いて言ったので、龍聖は小首をかしげて笑った。

「全然怖くないよ。ラウシャン様はすごく優しいよ。オレが悶々《もんもん》と悩んで、頭がぐちゃぐちゃになっていた時、優しく諭《さと》してくださったんだ。……オレさぁ、末っ子で甘やかされて育ったから、打たれ弱いんだよね……。ちょっと壁にぶつかると、一人で色々と考えちゃってさ……それも悪い方にばっかり！　本当はね、そういうの……悩んだりしているのを、誰かに見つけてほしくて、助けてほしいんだと思う。甘ちゃんだろ？」

龍聖が頭をかきながら、ちょっと恥ずかしそうに笑って言うと、ファーレンが笑顔で何度も頷いて見せた。

「分かる!!　オレも末っ子だからさ！　甘やかされるのが当たり前になってて、でも自分では、一人で出来るもん！　なんて思って、がんばるんだけどさ、それが意地張ってるだけで、本当は誰かに助けてほしいと思ってるんだよね。……自分から助けは呼べないんだ。分かってるけどさ……」

「分かる！　分かる！」

龍聖も何度も頷いた。二人は顔を見合わせて笑い合う。

「なんだぁ……一緒なんだ！　ちょっと安心しちゃったな。ファーレンって、オレよりずっと大人だと思っていたからさ……意外って感じ」

「でも年はそんなに変わらないだろ？　オレ、多分人間でいうところだと二十一歳とか二十二歳とかそれくらいだよ」

ファーレンが首を竦《すく》めるようにして言うと、龍聖が笑いながら首を振った。

「年齢だけのことじゃないよ。……ファーレンってすっごく美人だし、落ち着いてるし、悩みとかなさそうに見えてた」

「なんだよそれ！　美人って……リューセーの方が綺麗だよ」

ファーレンが噴き出しながら言うと、龍聖は目を丸くして、ファーレンの肩を小突いた。

「オレの方が綺麗とか、それこそなんだよそれって感じ！　シーフォンの人達って美的感覚がちょっとおかしくない？　シィンワンとかもいつも言うけど、それは贔屓目《ひいきめ》として……ヨウチェン様もよく言うし……」

「ヨウチェン兄上はさ、女たらしなんだよね……」

ファーレンが、溜息交じりにやれやれという感じで言った。

「え！　そうなの!?　ああ、でもなんか分かる……シィンワンが言ってた。昔、シィンワンが眠りにつく前……だから……シィンワンが百歳くらいの頃かな？　ヨウチェン様が二十歳も下なのに、もうキスとか経験してて早熟だったって」

「ええ！　それ本当!?」

ファーレンが驚きのあまり大きな声を出してしまい、慌てて両手で口を塞いで、あたりをキョロキョロと恥ずかしそうに見まわした。そんなファーレンを見て、龍聖が大声で笑う。

「さすが兄上……はあ……あのさ……ここだけの話……オレ、まだ何も経験ないんだよね」

「童貞ってこと?」

龍聖が少し小さな声で聞き返すと、ファーレンは真面目な顔で頷いた。

「キスもまだなんだ……そういうのは、好きな人としたくて……」

「好きな人いるの?」

龍聖が尋ねると、ファーレンは困ったように頬をかいて、少し迷ってから頷く。

「でもその人とは、絶対に結ばれることはないって分かってるんだけど……好きなのはしょうがないし……」

ファーレンはそう言って、眉を寄せて視線を落とした。

「分からないよ。想い続ければ届くかもしれないし」

龍聖が励ますように言うと、ファーレンがぶるぶると首を振った。

「無理無理……絶対無理なんだ。告白したけど、きっぱり断られたし……まあ断られると分かって告白したんだけど……」

「その相手って……オレが聞いても大丈夫な人?」

「誰にも言わない?」

「誰にも言わない!」

龍聖はぐっと拳《こぶし》を握り締めて誓った。ファーレンは、少し考えてから、決心したように口を開いた。

「ユイリィ」

「ユイリィ!?　その人って確か、養育係だった人だよね？　あれ？　でも結構なお年で、隠居されたって……」

龍聖が言いにくそうに言うと、ファーレンは溜息をつきながら頷いた。

「そうだよ、父上とあまり年が変わらないくらいの方だよ……だけど好きなんだ。本当に……すごく好きなんだ」

「そうか……あ、だけどシェンファ様とラウシャン様も親子以上に年が違うそうだし、愛に年の差なんて関係ないよ！」

龍聖が励ますように明るい口調で言った。ニコニコと笑いながら、ポンポンとファーレンの肩を叩く。

「そうだよね、うん、年の差はね、全然気にしないんだ。だってそんなの気にしてたら好きにならないし……だけどユイリィは、オレのことなんてなんとも思ってないからさ。……それこそ子供くらいにしか思ってないんだ」

ファーレンは俯き気味に、口を尖らせて不満そうに呟いた。

「オレがユイリィを好きなのは、父親に対する想いと変わらないんだって……愛と思い違いしているだけだって言われて……でもオレ、他に恋愛とかしたことないし、そんな風に言われると、なんだか分かんなくなっちゃってさ。……愛って何だろうとかまで思い悩んじゃって……」

龍聖はファーレンの頭を何度も撫でた。

「難しいよね。シィンワンもさ、ファーレンくらいの頃に、すごく悩んでたんだって……愛がどういうものか分からなくて、すごく悩んでいたんだって。……真面目なところ、ファーレンと似ているよね」

　ファーレンが驚いたように顔を上げて龍聖を見ると、龍聖は微笑みながら頷いてみせる。

「オレとシィンワン兄上が似てる？」

「うん、男の兄弟の中では一番似ていると思うよ。ヨウチェン様やフォウライ様は、ちょっとタイプが違うものね」

　するとファーレンは、とても嬉しそうに微笑んで、「そうかぁ」と小さく呟いた。

「オレがファーレンのこと、こんなにすぐ好きになって、仲良くなれたのは、末っ子同士とか、年が近いってだけじゃないと思う。やっぱりシィンワンに似ているから、すごく気が合うんだと思う」

「それって、オレがリューセー様のことを好きなのも、同じ理由なのかな？　シィンワン兄上がリューセー様を好きだってことと、通じるのかも」

　二人はまた顔を見合わせて笑い合った。

「ファーレン、オレのことはリューセーって呼び捨てでいいよ」

「シィンワン兄上のこともそうだけど、オレ達兄弟は、竜王とリューセーに対して、家臣として仕える立場にあるんだ。だから呼び捨てなんて出来ないよ」

「じゃあ、二人でいる時だけでもいいからさ！　友達だろ？」

　ファーレンは少し躊躇《ちゅうちょ》しつつも、すぐに笑顔になって頷いた。

「友達だ」

　二人は握手を交わした。

「陛下……国外にリューセー様をお連れするのはさすがにマズイかと思いますが……」

ある日シィンワンが、外交にも龍聖を連れていくと言い出したので、さすがにヨウチェンがそれを止めた。

「今回は泊まりがけではないし、半日で済む外交だ。行先もパウロ王国で、我が国とは古くから付き合いのある国。友好関係にあり、治安もいい。何も心配なことはないだろう？　連れていくには最適な国だ」

「しかし……」

「リューセーに、エルマーン以外のこの世界を見せてやりたいんだ。今回だけだから」

日頃はそんな無理を言わないシィンワンが、珍しくわがままを言うので、ヨウチェンはなんだかおかしくなった。クククッと思わず笑うと、シィンワンは眉根を寄せてジッとヨウチェンをみつめた。

「何がおかしい？」

「いやあ……父上達も大概《たいがい》仲が良すぎるくらいベタベタしていたけど……兄上達には負けますわ」

クククッとさらに笑って言われたので、シィンワンは少し赤くなって怒り出した。

「兄をからかうなど、失礼だぞ！」

「本当のことを言っただけですよ」

ヨウチェンは言ってワハハと笑った。

「いや、もう本当にうらやましい限りです。私の妻などは、近頃は子供ばかりで私を構ってくれない。私も兄上にあやかって、毎日竜達を歌わせたいものだ」

「やはりからかっているではないか！」

ヨウチェンが楽しそうにワハハと笑うので、シィンワンは赤くなってプリプリと怒っていた。が、ヨウチェンは笑うのをやめると、微笑みながらしみじみとした顔になった。

「我々は聞くだけで、本当に悪い時代だったこの国の様子を知りません。でも父上は本当にそれで苦労をされた。母上はそんな父上に心からの安らぎを与えて、辛い時代を乗り切った。このエルマーンの空に竜達が幸せそうな歌を歌っている風景をよみがえらせた……。兄上は想像したことがありますか？　この国の空に、楽しげに飛ぶ竜の姿がなくなり、シーンと静まり返った日々が百年以上も続いたことがあったなんて……。昔の残虐だった時代を思い起こさせるような、竜達の荒々しい咆哮《ほうこう》が響いたことがあったなんて……。アルピンの寿命は短い。百年もそんな暗黒の時代が続けば、平和で幸せな時代を知らずに生涯を終えたアルピンも多かったでしょう。このまま国が亡《ほろ》びるのではと不安に泣いたアルピンも多かったでしょう。そんな国だったことがあるなんて……。私はこうして、兄上とこんなことを笑い合えるのが嬉しいんですよ。からかって申し訳ないが、それでも嬉しい。私は毎夜、竜王が楽しそうに歌うのを聞くと、本当に安堵して眠ることが出来る。それは多分この国の者すべてがそうなのです。兄上の身からしたら、恥ずかしく思われるかもしれないが、竜王が幸せで、リューセー様と仲睦まじくしているのが表面だけの嘘偽りの夫婦仲ではないと、国民に証明出来ることは素晴らしいことだと思うのです。皆が心から安堵して生活出来るのですから」

言われていることはずいぶん恥ずかしいことかもしれないが、それでもヨウチェンの言うことはもっともだとシィンワンは思った。

そして自分は本当に幸せなのだと思う。

「そうだな」

シィンワンは笑って頷いた。


「それじゃあ行ってくるね、夕方には戻るから心配しないで」

龍聖は見送るツォンに満面の笑顔でそう言った。

「リューセー様、朝から少し顔が赤いですが、熱があるのではないですか？」

ツォンが心配そうに尋ねる。

「ううん、全然平気だよ。顔が赤いのは興奮しているからだよ。だってワクワクしすぎて昨夜は全然眠れなかったんだ」

龍聖は興奮した様子でそう言った。

「本当に大丈夫か？」

シィンワンまで心配して言ったので、龍聖は大きく頷く。

「本当に大丈夫だよ！」

「眠れなかったのは、本当にそれだけが理由ですか？」

ヨウチェンがニヤリと笑ってからかうように言ったので、龍聖はキョトンとした顔をしたが、シィンワンが怒ってヨウチェンの脇を肘で突いた。

「では早く行って早く戻ってこよう」

シィンワンはそう言って、龍聖を抱き上げるとそのまま竜の背に乗った。

「ジンフォン、行こうか」

「ジンフォン、よろしくね」

二人に声をかけられて、金色の巨大な竜は、首を高く上げて一声大きな声で鳴くと、ブワリと空に飛び上がった。

それに続くように、他の竜達も出発した。

「わあ……気持ちいい!!」

龍聖が歓声を上げる。

竜に乗るのは初めてではないが、険しい岩山を越えて、エルマーンの外に出るのは初めてだ。いつもよりも少し高度を上げて飛ぶ竜の背からの眺めは、それは素晴らしいものだ。赤い荒野の緩やかなカーブを作る地平線が、はるか彼方に見える。風がとても強かったが冷たくはない。青空と太陽の日差しが心地よい。体はシィンワンにしっかりと抱きしめられているので、何も怖くなかった。

「ジンフォンはすごいね！　とても気持ちよさそうに空を飛ぶんだね！」

龍聖が大きな声でそう言うと、答えるようにジンフォンがオオォォォッと咆哮を上げた。呼応するように、他の竜達も鳴き声を上げる。それを聞いて、龍聖はとても嬉しそうに笑った。

「お前に話しかけられて、喜んでいるんだよ」

シィンワンが耳元でそう囁いた。

「オレも嬉しいよ……ねえ、パウロ王国までは遠いの？」

「遠いが、竜でならばひと飛びだ。一刻あまりで見えてくるだろう。人間達が馬で移動するならば、一日以上はかかる」

「へえ～すごいね！」

やがてシィンワンが指差す先に、パウロ王国が見えてきた。この世界でよその国を見るのは初めてなので、龍聖はとても興奮した。歓喜の声を上げると、シィンワンも嬉しそうに笑った。そんな仲睦まじい二人の様子に、周囲のシーフォン達も笑い合った。


「これは……王妃様にまでおいで頂けるとは……我が国も貴国とは建国以来六百年の付き合いですが、代々の祖先達も、私をきっとうらやむことでしょう。こんな光栄なことはございません」

パウロ国王のボハティー王は、驚きと感激のあまり玉座から立ち上がり、五段ほどある階段を駆け下りて、シィンワン達の前まで来るとその場にひざまずいた。

来賓《らいひん》が自国よりも上の立場にある国の王と王妃だからと言って、招く側の王が自ら出迎え、さらにひざまずくなどということは、常識ではありえないことだった。パウロの大臣達家臣団が、動揺してざわめいた。

「ボハティー王、どうぞお立ちください。陛下がそのようにされては、まるで従国のようだ。我々は国交のある友好国ですよ」

シィンワンがそう言って立つように促したが、ボハティー王は感激のあまりひざまずいたままだ。

「陛下、お会い出来て大変光栄です。オレ……あ、あの私は、本当にこの日を楽しみにしていました。とても綺麗な国で、先ほどから興奮しています。お招き頂きありがとうございます」

龍聖は一生懸命そう言って、少し屈むとひざまずくボハティー王の手を取った。ニッコリと笑うと、ボハティー王は、また感動して震えた。

「ありがたき幸せ……このような小国ですが、王妃様のお気に召しますことを心から祈っております。なんなりとお申し付けください」

ボハティー王が声を震わせながらそう言うと、龍聖はまたニッコリと笑って頷いた。

シィンワン、ヨウチェン以下家臣団は、政治的な話し合いをするために、ボハティー王とその家臣団とともに、別室の大会議室へと向かった。

龍聖はその間、ボハティー王の后に接待されることになり、護衛のシーフォンと、こちらも別室のサロンへと向かった。

「これも大事な外交だよ」と、事前にシィンワンから言われていたので、龍聖は少し緊張していたが、ポッチャリとふくよかで優しそうな王妃様に接待されて、人懐っこい龍聖はすぐに場に馴染《なじ》むことが出来た。

お茶を飲みながら、色々なことを質問し、とても盛り上がって、サロンの外にまで女性達と龍聖の笑い声が漏れ聞こえたほどだった。

しかし実は龍聖は緊張したせいか、先ほどからずっと眩暈《めまい》に襲われていて、それを隠すのに苦労していた。せっかく使命を与えられたのだから、ちゃんと全《まっと》うしなければと、必死になっていた。

出発前に熱があるのではないかと言われたのも、実は当たっていて、朝から頭が痛くて体が熱くて、体調が優れないことは自覚はしていた。でもどうしても来たかったから無理をしたのだ。

『どうせ半日の仕事だし、これくらい平気……何よりせっかくのチャンスなのに……』

そう思って、無理をしていたのだ。

ちょっとした微熱……のつもりだったが次第に具合まで悪くなってきた。我慢をしていると、脂《あぶら》汗《あせ》が出てくるほどだ。

「リューセー様？　お顔の色が優れないようですが、大丈夫ですか？」

さすがに龍聖の様子の変化に、パウロの王妃も気づいて、心配そうな顔で尋ねた。

「平気ですよ」と笑って言うつもりだった。だが正面にいる王妃様の顔を見るつもりなのに視線が定まらない。クラクラして目が回ってきた。と思った瞬間、目の前が真っ暗になった。

ドサリと椅子から崩れ落ちてしまった龍聖に、王妃を含め、周囲の女性達が悲鳴を上げた。パウロ王妃の女官が慌てて駆け寄り、龍聖の体を起こした。

「熱いっ!!　王妃様！　リューセー様のお体がとても熱いです」

「大変だわ！　すぐにお部屋を用意して！　誰か！」

バンッと荒々しく会議室の扉が開かれて、龍聖の護衛をしていたシーフォンの青年が駆け込んできたので、一同はとても驚いた。

ヨウチェンが険しい顔で立ち上がり、その青年を怒鳴ろうとしたが、真っ青な顔で飛び込んできた彼が「陛下！　リューセー様がっ……」と言いかけただけで、すぐにシィンワンがただごとではないと察知し、すべてを聞くよりも早く立ち上がり部屋を飛び出していった。

「リューセー！　リューセー！」

案内された部屋のベッドで、龍聖が横たわっているのを見るなり、シィンワンは真っ青になった。駆け寄って手を握ると、驚くぐらいに熱かったので、さらに顔色を変えた。横になっている龍聖は息遣いも荒く、顔には脂汗をびっしょりとかいていた。

「原因が分かりかねます。意識も混濁されている様子です。このような症状は初めてで……我々では……申し訳ありませんが、王妃様の手当てが叶いません」

パウロの従医師が困りきった顔で、小さくなってそう言った。

「陛下！」

後から遅れてヨウチェン達も駆けつけた。

「ヨウチェン！　すぐに我が国の医師達を連れてきてくれ！」

シィンワンが叫ぶように言ったので、ヨウチェンは答える間もなくすぐに駆け出していた。

ヨウチェンは周囲が思っていた以上に早く戻ってきた。相当竜を速く飛ばしたのだろうと思われる。

ヨウチェンは医師団とともにツォンも連れてきていた。

「リューセー様！」

ツォンが取り乱した様子で一番に駆け寄ると、シィンワンがいるのも構わず龍聖の体にすがりついた。

「リューセー様！　リューセー様！　……あっこれは……」

ツォンは、すがりついて握りしめた龍聖の左腕を見て、はっとしたように息を呑む。はらりと袖がめくれて、左腕にあるリューセーの証《あかし》の文様が露《あらわ》になったのだ。濃紺色のはずの文様が、赤く変わっている。

「ツォン、どうした。早く医師に診《み》せなくては」

「いえ……大丈夫です。取り乱してしまいまして申し訳ありません。ですが……リューセー様は……ご懐妊されています」

ツォンが放心したような顔で振り返り、シィンワンに向かってそう告げた。後ろに控えていた医師団も、それを聞いて慌てて寝ている龍聖を覗《のぞ》き込んだ。

「確かに……陛下、これはご懐妊の兆候《ちょうこう》です。それも症状から、おそらくお世継ぎを身籠《みごも》られておられるかと……」

ワアアッと喜びの歓声を上げたのは、部屋の隅に控えていたヨウチェン達だった。シィンワンはまだ状況を理解していないようで、驚いた顔のままで立ち尽くしていた。

「陛下？　大丈夫ですか？」

「あ……しかし……リューセーは……こんなに苦しんでいるのに……」

「これはご懐妊の兆候です。ここまで熱が上がられているということは、出産が近いという証です。おそらく二～三日以内には……。申し訳ありません、本来ならばもっと早くに兆候が出ていたはず……。気づかなかった私の落ち度です。申し訳ありません」

ツォンはそう言って、その場に土下座をした。床に額が付くほど頭を下げると、シィンワンに向かって何度も謝罪の言葉を繰り返した。

「ツォン、お前のせいではない。あんなに毎日側にいて、リューセーの体だって毎日見ていたのに、気づかなかったのは私も一緒だ。お前だけのせいじゃない。いや、むしろ私の方こそ気づかないなんてどうかしている……」

シィンワンはそう言って、龍聖の左手をそっと握りながら、朱色に変わっている腕の文様をみつめた。

「文様の色の変化の出方は様々です。出産近くまで変わらない方もいらっしゃいます。陛下やツォン殿が気づかれなかったのでしたら、色が変わられたのは今かもしれません」

自分達を責める二人の様子に、医師長がそっと宥《なだ》めるように言った。ツォンはヨウチェンに抱えられるようにして立ち上がらされた。

「ツォン殿がしっかりなさらなければ、リューセー様が不安に思われます。自分を責めるのではなく、これからをきちんとしてください」

ヨウチェンが諭すようにそう言ったので、ツォンもコクリと頷いた。

「すぐに国に連れて帰ろう」

シィンワンがそう言ったが、医師長とツォンは首を振った。

「今はあまり動かさない方がよろしいです。とりあえずこの国で産んで頂くしかありませんが、どこか静かで我々だけでリューセー様を見守り、安全に出産が出来る場所が欲しいですね。この国の方々には申し訳ないが、竜族の出産について他国の方に詳しいことを知られるわけには参りません」

医師長がそう言ったので、早速シィンワンがボハティー王に頼みに行った。

「もちろんご協力いたします。それでしたら南の湖畔に建つ別荘をお使いください。我々王族が避暑に使っている館です。周囲に民家はありませんし、普段は誰も近づくことはありません。自由に使って頂いて結構です」

シィンワンは、早速その館を借りることにして、龍聖を抱いてジンフォンに乗り慎重に運んだ。ヨウチェンは国に戻り応援を頼むと、館の周囲に兵士を置き、厳重によそ者が入らぬように警備した。身の回りの世話をする召使や従者もすべてエルマーンから連れてきた。

ツォンも一度国に戻り、卵を受け入れる準備を大至急で行った。またパウロ王国からエルマーンまで卵を運ぶための入れ物も大至急で作るように命じた。

龍聖はしばらくして目を覚まし、シィンワンの名前を呼んだ。

「リューセー、分かるかい？　私達の子供を授かったんだよ」

「子供？」

龍聖は夢うつつのようにぼんやりと答えた。シィンワンはずっと龍聖の側を離れず、手を握り、髪を撫で、自ら看病した。

それから三日後、龍聖に出産の兆候が表れた。ずっと続いた熱で、少し朦朧《もうろう》としていたが、その時を自分で感じて、ベッドから起き上がった。

「リューセー、どうしたのだ？」

側についていたシィンワンが驚いて声をかけた。

「う、生まれそうなんだ……お腹が痛くなってきた」

龍聖は苦しげな表情でそう告げた。驚いたシィンワンが、うろたえたようにツォンを見た。ツォンはすぐに医師を呼んで、出産の用意をした。

「降りてきているようなら、そのまま下腹に力を入れて、出してください……いきみやすい体勢で結構ですよ」

ツォンが龍聖を励ますように声をかけた。龍聖は膝立ちになると、シィンワンに抱きついて、唸《うな》りながらいきんだ。下腹がじんじんと鈍く痛み、塊《かたまり》がゆっくりと下へと降りてくるのを感じる。

「あっ……あっ……どうしよう……ツォン……怖いよ」

「大丈夫ですよ、リューセー様、すぐに終わります」

「リューセー、苦しいならもっと私にしがみついていいよ」

ツォンとシィンワンの二人がかりで龍聖を励ます。

龍聖は初めて体に起こる現象に、ひどく不安になっていた。卵を産むと言われても、まだ十八歳で、それも今まで男として生きてきた龍聖には、まったく想像の出来ない状況だった。自分は今、何を体から出そうとしているのだろうか？　排便とはまったく違う体の感覚に、産む寸前になって、急に不安と僅《わず》かな恐怖を感じていた。

「あっああっ」

龍聖は小さく呻《うめ》いて、チョロチョロと小水を漏らしてしまった。抱きついていたシィンワンの服を濡らしたが、シィンワンは構わず、龍聖の体を抱きしめ続けて、何度も背中を擦ってやった。

「あっああっ……ごめんなさい……シィンワン……ごめんなさい」

「大丈夫だよ、気にしないで、私は平気だから」

震える龍聖の体を抱きしめて、宥め、励ました。

「あっあっ、出る……うっううっ」

ツォンが後ろに回り、受け取る用意をして待っていた。そこへポトリと真珠色に輝く卵がひとつ産み落とされた。

「ああ、リューセー様……シィンワン様……お世継ぎでございます」

ツォンは卵をみつめながら、歓喜の声を上げた。

それは次期竜王の証を持つ卵であった。

「ああ……リューセー、よくがんばったね」

シィンワンが肩を抱きながらそう言って、卵を龍聖の前に差し出した。汗だくになってまだ少し息を荒くしている龍聖が、差し出された真珠色に輝く卵を、嬉しいような驚くような顔でみつめて胸に抱いた。それは鶏の卵よりも一回りほど大きい卵だった。表面が真珠色に輝いていて、赤い竜の紋章のような模様が入っていた。

「これが……オレ達の子供なんだね」

「そう。まだ卵だけど、これからリューセーが魂精《こんせい》で育てていくんだよ」

「……オレとシィンワンの赤ちゃん……」

妊娠の自覚もないまま倒れて、ずっと熱に浮かされ朦朧と過ごし、目が覚めたら卵を産んでいた。それはあまりにも実感を持つのが難しいような状況だったが、少しは生みの苦しみを味わい、こうして温もりのある卵を手に取ると、不思議な感情が湧き上がってきた。まだ母性とは違うものかもしれないが、愛しいと思う感情に似ていた。

「オレ……シィンワンの役に立った？」

「ああ、世継ぎをこんなに早く産んでくれたんだ。褒めるどころの話ではないよ。国中が大喜びだ」

「シィンワンも嬉しい？」

「ああ、嬉しいよ。嬉しくて大声で叫びたいくらいだ。リューセー愛しているってね」

シィンワンはそう言って龍聖の頬にキスをした。龍聖はとても嬉しそうに笑った。

「名前をつけないとね」

「つけたい名前はあるのかい？」

シィンワンに尋ねられて龍聖はしばらく考えた。

「強い男に育ってほしいかな……シィンワンみたいに優しくて、だけど強く男らしく育ってほしい。……この前読んだ本にあったけど……この世界で一番強くて頼もしい神様はレイシェンって言うんでしょ？」

「ああ、そうだよ。人間達が語る神話で、世界の均衡《きんこう》を保つ平和の神と言われているが、元々は戦いの神だ。この世の終末に邪悪なものと戦って弱いものを救い出すと言われている神様だそうだ」

「じゃあその神様にあやかって、レイワン……」

「レイワン」

二人でその名前を卵に向かって呼んでみた。

「よい名だ」

シィンワンは微笑んで龍聖をみつめた。龍聖も微笑み返した。

「シィンワン、すっかり忘れていたけど、熱に浮かされている間夢に出てきて思い出したことがあるんだ」

「なんだい？」

「国に帰ったら、シィンワンにあげたいものがあるんだ。オレ、前の龍聖の写真を持ってきていたんだ。ちゃんと一緒にこの世界に届いているならば、学ランの内ポケットに入っているはずだから」

「シャシン？」

「ふふふ……きっと見たらシィンワン喜ぶよ」

龍聖はとてもワクワクしながらそう言った。そして心から幸せだと思って、腕の中の卵をもう一度みつめた。

いつの日か、この子にも自分が憧れだと思ってもらえる日が来るだろうか？　そうなったらいい、と夢見た。

それから二日ほどパウロ王国に滞在して、龍聖が自分で起き上がることが出来るようになると、一行はエルマーン王国への帰途についた。

国に戻ると、城下町が色とりどりの花で埋め尽くされていた。風に乗って、甘い香りが国中を覆っているようだ。

「すごい！　シィンワン……あれは何だろう？」

「きっと国民が、私達のことを祝ってくれているのだよ。世継ぎの誕生をみんなが喜んでいるんだ」

シィンワンにそう言われて、龍聖は目を見開き、口をぽかんと開けて、とても驚いた。改めて視線を眼下へと落とす。ジンフォンがゆっくりと王国の空を旋回《せんかい》して、龍聖に国の様子を見せてくれていた。

「ああ……みんなが喜んでくれるのが嬉しい。すごく嬉しい……」

龍聖はとても感動した様子で、頬を上気させて、何度も嬉しいと呟いた。ジンフォンは、二度上空をゆっくりと旋回してから、城へと降りた。

城に到着すると、留守を預かっていた弟のフォウライが出迎え、ツォンが大切に運んできた卵を受け取り、卵を警護する部屋へと運んだ。

龍聖は、シィンワンが抱き上げて運び、すぐに寝室へと連れていかれて、ベッドに寝かされた。

「シィンワン、オレはもう元気だよ？　大丈夫だから」

「いや、慣れない土地で出産し、旅して戻ったのだ。念のために今日はゆっくりと休んでおくれ。私を安心させるためにも」

シィンワンは、ベッドに腰かけ、寝ている龍聖の頭を撫でながら、優しく諭すように囁き聞かせる。

そんな風に頼まれては、龍聖もそれ以上わがままを言うことは出来なかった。シィンワンがそれで安心するというのならば、そうするしかない。

「分かった。……シィンワン、その……心配かけてごめんなさい。本当は出発前からちょっと体調が悪かったのに隠してて……。でもね、どうしてもシィンワンと一緒に外の世界を見たかったんだ。だけど結果的に、シィンワンだけじゃなく、ヨウチェンやツォンや、パウロ王国の王様達にも迷惑をかけてしまって……反省しています。もう絶対にこんなことしません。具合が悪くなったら、絶対に隠さずに言います」

真剣な表情で、謝罪の言葉を述べる龍聖に、シィンワンは微笑みながら何度も頷いた。

「分かっているよ。龍聖……みんなもきっと分かってる。誰も君を責めたりしないよ……。第一、世継ぎを産んでくれた君を、責める人など、この国には誰一人としていないだろう。こんなに早く、それも最初に世継ぎを産んでくれたのだ。シーフォンは子が出来にくいことは、何度も話しただろう？　そして竜王にとっても、エルマーンにとっても、世継ぎの誕生が、何よりも一番望まれていることを……。君の負担になると思って、出来るだけその話はしないようにはしていたけれど、本当に、世継ぎを産んでくれて、みんなが喜んでいるんだ。ありがとう。改めて礼を言うよ。私のリューセーは、本当に素晴らしい。我が国の宝だよ」

シィンワンはそう言うと、龍聖の額にそっと口づけた。龍聖は嬉しそうにはにかむ。

「私は仕事に戻らなければならないけど、一人で大丈夫？　ツォンも用が済んだら戻ってきてくれると思うけど」

「大丈夫。おとなしく寝てるよ」

龍聖が笑顔で答えたので、シィンワンは安堵したように頷くと、もう一度口づけて、寝室を後にした。侍女達には、決してこの部屋から離れないように言い聞かせ、廊下に立つ兵士にも、念を押すように警備を指示した。

シィンワンが執務室に戻ると、ヨウチェンとフォウライ、ファーレンというシィンワンの男兄弟が顔を揃えて待っていた。

「兄上、今、みんなで相談していたのですが、卵の警護責任者には、ファーレンを任命しようと思うのだが、どうでしょう？」

ヨウチェンが早速そう告げたので、シィンワンは末弟のファーレンを見た。ファーレンも力強く頷いて答える。

「兄上、私にお任せください。兄上とリューセー様の卵を私が全力でお守りいたします」

「ファーレン、お前が守ってくれるというのならば、これほど心強いものはない。だがお前の本来の仕事の方は大丈夫なのか？」

末の弟のファーレンには、内務大臣の補佐官を任せていた。国の財政を預かる大変重要な役回りになる。ゆくゆくは内務大臣に任命するつもりだが、今は勉強中といったところだ。

シィンワンが心配そうに尋ねるので、ファーレンはにこやかに笑って見せた。

「まあ、私なんかまだまだ下《した》っ端《ぱ》ですからね。私がいなくても大臣は困ることはないでしょう」

ファーレンがそう言って頭をかいたので、シィンワン達は笑って頷いた。ファーレンは、シィンワンが眠りにつく前、まだヨチヨチ歩きの小さな幼子だった。抱いてあやしたりしたこともあったが、今はシィンワンに一番近い年齢になっている。明るい性格で、兄弟の中でもムードメーカー的な存在だ。真面目で几帳面な性格でもあるから、卵の護衛責任者としては適任だ。何より、龍聖が一番仲のいい友達として、信頼している。

「ではお前に任せよう。頼んだぞ」

「はい、かしこまりました」

ファーレンは恭《うやうや》しく頭を下げた。

シィンワンは、弟達が頼りになる存在になっていることが、何よりも嬉しかった。飄々《ひょうひょう》とした性格で、昔はよく勉強をさぼっては叱られて、それでも全然悪びれずにシィンワンを呆れさせていたヨウチェンは、外務大臣の座をラウシャンから引き継ぎ、立派にその職務をこなしている。やんちゃで、悪戯《いたずら》ばかりして、叱られては泣きながらシィンワンの所に逃げ込んできていたフォウライは軍務大臣の副官を務め、シェンレンから間もなく大臣の座を譲《ゆず》られることになっている。

シィンワンが眠りにつく前、ヨウチェンとした約束を、ヨウチェンはきちんと守っていた。王を助けるために、弟達が力を合わせている。これほど頼りになる存在はなく、とても頼もしく思っていた。

「リューセーも喜ぶよ」

シィンワンの言葉に、ファーレンは何よりも嬉しそうに笑って頷いた。


「リューセー様、お世継ぎの殿下がお生まれになりましたら、二人の乳母が交代で終日お世話をいたします。私もおりますから、リューセー様は何も心配することはないのですよ」

「オレは赤ちゃんの世話をしなくていいの？」

「もちろん、リューセー様が世話をしたいとお望みであれば、ぜひやって頂きたいとは思いますが、リューセー様は、赤子の世話をなさったことはあるのですか？」

ツォンが優しく尋ねると、龍聖は勢いよく首を振った。それを見て、ツォンが笑みを浮かべる。

「でしたら、やってみたい時だけ、やれることだけ、お世話をなされればよろしいのです。もしもやりたくなかったとしても、まったく構いません。先ほども申しました通り、殿下には専用の乳母を二人用意しております。すべての面倒を任せても構わないのですよ」

ツォンは、龍聖の性格を考えて、事前に育児について、龍聖が身構えないようにと、早くから言い聞かせることにした。そうでもしないと、また『全然、母親らしくない』と言って、龍聖が思いつめかねないからだ。

「それはオレに赤ちゃんが育てられそうにないから？」

「まさか！　リューセー様……リューセー様の世界では、乳母などいないのかもしれませんが、こちらでは……我が国に限らず、国王の御子をお育てするのは、乳母の仕事ということは、当たり前のことですよ。代々竜王の御子も、すべてそれぞれのお子様に専属の乳母がおりました。シィンワン様も、乳母がお世話したのですよ？」

それを聞いて龍聖は少し驚いたような顔をした。

「前の龍聖は、育児をしなかったの？」

「食事の世話などは、出来る範囲のことは、おやりになられたという話は聞いておりますが、ほとんどは乳母に任せられていたようです。代々のリューセー様は、リューセー様と同じように、皆様男性で、それもまだ若いうちにいらっしゃったのですから、育児など出来なくて当然なのです」

「そうなんだ……」

龍聖はしばらく真剣な顔で考え込んでいた。それをツォンは、心配しながら見守っていた。

「オレ……どうしよう……」

「リューセー様？」

「オレ、末っ子だから、弟や妹もいないんで、小さな子の世話とか、まったくしたことないんだ。ましてや赤ちゃんとか、もう未知のものっていうか……もちろん自分の子供は世話したいって思うよ。でも……実際に赤ちゃんが生まれてからじゃないと分からないけど……上手に世話を出来る自信は全然ないんだ。だから乳母の人に任せっきりになるかもしれない……」

「いいんですよ。別にそれでも」

「乳母の人に、お世話の仕方を聞きながら、やれそうなところだけやってみて……出来なくても許してくれる？」

「もちろんでございます」

ツォンが力強く肯定したので、龍聖は少しばかり安心したように見えた。

「今、毎日、卵に魂精をあげるために通っているだろう？　最近、明らかに大きくなっていて、卵が生きているんだなって、実感が出てきたんだ。……正直に言うと、まだ自分の子供だって実感はないんだけど、卵を育てているんだっていう感じはしてる……。卵が孵《かえ》る頃には、もっと愛情持てるようになるかな？」

ツォンは微笑みながら頷いた。

「まだ時間はたっぷりあります。大丈夫ですよ。それに今だってもうリューセー様は十分に愛情をもって、卵に接していらっしゃいますよ？」

「オレが？」

「ええ、リューセー様は、ご自分がどんな顔をして卵を抱いていらっしゃるか、ご存じないでしょう？　それはとても優しいお顔で、卵に対して微笑みかけながら抱いていらっしゃるのですよ？　もうすでに母親のように見えます」

「そ、そうかな……」

龍聖が照れくさそうに笑ったので、ツォンは何度も頷いてみせた。

ツォンはその後も、たびたび、同じような説得を繰り返し、龍聖が育児のことで思い悩むことのないように配慮した。


それにはもちろんシィンワンも協力をした。

自分が乳母に世話をされたという話を、たびたび龍聖に聞かせ、ただ竜王だけは他の兄弟と違って、食べ物ではなく、母である龍聖の魂精を貰って育つので、毎日、母に抱っこされる時間がとても好きだったという話をして聞かせた。

「姉達はともかく、妹や弟が生まれても、毎日、母がオレを抱っこしてくれるから、その時間だけは自分だけのものだっていうのが嬉しかったんだよ」

そうシィンワンが懐かしそうに話すのを、龍聖はニコニコしながら聞いていた。

「あ！　そうだ忘れてた！」

ある日、いつものようにシィンワンがそんな母との話をしていると、突然龍聖が大きな声を上げた。

「どうしたんだい？」

シィンワンが驚いていると、龍聖は簞笥《たんす》を開けて、何やらごそごそと探しはじめた。シィンワンは、何かあったのかと心配そうにみつめている。

「確か学ランの内ポケットに……あった！」

龍聖は嬉しそうにそう声を上げると立ち上がり、満面の笑顔でシィンワンの方を振り返る。

「ずっとバタバタしていたから、すっかり忘れていたんだけど……シィンワンに見せたいものがあったんだ。……前にも一度言ったでしょ？　えっと……ああ、そうだ。パウロ王国から戻ってくる時……戻ったらシィンワンにあげたいものがあるって話をしたの覚えている？」

ニコニコと笑顔で龍聖に尋ねられて、シィンワンは思い出そうと少し考えた。

「そういえば……そんな話をしたような気がするな……私の母のものがどうとかっていっていたような……」

「そう！　それ！」

龍聖は嬉しそうに笑って、シィンワンの側まで来ると、何かを差し出した。それは掌《てのひら》に乗せられた紙片のようだ。その紙片には人の顔が描かれているように見える。受け取ったシィンワンは、それを見てとても驚いた。

「これは……母上！」

「そう、前の龍聖の写真だよ。我が家に残っていたものの中から一枚持ってきたんだ。……儀式の後、オレがどうなるか分かんなかったから、もしも本当に竜神様の下に行くのだとしたら、前の龍聖の写真を見せたら、知っている人がいるかもって思って……。もしかしたら竜神様が知っているかもとかね……。だってまさか、オレが会う予定の竜神様が、前の竜神様と前の龍聖の間の子供だなんて思わないからさ……」

龍聖は笑いながら頭をかいた。一方のシィンワンは、大きく目を見開いて、写真をじっとみつめている。

「これは誰が描いたのだ？　こんな小さなものに、これほどまでにそっくりに描けるなど……ああ、まるで鏡に映った姿を、そのまま描き写しているようだ」

「シィンワンのお母さんで間違いない？」

「ああ、母上だ……少し若いけど、間違いなく母上だ」

シィンワンが興奮したように言うので、龍聖は嬉しそうに笑った。

「それはシィンワンにあげるよ」

龍聖が笑いながらそう言うと、またシィンワンはとても驚いた。

「私が貰ってもいいのかい？」

「うん、オレにとっては知らない人だし……シィンワンが喜んでくれるなら、オレも嬉しいし」

龍聖が言い終わらないうちに、シィンワンがギュッと龍聖を抱きしめていた。

「リューセー……ああ、ありがとう……本当に嬉しいよ」

龍聖はシィンワンの腕の中で、満足そうに笑った。こんなに喜んでくれるのならば、持ってきた甲《か》

甲斐《い》があるというものだ。それにしても、シィンワンはマザコンだなぁ……と思って苦笑する。

それからシィンワンはしばらくの間、写真を穴が空くかと思うほどみつめてから、大事そうに書斎の机の引き出しに仕舞った。

「オレの息子も、そんな風にオレのことを好きになってくれたらいいのになぁ」

ポツリと龍聖がそう言ったが、シィンワンは自分のことを言われているとは思わずに、キョトンと不思議そうな顔をして首をかしげた。


厳重に警護されている卵の部屋へ、毎日通うのが龍聖の日課となっている。卵を出産してから間もなく一年が経とうとしていて、卵が孵る日も近い。一年は長いように思っていたが、いざとなると、あっという間のことだった。

卵の護衛責任者をファーレンが務めていることも、一年を短く感じられた要因のひとつであった。信頼する友であるファーレンがいつも側にいてくれることで、不慣れな抱卵も不安なく行うことが出来たし、部屋にいる間、楽しくおしゃべりをすることで、リラックスして過ごすことが出来た。

毎日ではないが、シィンワンも時間を作っては、一緒に立ち会ってくれるので、そういう時は、三人で楽しくおしゃべりをする。

シィンワンとファーレンが、楽しそうに会話をするのを、いつも龍聖はニコニコと笑いながらみつめていた。

今日も龍聖は、卵の部屋へとやってきた。

「リューセー、今、使いを出そうと思っていたところだった」

部屋へ入るなり、ファーレンにそう言われて、龍聖が何事かと不安そうな顔をした。龍聖の顔を見て、ファーレンが微笑んで見せる。

「大丈夫、いい知らせだよ。卵が間もなく孵るんだ」

「え!? 本当!?」

龍聖が瞳を輝かせて、卵が入っている器へと駆け寄った。

卵は、ファーレンは、侍女に指示を出して、シィンワンへ知らせるように使いを出す。

卵は、ファーレンと侍女が、そっと器から出し、用意していた小さな籠《かご》へと移された。籠には柔らかな綿が敷き詰められ、その上に白い肌触りのいい布が敷かれている。

「ほら、小さなひびが入っているだろう?」

「本当だ……」

ファーレンに言われて、龍聖は卵をじっとみつめた。その表面には無数のひびが入っている。じっとみつめていると、時々ゆらゆらと卵が揺れた。そのたびに、卵のひびが増えていく。

しばらくして、シィンワンが慌てた様子で駆けつけた。

「リューセー! 卵は?」

「まだ生まれてないよ。でも大分ひびが入ってきたから、そろそろかも……あっ」

龍聖が思わず驚きの声を上げた。ぱりっと卵に大きな亀裂が入ったからだ。龍聖とシィンワンは、息を呑んで、じっと卵をみつめた。

卵は何度もゆらゆらと揺れて、またぱりっと大きな亀裂が入る。いくつかの大きな亀裂の交わりから、ポロリと一部が欠けて、小さな穴が空いた。

「穴が空いたようでしたら、お二人で殻《から》を割る手伝いをしてあげてください」

いつの間に来たのか、後ろに控えていたツォンが、そっと声をかけた。

「割って大丈夫なの？」

龍聖が心配そうな顔で、ツォンの方を振り返りながら尋ねた。

「中の赤子が自分の力で、殻を割りきるのは難しいですから、手助けしなければなりません。卵に穴が空けば、中に外の空気が入りますから、その後は無理やり開けても、支障はありません」

ツォンが微笑みながら、促すようにそう言ったので、龍聖とシィンワンは顔を見合わせて頷くと、二人で卵の殻を取り去りはじめた。

「ああ！　本当に赤ちゃんが入ってる」

大きな穴が空き、中の様子が見えてくると、龍聖が歓喜の声を上げた。

「かわいい……ああ……シィンワンと同じ赤い髪だよ」

「世継ぎだからな」

シィンワンがクスクスと笑って答えた。

龍聖は逸《はや》る気持ちを抑えながら、慎重に殻を割って、半分ほど取り去ったところで、中に手を差し入れた。

丸くうずくまるような形でいる赤子を、ゆっくりと卵の中から取り出すと、シィンワンも手を添えて赤子を守った。

「リューセー、そのまま腕に抱いてごらん」

「だ……抱き方はこうだっけ？」

龍聖は怖々という様子で、事前に練習した通りに、赤子を腕に抱いた。シィンワンが、そっと赤子が胸に抱いている金色の卵を抜き取ると、それまで目を閉じて、もぞもぞとしていた赤子の目が開き、ああーんと大きな泣き声を上げた。

「わ！　泣いちゃった！　ツォン！　どうしよう！」

「産湯で体を洗いますから、一度私にお渡しください」

おろおろとする龍聖から、ツォンが赤子を受け取ると、側に用意していた産湯で、丁寧に体を洗った。その間もずっと赤子は火がついたように泣き続けている。

龍聖は心配そうに、赤子の様子を見守りつつ、先ほどシィンワンが取り上げた金色の卵をみつめた。

「それはなに？」

「これはあの子の半身である竜の卵だよ」

「え!?　これが？　ジンフォンみたいに大きな竜になるの？」

「そうだよ……だがこれが孵るのはもっと先だ。それまでは、大事に保管する」

「どこで？　この部屋で？」

「いや、これはジンフォンに預けるんだ」

「ジンフォンに？」

シィンワンは頷いてから、卵を大事そうに懐《ふところ》に入れた。

「リューセー様、もう一度抱いて差し上げてください」

ツォンがそう言って、産着を着せられた赤子を、再び龍聖に差し出した。まだ泣いている赤子を見て、龍聖はぎょっとした顔をする。

「え？　で、でもそんなに泣いて……」

「リューセー様がお抱きになって、魂精を与えればすぐに泣き止みますよ」

ツォンに無理やりに渡されて、龍聖は戸惑いながらも、泣いている赤子を抱きしめた。顔を真っ赤にして全身で泣いていた赤子が、次第にあーんと言うのを止め、しゃくり上げながら、龍聖の顔をじっとみつめた。綺麗な金色の瞳だ。シィンワンと同じ瞳。涙をいっぱい浮かべながら、じっと食い入るように龍聖をみつめている。

「み……見えるのかな？」

「ぼんやりとは見えるんじゃないのかな？　お母さんだと分かっているんだよ」

シィンワンが龍聖の肩を抱きながら、優しくそう囁いた。

「お母さん」

龍聖はそう言われて、かあっと赤くなる。

「こんなに立派な赤子になるまで、よく育ててくれたね……リューセー、ありがとう」

シィンワンはそう言って、龍聖の頰に口づけた。ぷくぷくと太った健康そうな赤子。まだ産毛のようにふわふわの髪の毛は、真っ赤で、眉毛も睫も真っ赤だ。シィンワンにとてもよく似ていると思う。

龍聖はまじまじと赤子をみつめていた。

「オレとシィンワンの赤ちゃん」

「ああ、そうだよ。オレとリューセーの赤ちゃんだ」

シィンワンが繰り返すように言った。そのシィンワンの優しい声と、腕に抱く赤子の温もりと重みを感じながら、突然に熱い想いが込み上げてきた。龍聖はポロポロと涙をこぼしながら、ぎゅっと赤子を抱きしめる。

「嬉しい……」

涙をこぼしながらも、満面の笑みでそう呟いた龍聖を、シィンワンはぎゅっと抱きしめた。

第7章　消えた人々

会議の間《ま》には、いつもよりも緊迫した空気が流れていた。その日の議題は、西の情勢についてだった。

エルマーン王国よりも西には荒野が続き、その先に大きな渓谷があった。渓谷の向こうには、かつてトレイトやゼーマンという国と、いくつかの小国があり、それよりも西には深い樹海が広がっていた。

トレイト王国やゼーマン王国とエルマーン王国は、かつて交易をしたこともあった。しかしゼーマン王国は、フェイワン王の治世の頃に、王家の血が途絶え断絶し王国としては滅びてしまった。トレイト王国とは、かつてトレイト王国が約束を違《たが》え裏切ったことが原因で、エルマーンより国交を断絶して久しい。そして今はそれらの国も存在しない。

ある日突然、樹海が切り拓かれ、それとともにトレイト王国は消滅してしまったのだ。

切り拓かれた樹海の先には海があり、そこにはいつの間にか港が出来ていた。それらの出来事は最近のことなのか、もっと前に起きたことなのか、エルマーン王国からは、ここ百年ほど渓谷の向こうへは誰も行っていなかったので、今まで分からなかった。

エルマーン王国が、その異変に気づいた時には、すでにトレイト王国は消滅していた。なぜ『消滅』という言い方をするのかというと、トレイトの国民が一人もいなくなっていたからだ。

廃墟が残るのみで、国民の姿はどこにもない。戦いが起きたような痕跡は何もなく、ただこつ然と消えてしまったかのようだった。その後も調査を進めたが、何ひとつ分からなかった。

トレイトの人々が、皆で海の向こうへ渡ったのではないかという考えもあったが、トレイト王国は小国とはいえ、一万人以上の国民がいたはずだ。赤ん坊や病人まで老若男女すべてが、航海の旅に出るなど考えにくい。調査報告では、家の中の家具や食器などもそのままで、荷物を持ち出した形跡もなく、旅立ったという雰囲気でもない。小屋に入れられたままの家畜は餓死していたり、獣に食べられたような痕跡があったようだ。本当に人間だけが突然消えていた。

あまりにも奇怪な現象に、フェイワン王は、これ以上の深入りはしないようにと通達した。ただし、渓谷の向こうには警戒を強めるように指示した。そして、それまで西方へは目を向けていなかったが、時折巡回をするように命じた。

「海の向こうの西の大陸では、未だに争いが続いているというのは本当か？」

シィンワンは深刻な表情で尋ねた。

「はい、西の大陸ではこの百年ほど、常に至る所で戦争が起きているようです。ひとつは、我々のいるこの大陸への航路を得るため、港を持つ国が、主権を争っているようです。樹海が拓かれた後も、こちらへの渡航者がない原因もそのひとつかと思われます。我々もまだしばらくは、このまま静観する方が賢明と思われます」

ヨウチェンがそう報告すると、シィンワンは腕組みをして考え込んだ。

竜を持つエルマーンにとっては、世界中のあらゆる国へ渡ることは、容易なことである。訪れようと思えば、海の向こうであろうと、いつでも行くことが出来た。しかし国交を結ぶにしても、双方の国が交易できなければ意味がない。エルマーンまで、自力で交易の隊を送ることが出来る国。それが一番の条件になるが、それと同時に、攻め込まれる恐れも警戒しなければならなかった。

人間達にとって『竜』は伝説の生き物だ。世界の国々の中で、エルマーン王国の存在を知るものは、限られている。

かつて始祖であるホンロンワンが、人として生きる道を作り、二代目ルイワン王が、エルマーン王国を建国した。人間の国と同じように、シーフォンの独立国を築くため、あらゆる国々と国交を結ぶよう苦心したが、その過程では幾度も失敗もあった。

人間は、伝説の生き物と思っていた『竜』を目の当たりにすると、恐れ怯える。しかしやがて畏怖《いふ》は好奇へと変わる。

か弱い人間達にとって、『竜』という強大な力は、とても魅力的に映った。『竜一頭がいれば、どんな戦いにも勝てる』そんな野心を持つ人間が次々と現れた。

決して人間を殺してはならないという天罰を与えられたシーフォンにとって、竜を欲する人間達の存在は脅威であった。攻め込まれても戦うことは出来ない。シーフォンは人間を殺《あや》めると、激しい痛みと苦しみを味わいながら、自らも死んでしまうという逃れられない枷《かせ》を負っている。

だから慎重に、信用出来る国とだけ国交を結び、それもエルマーン王国の周辺国だけにとどめ、竜の姿は出来るだけ見られないように、静かに生きることを強いられてきた。

だが渓谷の向こうの異変に気づいた以上は、そうも言っていられない。

世界情勢に目を向け、国交のない海の向こうの大陸も、時折偵察するようにしていた。それはかつて東方より、強大な勢力を持った国が、攻め込んできたという苦い経験があるからだ。

建国の父、二代目竜王ルイワンは、国としての基盤を築くために、様々な人間の国との国交を結ぼうと手を広げた。その結果、竜の存在が人間達に知られることとなり、噂を聞きつけた東方の軍事国家が、大陸を支配するため進軍し、竜を手に入れようとエルマーン王国まで攻め込んできたのだ。

ルイワン王は、国民を守るため、この地を捨てようとしたが、初代の生き残りのシーフォン達が、自らの命と引き換えに、敵の大軍をせん滅《めつ》した。

以降、二度と同じ過《あやま》ちを犯してはならないと、人間との関係は慎重に選び続けてきた。

そして、ここ百年余りは、常に西へ対する警戒を強めていた。

「このエルマーンのように三千年近く続いている国は、世界には他にない。人間達の一生は短い。たとえ我が国のように王位が十代も続いたとしても、せいぜい四百年。千年以上続いていたトレイト王国も今は消えている。もちろん世界には我らの知らぬ、千年以上続く国もあるだろう。我が国と国交のあった国々の最期もたくさん見てきた。我らはこれからも世界情勢に気を配り、この国の存続のためにあらゆる手を尽くし、また他国と共存し、だが深入りすることはなく、世界の中のひとつであり続けなければならない」

シィンワンは皆に向けて、改めて気持ちを確認するかのように語りはじめた。シィンワンの言葉を、重臣達は重く受け止め聞き入っている。

「かつてはるか東方で急速に文明が発達し、強大な力を持った国が、世界を侵略しようとした。しかし我らの偉大なる先祖が、その国と戦い、侵略を阻止することが出来た。だがそれには、とても多くの犠牲が伴った。我ら竜族が、神より天罰を与えられ、人間として生きる道を選んでから、その真髄となる理念は、何ひとつ変わっていないはずだ。決して人間を殺してはならない。だが我ら竜族は、どんなことをしても生き延びねばならない。これからも、この理念は変わることはない。西の動向に警戒しつつ、決して介入することのないように心してほしい。今のところ、我が国と国交のある国が、西に関与している動きは見られないようだが、十分に注意してほしい。そして決して戦争には関わらないこと。改めて肝《きも》に銘じてほしい」

その場にいる全員が、深く頷き同意した。


龍聖は窓辺の椅子に座り、腕に赤子を抱えていた。

「もうすっかり慣れられましたね。リューセー様に抱かれて、安心しきっておやすみになられている」

ツォンが、龍聖の腕の中で安らかな寝息を立てている皇太子レイワンの顔を覗き込みながら、小さな声でそう龍聖に話しかけた。龍聖は笑顔で頷く。

「生まれて三年になるからね。オレだって、さすがに三年も経てば、赤ちゃんの扱いにも慣れるよ」

龍聖がそう答えると、ツォンも笑顔で頷く。

「お疲れになりませんか？　乳母に預けて、ベッドに寝かせましょうか？」

「うん、もうしばらくこのままでいいよ」

龍聖の言葉を受けて、ツォンは一礼して、その場を離れた。ツォン宛てに届いている書簡や書類をテーブルの上に並べて、龍聖の姿が見えるところに座り、自分の仕事をすることにした。書簡の封を開けながら、龍聖の姿に目をやる。

すっかり母親らしくなった龍聖をみつめながら、ツォンはレイワンが生まれた頃のことを思い出していた。龍聖は本当に赤ん坊を抱くのは初めてだったようで、最初の頃、危なっかしいほど怖々とした手つきで抱いていた。そのため、抱かれるレイワンも不安なのか、いつも泣いてばかりで、なかなか上手くいかなかった。落ち込む龍聖を宥めつつ、なんとか毎日触れ合わせることを大事にして、少しでも慣れるように、乳母とツォンとで苦心した。

抱くことすら、そんな状況だったためか、それ以上の赤子の世話について、龍聖は何も口出しすることはなく、すべてを乳母に任せた。

毎日一時間、抱いて魂精を与えることを日課とした。毎日とはいえそれは短い時間で、本人も苦手意識を持ってしまったせいか、上手く抱けるようになるのにふた月もかかってしまった。レイワンが泣かなくなるのに三月《みつき》、このように龍聖の腕の中で、安心して眠るようになるのには、半年もかかった。

それでも、途中で龍聖が投げ出したりすることはなく、弱音を吐いたり、落ち込んだりしながらも、自ら進んでレイワンを毎日抱いたのは、やはり『我が子』という意識が強かったからなのだろう。卵の状態で、一年間育てたことが、母性を育《はぐく》むことになったのかもしれない。

ツォンの視線に気づいて、龍聖が視線を合わせて微笑む。ツォンも微笑みを返す。

母親らしくなったとはいっても、龍聖自身、こうして見てもまだ幼さが残る。この世界に来て五年。その体は『リューセー』となったため、シーフォンと同じように長い寿命となった。だから五年経っても、少しも成長はしない。人間の年の十八歳でこの世界に来て、そのまま変わらぬ姿だ。

シーフォンならば百歳で成人となる。人間の年なら二十歳くらいだ。そう考えても、龍聖はまだ成人前の子供のようなものだ。時間をかけてゆっくり大人になればいいと思う。

ツォンは整理していた書簡を読み終わり、書類も片づけると立ち上がった。龍聖の下へと向かう。

「そろそろ乳母をお呼びいたしますね」

そう龍聖に告げると、龍聖は素直に頷いた。それを受けて、ツォンは侍女を呼び、乳母を連れてくるように指示した。しばらくして乳母が現れると、まだ安らかに眠っているレイワンをそっと引き渡した。乳母は大切そうに抱いて、別室へと連れていく。龍聖はそれを見送ると、ほっとひとつ息をついた。

「お疲れでしょう？　少しご休憩なさってください」

ツォンはそう言って、お茶の用意を始めた。龍聖は大きく背伸びをする。

「さっきはなんでオレをずっと見ていたの？」

龍聖がさっきから気になっていたことを尋ねた。ツォンはクスリと笑う。

「リューセー様が、とても母親らしくなられたなぁと思って、眺めておりました」

「そんな……」

龍聖は恥ずかしそうに笑う。

「まだ全然だよ……抱っこが上手くなっただけだし……」

「それでもレイワン様は、乳母よりもリューセー様に抱かれている方が、安心出来るようになられたようですし……もうすっかり母親なんですよ」

ツォンにそう言われて、龍聖は嬉しそうな顔になる。

「そうかな……でもまだレイワンは、オレのことがお母さんって分かってないんじゃないかな？　まだ全然赤ちゃんだもんね。三年も経つのに……シーフォンは成長が遅いよね。人間だったら、三歳にもなれば、もうちょこちょこ走れるくらいになってるよ」

ツォンはお茶を運んできて、側のテーブルにカップとお菓子を盛った皿を置く。

「でも最近は、上手にお座り出来るようになられましたよ」

「うん……早くはいはいしたり、立ったり出来るようになるといいよね」

「そう言っているうちに、あっという間ですよ。子供の成長というものは」

「そうかな……そういえば、ツォンは最近忙しそうだね？　さっきもなんかたくさん書簡とか読んでたし……」

「ああ……これはそろそろ準備をしなければと思って、各所に問い合わせなどをしているところなのです」

「準備？　問い合わせ？」

「レイワン様の養育係の準備です」

「養育係!?」

龍聖は驚いて目を丸くした。

「それって早くない？　乳母とは違うんでしょ？」

「大体お子様が二十五～三十歳くらいになられましたら、養育係をつけて、学問から王族としてのマナーまで、すべてを養育係が教育いたします」

「それって……家庭教師みたいなもの？」

「家庭教師？　先生ということですか？　そうですね、そういうことになります。成人するまでの間、すべてのことをお教えすることになりますから、先生と言わず、養育係と呼んでおります」

「何でも教えるの？」

「はい、大体のことは」

「勉強は全部？」

「はい」

「マナーって、食事のマナーとか？」

「はい、そういうものももちろんですが、式事でのマナーや、皇太子ですから、他国を訪問する際の常識やマナーも教わります」

矢継ぎ早に質問をする龍聖に、慣れた様子でひとつひとつ丁寧にツォンが答えると、龍聖はますます驚いたように目を丸くした。

「本当に何でも教えるんだ」

「はい」

「すごい！　……それって、ツォンをもう一人雇う感じだよね」

驚いた様子で、そう例えた龍聖に、今度はツォンが目を丸くしたが、すぐにクスクスと笑い出した。

「まあそうですね……確かに特殊な教育を受けるので、似たようなものではありますが、違うとすれば、養育係はシーフォンの中から選ばれることくらいでしょうか？　それと結婚も許されますから、既婚者でも構わないということですね。だから私共のように、子供の中から選ばれて、側近としての教育を受けるというようなわけではなく、今いるシーフォンの中から、養育係として相応《ふさわ》しいと思われる者が選ばれて、任命されるのです。年齢は問いませんが……お子様が成人するまでを養育すると考えれば、若い方が選ばれることになるでしょう」

龍聖は説明を聞きながら、ツォンは宦官《かんがん》だったということを思い出してしまった。

「ツォンだって、別に相手がいれば結婚出来るんでしょ？」

龍聖が心配そうな顔で尋ねると、ツォンは困ったように薄く笑う。

「このような体の者と、好んで結婚しようなどという者はおりませんよ」

「そんなこと分からないよ！　ツォンみたいに優しくて、頭がよくて、素敵な人はそうそういないんだから！」

「私はリューセー様のお側にいられるだけで、十分に幸せなのです。一生、リューセー様のお側にいさせてください」

龍聖はツォンの言葉に、一瞬嬉しそうに笑ってから、すぐに困ったような顔になり、少し悲しそうな顔になった。

「そんなの……嬉しいけど、嬉しくない」

「面白いことをおっしゃるのですね」

ツォンはそう言ってクスクスと笑った。龍聖はまだ少し困ったような顔をして、ただ黙っていた。

そんな龍聖の様子に、ツォンは素知らぬふりをして話を続けた。

「それで……養育係についてのお話でしたよね。レイワン様は次期竜王となられる皇太子殿下ですから、教育することも他のお子様とは異なります。ですから養育係にも、身に着けて頂くことはたくさんありますから、今のうちから相応しい者を選定して、養育係となるべく、学んでもらう必要があるのですよ」

「そうなんだ……」

龍聖はさっきの勢いがすっかりなくなってしまい、小さく頷いただけだった。それでもツォンは、そのことには何も触れなかった。


「んっあああっ……もう……いく……いっちゃう……ああっあっあああっ」

四つ這いになっていた龍聖は、シーツをギュッと握りしめて、枕に顔を埋めながら大きく喘いで、ぶるぶると体を震わせた。シーツの上にいくつもの染みが出来る。両手で腰を摑んで、背後から深く挿入していたシィンワンは、抽挿《ちゅうそう》する腰の動きを速めて、龍聖の中に精を注ぎ込んだ。

ゆるゆると腰を揺さぶって、残滓《ざんし》まですべてを出し尽くすと、ゆっくりと体を離す。シィンワンの男根が抜き去られるその刹那《せつな》に、龍聖が甘い声を漏らして、シィンワンの名前を何度も囁く。シィンワンは、愛しげに龍聖の体に覆い被さるようにして、背後から抱きしめた。首筋に何度も口づけるのに、うっとりとした表情で、龍聖が身を委《ゆだ》ねる。

そのまま二人は、乱れる息が落ち着くまで、体を寄せ合い、互いの熱を感じながら、甘い快楽の余韻に浸った。

レイワンが生まれてから、以前のように毎日は性交をしなくなった。卵を抱いていた一年の間、性交を禁じられていたうえ、解禁になった後もずっと性交のない状態が続いた。それは龍聖の身を案じて、シィンワンがずっと手を出さないでいたからだ。

慣れない育児で、龍聖が落ち込んだりした頃に、ようやく久しぶりに睦み合った。それ以降三〜四日に一度というような頻度で夫婦の営みが行われていた。

最近はすっかり、レイワンとの関係に、余裕が出てきた龍聖は、このことに不満を感じていた。今日も、いつものようにシィンワンは、優しく龍聖を抱きしめて、そのまま寝てしまうところだった。龍聖の方から誘って、ようやく抱いてもらえたのだ。

『もっといっぱいしたいんだけどな……今日は一回で終わりなのかな……』

シィンワンの腕に抱かれながら、龍聖はそんなことを思っていた。

『たまには気を失っちゃうくらい、めちゃくちゃに抱いてほしいんだけど……そんなことを思っちゃうなんて、オレって欲求不満なのかな？　シィンワンは平気なのかな？』

そんな風に思っても、なかなかそれを口に出すことは出来なかった。シィンワンに嫌われてしまうかも……と、未だに龍聖は思っている。今日誘ったのだって、かなりの勇気が必要だった。

「シィンワン」

「ん？　何だい？」

耳元で、シィンワンが優しく答える。その声を聞いて、言おうとした言葉を龍聖は飲み込んだ。

「あの……あ、そうだ。ツォンがね、そろそろ養育係の準備をしないとって言ってて、オレちょっとびっくりしちゃったんだ」

まったく違う話をしてしまい、自分でも呆《あき》れたが、どうしても『もっといっぱいエッチしよう』なんて言い出せない。

「ああ、そうだな。少し早い気もするが、レイワンの養育係だから、早めに準備しても悪いことではないかもしれないね」

龍聖は黙ったまま返事をしなかった。そんな話をしたかったわけではない。もっといっぱいセックスがしたい。気を失うくらいまで何度もやりたい。いや、それが無理なら、一回でもいいから、以前のように毎日やりたい。もっともっとシィンワンといちゃいちゃしたい。そんなことを考えていたのだが、それをシィンワンに言ったら、呆れられないだろうか？　嫌われないだろうか？　と思ってしまう。どういう言い方をしたら、変態と思われずに、上手くいくだろう？

静かになってしまった龍聖に、シィンワンは『もう眠いのかな？』と思っていた。上掛けを引き上げて、龍聖の体にそっとかけてやる。

「おやすみ」と優しく囁いて、耳の付け根に口づける。

「え!?」

思わず龍聖は大きな声を漏らしていた。

「ん？」

それにシィンワンが少し驚いた。龍聖はくるりと振り返り、シィンワンをみつめた。

「ど、どうかした？」

驚いたシィンワンが尋ねると、龍聖は少し赤くなった。

「あ、あの……もう寝ちゃうの？」

「え？」

「シィンワン……疲れてる？　仕事、忙しかった？」

「え？　ああ、まあ色々と忙しくはあったけど、別に疲れてはいないよ？」

シィンワンは、龍聖が何を気にしているのか分からずにいた。

「あの……あのね……あっ、明日、また前みたいに執務室に行ってもいい？　邪魔はしないから」

「え？　ああ、いいよ。もちろん構わないよ」

「じゃ、じゃあ、接見の時間とかも、行ってもいい？」

「いいけど……レイワンの世話とか色々あって、君が疲れるんじゃない？」

シィンワンは、なぜ龍聖が突然そんなことを言いはじめたのか分からなくて、少し戸惑っていた。

「全然疲れないよ！　レイワンの世話って言っても、オレが出来ることは、毎日一時間くらい抱っこして、魂精をあげるくらいだもん。レイワンはまだ赤ちゃんだから、寝てるか、泣いてるかだし、他にオレが世話することもないし……そりゃあ、以前までは抱くだけでも大変で、レイワンが泣き止まないしとか、色々と気疲れすることが多かったけど、今はすごい余裕だよ？　また勉強も始めたし……ファーレンとも時々会って話をしたり……それ以外、オレはすることないからさ……というか……寂しいんだもん」

「え？」

シィンワンは驚いているが、龍聖は少し口を尖らせて続ける。

「寂しいんだもん……なんかシィンワンと一緒にいる時間が減っちゃって。そりゃあレイワンが生まれて、オレが不慣れで、色々とバタバタしてたし、シィンワンがオレの体を気遣ってくれているのも分かっているし、結局は自分のせいなんだけど。でもオレ、子供が生まれたからといって、シィンワンが一番好きっていうのは変わってないし、子供が生まれる前と、全然何も変わっていないのに、環境だけがどんどん変わっていくみたいな感じで……。シィンワンと一緒にいる時間が減って寂しいし、もっとシィンワンと一緒にいたい……シィンワンといちゃいちゃしたいよ。一日中だって一緒にいて、仕事の合間に抱きしめてもらったり、キスしたり、夜だって前みたいに毎日エッチしたいし……あっ！　わっ！　あのっ……ごめんなさい！　ち、違うんだ！　間違えた！　ごめんなさい！　別にこんなこと言うつもりじゃ……あのっ……あのね、シィンワン……あっ」

勢いで思わず言ってしまった自分の言葉に驚いて、真っ赤になって懸命に言い繕おうとしていた。そんな龍聖を、シィンワンがぎゅっと強く抱きしめる。

「あのっ……違うんだ！　今のは間違い！　ごめんなさい！」

「間違い？　私といちゃいちゃしたいというのは間違いなのかい？」

シィンワンが強く抱きしめながら、耳元で囁く。龍聖は首筋まで真っ赤になっていた。

「間違いじゃないけど……でもっ……そんなわがままを言うつもりじゃ……」

「わがままを言っていいんだよ」

シィンワンがそう囁いて、龍聖の首筋を強く吸った。

「あんっ」

龍聖が甘い声を漏らす。

「リューセー……じゃあ、私ももう我慢はしないね」

シィンワンがそう囁いて、うなじを甘く噛んだ。

龍聖が気だるそうな表情で、ほうっと溜息をついた。昨夜は気を失うまで、何度も抱かれた。体中を隅々まで愛撫され、この体は頭の先から足の先まで、シィンワンのものでない部分などないほど、すべてを愛してもらった。何度も深く貫かれ、その奥にシィンワンの熱い迸《ほとばし》りを注ぎ込まれた。

一人で欲情して恥ずかしいと思っていたけれど、シィンワンも我慢していたと言っていた。あんなに何度も……途中で数えるのも忘れるほど、シィンワンが射精したのだから、我慢していたというのも嘘ではないのだろうと思う。演技だけでは何度も勃起しないよね？　昨夜のシィンワンはすごかったなぁ……と、思い出しては、うっとりと溜息が漏れた。

「お疲れでしたら、少し横になられますか？」

ツォンが声をかけると、龍聖はハッとしたように背筋を伸ばして、ふるふると首を振った。

「ごめんなさい。大丈夫……ちゃんと勉強します」

龍聖が慌ててそう言ったのでツォンがクスクスと笑う。

「あのね、これが終わったら、シィンワンの執務室に行ってもいい？」

「陛下がいいとおっしゃられたのでしたら、私に許可など求められずともよろしいのですよ？」

ツォンにそう言われて、龍聖は少し恥ずかしそうに笑った。

「オレね、シィンワンが仕事をしているところを見るのが好きなんだ。シィンワン、すっごくかっこいいでしょ？　なんか久しぶりだから、ちょっと緊張しちゃうな」

「リューセー様は、本当に陛下が大好きなのですね」

「うん、大好き。……前にさ、ラウシャン様が言ってくれたでしょ？　リューセーとしてもっとも必要な資格は、どれだけ竜王を愛することが出来るかだって……。オレ、王妃として何にも役に立っていないし、母親としても半人前だけど、これだけは自信があるんだ。今までのどのリューセーにも負けないくらいシィンワンを愛してる。自分でもこんなに誰かを好きになる日が来るとは思わなかった。それも同性である男の人をね。そりゃあ、物心ついた頃から、竜神様に誠心誠意尽くすように言われ続けてきたけど、神様なんだから男か女とか、そういう性別はないような気がしてて……恋愛みたいな感情を持つとは思ってなかったんだけど……不思議だよね。シィンワンのことが大好き……本当に大好き……これからずっと、何年経っても、この気持ちは変わることはないよ。シィンワンが大好き」

龍聖はそう言って、幸せそうに笑った。

城の中庭で、護衛の兵が十人ほど、ずらりと並んで見守る先に、赤い髪の幼子が、しゃがみ込んで何かを両手に取ると、ヨチヨチと少しおぼつかない足取りで歩き出した。

「まんま……」

そう言いながらヨチヨチと歩いた先には、地面に座ってニコニコと笑いながら、男の子を見守る龍聖の姿があった。三年経っても赤子だったレイワンも、十才になりゆるやかに成長していた。

「レイワン、何をみつけたんだい？」

笑顔で歩いてきたレイワンに、龍聖が優しく尋ねると、レイワンは右手に摘《つま》んでいる黄色い小さな花を見せた。

「お花だね、綺麗ね」

龍聖が笑顔でそう言うと、レイワンも嬉しそうに笑う。

「まんま……はい」

「うん、ありがとう。オレにくれるの？　レイワンは優しい子だね」

龍聖がそう言って笑ったので、レイワンも嬉しそうに笑った。

「えへへへ」と声に出して笑いながら、龍聖の胸に飛び込むように抱きつく。龍聖はそれを受け止めると、抱きしめてあげた。

「レイワンは甘えん坊さんだね」

龍聖はそう言って、抱きしめたレイワンを地面に仰向けに寝転がらせて、こちょこちょと脇をくすぐった。レイワンは悲鳴を上げながら、大きな声で笑う。

そんな二人を、兵士達は微笑みながら見守っていた。

「ずいぶん楽しそうだね」

そこへシィンワンが現れた。

「シィンワン！」

龍聖が嬉しそうに名を呼び、レイワンを起き上がらせてあげると、自分も立ち上がりシィンワンの下へと駆け寄った。

「もう会議は終わったの？」

「ああ、長かったけどね、終わったよ」

今日は朝から半日以上ずっと会議をしていた。シィンワンの執務室や謁見の間には、いつも連れ立つ龍聖だったが、さすがに会議には出席出来ないので、今日はずっとレイワンとこうして遊んでいた。

シィンワンは龍聖に軽く口づけて、足元のレイワンを、ひょいと抱き上げた。

「部屋にいないから、どこに行ったのかと探したよ」

「最近はね、たまにこうしてレイワンを中庭で遊ばせてるんだ。レイワンはずっと部屋の中にしかいられないからさ、ツォンに頼んでたまにならって……たくさん護衛がいるけどね」

龍聖はそう言って、兵士達の方を見て笑う。

「お日様の下で遊ばせてあげたくて」

「そうか……レイワン、お母様とお外で遊ぶのは楽しいかい？」

「うん」

レイワンが、はにかみながら頷いたので、シィンワンも嬉しそうに微笑む。

「そうか……じゃあ今度、ピクニックにでも行こうか」

「ぴくにっく？　……え！　ピクニック!?」

龍聖はとても驚いて、思わず大きな声を出していた。

「え？　シィンワン、ピクニックって分かるの？」

「ああ、分かるよ。子供の頃、毎年家族で行っていたんだ。この国では、そういう風習はなかったらしいんだけど、母の提案でね。毎年行くようになって……とても楽しかった。まあそう気軽に行けるものではないから、明日にでもってわけにはいかないけれど、君が行きたいなら、準備をするよ」

「行きたい！」

龍聖が頬を紅潮させて、瞳をきらきらと輝かせながら大きな声で答えたので、シィンワンは、ぷっと噴き出して笑い出した。レイワンは何事か分からなかったが、父と母が嬉しそうに笑っているので、釣られるように、キャアッと声を上げて笑った。

シィンワンはこんなひと時が、何よりも心癒されると思った。

今朝からの長い会議では、西の情勢についての議論が行われた。未だに不穏な情勢の続く西の大陸を、これからもこのまま静観するだけでいいものかどうか、大きな議論となった。

拓かれた樹海には、大きな道が作られ海まで続いている。その先の海岸に造られた港には、船が到着している気配はない。何のために造られた港なのかも分からない。トレイト王国の国民が消えたことと関係があるのか？　樹海が切り拓かれたことと関係があるのか？

未だに謎は解明されていない。

ただ皆の間に、深刻な不安が募るばかりだ。そのため、本格的な調査団を、西の大陸に送るべきだという声もあがり、それで会議が長引いたのだ。

重い話で正直なところ、気持ちが沈んでいた。だが龍聖とレイワンの幸せそうな笑顔に癒された。この幸せを何としても守りたい。


その夜、激しく睦み合った後、気だるい余韻に浸りながら、ふと龍聖は気になっていたことを思いきって聞いてみた。

「何か問題でも起きたの？」

龍聖の質問に答える代わりに、シィンワンは深く口づけをした。唇が離れると、龍聖が甘い吐息を漏らす。汗で額に貼りついた前髪を、そっとかき上げながら、額に何度も口づけた。

「シィンワン」

何も答えないシィンワンに、龍聖が少し不安そうな顔で問いかけた。

「大丈夫だよ。何も問題は起きていないよ」

「うそ」

龍聖がポツリとそう言うと、シィンワンはまた唇を塞いだ。舌を絡めて、口内を愛撫する。くちゅりと音を立てて唇が離れると、また龍聖が甘い吐息を漏らした。

「ごまかさないで」

「ごまかしていないよ。何も問題は起きていない。本当だ。ただ前にも少し話したと思うけど、渓谷の向こうの国が、なぜ誰もいなくなってしまったのか、調査したけど分からなくてね……そのことで少し論争になっただけだよ」

シィンワンは言葉を選びながら、龍聖が余計な心配をしないように説明した。

「隠すつもりはなかった。ただせっかくの君とのこの甘い睦言で、そんな話をしたくなかっただけだよ」

シィンワンはそう言って、また口づけをした。

「ん……シィンワン……ごめんなさい……なんか……ずっと気になっていたから……でもなんだか言い出せなくて……シィンワンの言うことを信じるよ」

そう言って、今度は龍聖の方から唇を重ねてきた。何度か啄《ついば》むように軽く口づけ合う。

「レイワンはお母様が大好きだね」

シィンワンは別の話をしようと、そんなことを尋ねてみた。

「そお？　お父様の方が好きなんじゃない？　今日は久しぶりに抱っこしてもらえたから、すごく喜んでいたよ」

笑顔でそう答える龍聖に、シィンワンは少し安堵する。

「そうかな？　そんなに私はレイワンを抱っこしていなかった？」

「だってここ何日かは、朝食の時一緒に過ごす以外、レイワンに会っていないでしょ？　夜戻ってくる頃は、もうレイワンは寝てるから」

「ああ、そうだったね」

シィンワンはそう言って、すまなそうな顔で苦笑した。

「オレはずっと毎晩こうして、構ってもらえているからいいけどさ」

龍聖がそう言って笑うので、シィンワンも笑った。

「今日はもう満足した？」

「シィンワンは？」

「もちろん満足したよ」

「うそ」

龍聖がクスクスと笑う。

「まだオレの中に入れたままなのに……まだ終わるつもりないんでしょ？」

「これは君といつまでもつながっていたいだけだよ」

「あっ……んっ……じゃあ、大きくしちゃダメじゃないか」

二人は口づけを交わして笑い合った。シィンワンがゆっくりと腰を動かしはじめると、龍聖が喘ぎを漏らす。先に注ぎ込んだ精液のせいで、抽挿のたびに淫靡《いんび》な音がした。

「ああっあっ……シィンワン……もっと……もっと突いて……」

龍聖が自らの腰を揺らして、甘く誘いの言葉を漏らす。それに煽られるように、シィンワンは次第に激しく腰を動かしはじめた。深く突き上げるたびに、泣くように喘いで、何度もシィンワンの名前を呼ぶ。それから何度も達して、何度も注ぎ込まれて、龍聖は何も考えられなくなっていた。


「ツォン……ツォン」

その日、お昼にレイワンを抱っこして魂精を与えて、お昼寝をさせていた龍聖は、すっかり寝入ったレイワンを乳母に預けると、ツォンの姿を探した。

「リューセー様、どうかなさいましたか？」

龍聖がレイワンの世話をしている間、別室で他の用事をしていたツォンが、慌てて戻ってきた。何事かと心配そうな顔のツォンに、龍聖は頬を上気させて嬉しそうに微笑む。

「ねえ、ツォン……これって、もしかして……」

龍聖はそう言いながら、左腕の袖をまくり上げて見せた。その腕には、普段は濃紺色の文様が、真っ赤になって浮かび上がっていた。

「リューセー様！　これは……」

ツォンがとても驚いた表情で、龍聖と顔を見合わせる。

「妊娠……してるってことだよね？」

「はい、そうでございます」

「やった！」

龍聖が両手を上げて喜んだ。

「おめでとうございます。リューセー様、でも念のため医師を呼びましょう。具合はいかがですか？すぐにベッドで休まれてください」

ツォンが次々と捲し立てるように言うので、龍聖はおかしそうに笑う。

「そんなに心配しなくても大丈夫だよ。ここはエルマーンの城の中だし、前の時のようなことはないから」

そう言って、ツォンを宥めながら、龍聖はおとなしく寝室へと向かいベッドに横になった。

少しして医師が駆けつけた。診断の結果、懐妊が認められた頃、慌てた様子のシィンワンが駆け込んできた。

「リューセーが懐妊したって本当か？」

「あ、シィンワン」

ベッドに横になっていた龍聖が嬉しそうに頷いた。

「お医者様が懐妊したって診断してくれたよ」

「ああ……リューセー……ありがとう……本当にありがとう」

シィンワンが龍聖の手を握って、何度も礼を述べた。

「よかった……これで二人目……王妃としての役目が少しは出来ているよね」

「十分だよ、リューセー……君は素晴らしい妃だ」

喜ぶシィンワンをみつめながら、龍聖は心から安堵していた。ずっと口には出さなかったが、そろそろ二人目が出来てもいいのにと、内心焦りと不安を覚えていた。レイワンが卵から孵ってから、今年でもう十年になる。

シィンワンとは、ほぼ毎日のように性交を続けていて、あんなにもたくさん中に精液を注いでもらっているのに、妊娠しないのは、自分の体に問題があるからではないのかと不安になっていた。

本当に心から望んでいた妊娠に、これ以上の喜びはなかった。誰に言われなくても、体を労《いたわ》っておとなしくベッドに横になり、安静にして出産の日を待った。

それから五日後、龍聖は卵を無事に産み落とした。二人目も王子だった。

二人目の王子の誕生に国中が喜びに沸き、何日も祝いの宴《うたげ》が城下町のあちこちで続いた。町中には花々が飾られ、その香りは城にまで届くほどだった。

そんな祝いの余韻がまだ残っている頃に、思いもよらぬ客が、エルマーンの王城を訪れた。

謁見の間にて、玉座の前に二人の男性が並んで謁見を賜《たまわ》っている。

「このたびは、第二王子殿下のご誕生とのこと、心からお祝いを申し上げます」

水色の髪の男性が、ひざまずいて恭しく祝いの言葉を述べた。年の頃は中年期を過ぎているようだが、美しい容姿を損なうものではなかった。

「このような時期に、帰参しましたことは、何かのご縁かと思い嬉しく存じ上げます。先王には大変温情を頂きました。先王がご存命のうちに、再びお礼に伺えなかったこと、深く悔やんでおります」

もう一人の深緑の髪の男が続けてそう申し立てると、二人揃って深々と頭を下げた。

深緑の髪の男フォンルゥは、その大柄な体軀《たいく》を黒い装束と大きなマントで包み、両手には黒い革の手袋がはめられ、その肌をすべて隠すような出立ちは、横に並ぶ水色の髪のウェイライの身軽な旅装束と比べると、存在感も大きく少々異様にも見えた。

「フォンルゥ、ウェイライ……貴方がた二人とも息災で何よりだった。二人のことは父と母から話に聞いていた」

昔、この国で事件が起きた。一組のシーフォンの夫婦が、生まれてきた子を手にかけたと申し出たのだ。シーフォンは、たとえどのような理由があろうとも、同族殺しは禁忌《きんき》であった。夫婦はもっとも重い罪に問われ、極刑を甘んじて受けた。黄昏《たそがれ》の塔と呼ばれるシーフォンの牢獄に幽閉され、二人ともシーフォンにとって命とも言える『ジンシェ』の実を食べることを拒み、衰弱して自ら命を絶った。

子供を殺した理由は、奇形で生まれたため先行きを哀れみ手にかけたというものだったが、その遺体をどうしたかなど、詳細については最後まで語らなかった。

それから百五十年あまりの月日が流れて、その時殺されたはずの子供が、生きてエルマーンに戻ってきた。夫婦は子供を殺しておらず、従者であるアルピンに託して、遠い国外へ捨てさせていたのだった。『捨てた』というのも本当のところは違い、子供には十人の従者をつけ、多額の金銭を預けていた。夫婦としては、託したところで子供は生きてはいないと思ったのだろう。しかし従者達は孫の代まで、子供を養育し守り続けたという。やがて立派な若者に成長して、エルマーンへ戻ってきた。

それが今から百七十年ほど前の話だ。その時の子供がフォンルゥである。

彼とともにいるウェイライは、以前、ラウシャンの部下として外交の任に就いていた若者だったが、事件に巻き込まれ、遠い西の国で人身売買されそうになっていたところを、フォンルゥに助けられて、ともにエルマーンへと戻ってきた。

二人はその後、エルマーンには住まず、再びどこかへ旅立ってしまった。『生まれつき竜を持っていない』という共通の奇形児であった二人は、この国では住みづらかったのだろう……シィンワンはそう両親から聞いている。

「それで二人は、どのような目的で帰郷されたのか？」

シィンワンの問いに、二人は顔を見合わせて頷き合った。

「自ら国を出ていった身で、今更図々しいとは思うのですが……我々もずいぶん年を取りました。残りの余生を、故郷で過ごしたいと願っております」

ウェイライが神妙な面持ちで、そう言うと、シィンワンは嬉しそうな笑顔になった。

「ああ……それが真《まこと》ならば、これほど喜ばしいことはない。もちろん二人を歓迎しよう。住まいも用意する。どうか心穏やかに、余生を過ごして頂きたい」

「ありがとうございます」

二人も笑顔になり、安堵したように息を吐いて、深々と頭を下げた。

「お二人には、もっと再会を喜ぶべき懐かしい方々が待っておいでだ。私への挨拶など、もう十分だから、さあ下がられよ」

シィンワンが笑顔でそう言って、後方へ促すので、二人は後ろを振り返った。謁見の間の後方の扉の前に、二人の男性が立っている。

「ホンウェイ兄様！」

ウェイライイは歓喜の声を上げて立ち上がった。そのまま駆けていくと、兄に抱きついて喜んだ。

「ああ……ラウシャン様もご無沙汰しております。お二人ともご健在でしたか……良かった……もう二度と会えないかと思っていました」

「そう思うなら、もっと早く帰ってくればいいものを……父も母も最期までお前の身を案じていたぞ」

「申し訳ありません」

ウェイライイは、兄の胸にすがりついて泣いた。

フォンルゥは、そんな光景を優しげなまなざしでしばらくみつめてから、シィンワンの方へと向きなおると、改めて深々と頭を下げて、ウェイライイ達の下へと向かった。


その日の夕方、二人が改めて話があるそうだと、ヨウチェンがシィンワンに伝えてきた。シィンワンは二人を執務室へと呼んだ。

執務室には、フォンルゥとウェイライイの他に、ヨウチェン、フォウライ、ファーレンも揃った。兄弟を集めたのはヨウチェンで、フォンルゥから事前に概要は聞いていたためだろうと思われた。シィンワンは、それを受けて、かなり重要な話なのだろうと覚悟した。

「それで……改まっての話とは何か？　二人とも長旅で疲れているだろうに、休む間もなくその日のうちに話したいということは、よほど大事な話なのだろうとは思うが……」

「お時間を賜り、ありがとうございます」

ウェイライが礼を述べると、二人は頭を下げた。

「実は、我々はこの国を出た後、西の海に浮かぶ小さな無人島で暮らして参りました。無人島と申しましても、無数の小島が集まる群島のひとつで、近くの小島には、他にも人が暮らしており、その中の大きめの島には、村が存在しているものもありました。ですから暮らしていくうえで、特に不自由はなかったのです。そしてその群島には、時折遠方へ航海する貿易船などが立ち寄り、水や食料などを補給するために停泊することがありました。そこで船乗りから、西の大陸の情報などを耳にしていたのです」

ウェイライはそこまで話してから、一度話を止めた。

シィンワンは「西の大陸の情報」という言葉に、敏感に反応した。顔色を変えて一瞬ヨウチェンへと視線を向ける。ヨウチェンは目配せをしてそれに応えた。

「西の大陸では、戦争が絶えないと聞いているが、それは本当か？　我らも何度か偵察を送ったが、上空から観察した報告では、常に各地で火の手が上がっているのが見えていたという」

シィンワンが尋ねると、二人は頷いた。フォンルゥが話を続けた。

「私は若い頃、西の大陸で傭兵《ようへい》の仕事を請け負っていました。常にあらゆる国が戦争をしていました。西の大陸は湿地と荒野ばかりで、条件のいい土地がありません。資源を争っての戦争がほとんどです。全体的に文化の水準も低く、民度も低いため、こちらの東の大陸のように、国同士が国益のために交渉によって国交を結ぶことなど少ない。そのもっとも大きな要因は、呪術師の存在にあります」

「呪術師！」

シィンワンをはじめ、ヨウチェン達が一斉にその言葉に反応した。

「西の大陸には、呪術師が多く存在します。ほとんどの国に雇われているといってもいい。ひとつの国に三～四人は呪術師がいます。各国の王達は、呪術師を使い、戦争が有利になるように様々な策を練りました。敵の策よりさらに強力な呪術をと高じて、雇う呪術師の数を増やしていったのです。それが限界に達すると、その国は滅びていきました。結局、雇っているつもりが、呪術師達に利用されているのです。だが未だに西の大陸の王達はそれに気づかない」

「それが百五十年以上も続いているということか……いや、しかし、それほどの長い間戦いが絶えず、フォンルゥの言う通り、呪術師によって国が滅びているのならば、西の大陸からは国がすべてなくなってしまうのではないか？」

ヨウチェンが険しい顔でそう問うた。シィンワンもそれに同意して頷く。するとフォンルゥが首を振った。

「ひとつの国が滅びれば、その国の生き残った者……特に怨恨の念が強い者を呪術師が選び出し、その者に力を貸して、新たな国を築くのです。国がある程度大きく育てば、また戦いが始まる……その繰り返しなのです」

「そ、そんなことが……それで呪術師は何が目的なのだ」

「力を高めることです。呪術師は負の力を魔力にします。憎しみ、妬《ねた》み、強欲、恨み……そういう人間の負の力を欲するのです」

それを聞いてシィンワンは、はっとしたように顔色を変えて、目を閉じると何かを思い出していた。

かつて学んだことがある。父の時代、暗黒期と言われた時期に、先々王の妹のミンファが、リューセーの降臨《こうりん》を阻《はば》むため、ソルダ王国の呪術師の力を借りて、竜神鏡《りゅうじんきょう》を曇らせていたと……そしてそのソルダ王国は後に滅びてしまった。フォンルゥの話が事実ならば、呪術師の力に呑まれてしまったのだろう。しかしその後、周辺で呪術師を使っている国の噂は聞いたことがない。

「この大陸にも、かつて呪術師がいたが、最近はあまり聞かなくなった。だがそれは二百年以上前の話だ。呪術師がこの大陸で力をつけることを諦めて、西へと移ったのならば、今のフォンルゥの話に合致《がっち》するな」

ヨウチェンが、シィンワンの代わりにそう述べたので、シィンワンは目を開くと、ヨウチェンをみつめて、フォンルゥ達へと視線を動かした。フォンルゥは、シィンワンと視線が合うと頷いてみせた。

「西の大陸からの船は東に来なくなっていると聞くが、お前達はどうやってここまで戻ってこれたのだ？」

「島を結ぶいくつかの船を乗り継いで、なんとか東の大陸の南方に辿り着き、そこから陸路で参りました。本当はフェイワン王崩御の知らせを聞いた時に、帰国するつもりでいたのです。その頃、西の船乗り達から、よくない噂ばかりを聞くようになっていて……西の大陸から東の大陸へ進軍する国があるのではないかという噂を聞いて……。実は十年以上前に、見たこともないほどの数の船団が、たくさんの人々を乗せて、東から西の大陸に渡ったことがあったのです。それを見てあまりにも怪しいと思い、そこから色々と噂話を聞き出し、情報を集めて帰国しようと決意しました。しかしそうする内にここ十年ほど、西の大陸から東へ直接渡る大きな船が、私達の群島にも寄港しなくなり……帰国するための算段にも随分時間がかかってしまいました」

「この大陸から、西へ渡るたくさんの人を乗せた船団!?」

「それはまさか……」

ヨウチェン達が口々に呟く。それにフォンルゥが頷いた。

「渓谷の向こう、この大陸の西の果ての地域にいた人々が、西の大陸に向かったのではないかと思われます。そもそも昔は、西の大陸からの航路は、トレイトよりもっと南下したゼーマン国の近くにある古い小さな港町と結ばれていたはずです。そこから渓谷沿いに少し北上して、小さな吊り橋を渡ってこちら側へと来ていました。ところがいつの間にか、もっと北のトレイト国から真っ直ぐ西に樹海を切り拓いて街道が作られて、その先の海岸に新しい港が造られている。そして西の大陸へと向かった船団……」

フォンルゥがそこまで言ったところで、ヨウチェンが険しい顔で口を開いた。

「もしかして……樹海がまたたく間に拓かれたのも、その先に港が出来たのも、トレイトの国民がやったということか？　国民全員が動いたのであれば、樹海もまたたく間に切り拓かれるだろうし、その材木と人員があれば、港や多くの船も造ることが出来るだろう……しかし、ならばトレイト国民は、西の大陸に行くために、一人残らず全員が蜂起したとでもいうのか？　確かに少しはその可能性を考えたこともあるが……無理な話だ。そんな馬鹿なことがあるものか」

ヨウチェンは自分で言って、自分で否定した。首を振って唸《うな》っている。

「強い力を持つ呪術師達が絡んでいるとしたら、それも可能ではないのですか？」

フォンルゥが真剣な顔で言った。

「つまりトレイトとその周辺の小国の者達は、自ら旅立ったか、呪術師によって西の大陸に連れ去られたというのか？」

シィンワンは信じられないという様子でそう呟くと、ヨウチェンと目を合わせた。ヨウチェンは難しい表情になり、しばらく考え込んだ。

「トレイトは確か、トレイトの北にある山岳のヴァルネリという国と同盟を結んでいたはず……その国ならば何か知っているかもしれぬ」

ヨウチェンが唸るように呟いた。

「実は私はトレイトに三十年ほど住んでいたことがあります」

ポツリとフォンルゥが口を開いた。

「私を託されたアルピン達は、トレイト国に流れ着きました。その時に聞いた話では、昔、辺境の蛮族達は、ヴァルネリを恐れていたということでした。それが何を意味するのかは、分かりませんが……トレイトが蛮族から身を護《まも》るために、ヴァルネリと同盟を結んだと聞いています」

かつて渓谷の向こうの辺境の地には、『蛮族』と言われる野蛮な土着民がいた。人間ではあるが、文明を持たず、野蛮で好戦的で、交渉も不可能な者達だ。エルマーン王国がトレイト王国との国交を断絶したり、西の地への介入を止めた要因のひとつに、この『蛮族』の存在があるとも言われている。

しかし調査の結果、今はその蛮族さえも西の地からいなくなっていた。

「……そのヴァルネリという国は今もあるのだろうか？　私の記憶が正しければ、トレイトとヴァルネリが同盟を結んでいたのは、かつて我が国がトレイトと国交があった頃だから千年以上も前の話だ」

ヨウチェンが、そう呟くと、皆が一斉に深刻な様子で考え込んでしまった。しばらくして、シィンワンがポツリと呟いた。

「確かめに行ってみよう」

「え!?　ど、どこへですか？」

「もちろんトレイトの北にあるというヴァルネリという国だよ……今もあるかどうか確かめに行ってみたら、何か分かるかもしれない」

思いもかけない言葉に、皆が驚いた。いや、正しくは皆が頭の片隅で、少しばかり思っていたことかもしれなかった。だが真っ直ぐに言葉にしたのが、誰でもなく竜王自身だったため、皆が驚いたのだ。

「フォンルゥ達が帰国するほど、西の大陸からの不穏な動きは確実にあるのだ。その上渓谷の向こうのただならぬ状況……距離はあるとは言っても、渓谷から一番近くにある国は我がエルマーンだ。万が一の危機を考えねばならない。消えたトレイト王国の謎が解ける可能性が僅《わず》かでもあるというのならば、確かめに行ってみるしかないだろう。このままここで論争していても何も解決しない」

シィンワンが改めてそう言ったので、皆は反論が出来なかった。

「分かりました。ならば私が行って参ります」

ヨウチェンが覚悟したようにそう言うと「いや」とシィンワンが否定した。

「私が行こう」

シィンワンがはっきりとそう言ったので、驚いた弟達が一斉に立ち上がった。

「何を申されるのですか！」

「いけません！　そんなことが許されるわけがないでしょう！」

「危険すぎる！　絶対になりません！」

三人が一斉にそう反対したので、フォンルゥ達は驚いて、立ち上がっている三人を見た。シィンワンは、反対されることは分かっていたので、特に驚く様子もなく、とても静かに座っている。顔色を変えている弟達を一人一人みつめた。

「ヨウチェン、フォウライ、もちろん二人には私とともに来てほしい。二人がいてくれれば、私は何も怖いものはない。ファーレン、お前は卵の護衛責任者だ。お前が私の子供達を守ってくれていれば、私に何があっても、後を案ずることもない。シェンファ姉上達とともに、リューセーと子供達を守ってくれ……それでいいな？　いや、竜王が命じる。そうしてくれ」

ヨウチェン達は、絶句してしばらく固まっていた。竜王として命じられれば、それに逆らうことは出来ない。

「しかし兄上……」

ヨウチェンが、苦しげな表情でなんとか反論をしようとした。

「なぜ兄上が自ら行こうとされるのですか？　このような場合、まずは偵察として、私やフォウライを遣わすのが定石《じょうせき》でしょう」

「ヨウチェン、お前の言いたいことは分かる。だがこれは国交を結ぶための訪問ではない。相手がどのような者達か分からない……だが、かつてあの『蛮族』さえも怖れたという……そんな国へ向かうのだ。危険で命懸けだからこそ、力ずくで相手をねじ伏せなければならないかもしれない。つまり……私の力を使って、掌握《しょうあく》する必要があるかもしれないということだ」

珍しく険しい表情で、そう言いきったシィンワンの決意の固さに、皆は息を呑んだ。シィンワンの言う『私の力』とは、竜王の持つ人心を操る魔力のことだ。ヨウチェン達もその力を使うことが出来る。だがシィンワンの持つ力は、ヨウチェン達とは比べ物にならないほどの威力を持つ。ヨウチェン達が一度に操れるのは、せいぜい二～三人だが、竜王は一度に何百人も操ることが出来る。それも術にかからぬ者などいないほど強力だ。

代々の竜王は、その力を決して使わぬようにと、半ば封印してきた。ホンロンワンやルイワンが目指す「人としての生き方」に、それは必要ないものとされたからだ。

過ぎる力は、災《わざわ》いとなる。

その禁じ手とも言うべき力を、使う覚悟をもってシィンワンが行くというのだ。ヨウチェン達は、不服ながらも承知するしかなかった。

「何事も早い方がいい。明日出発する。準備を整えてくれ」

「はい」

シィンワンとて危険は承知だ。出来ることなら、力を使いたくない。すべてヨウチェン達に任せたいとも思う。

だがここで黙って待っていても、何も解決はしない。もう二度とルイワン王の時代に起こった人間達との戦争という悲劇を繰り返さぬためには、最悪の事態まで覚悟して、自らが動くしかないと思った。かつてソルダ国にも、父が自ら訪れたと聞く。呪術師を恐れなかった父を見習いたい。

自分にはすでに世継ぎがいる。もしも我が身に何かが起きても、レイワンがいれば、この国の未来はまだある。

重い空気の中、それぞれが色々なことを考えていた。フォンルゥとウェイライは、シィンワンをずっとみつめていた。

新しき若き王。最初の印象は、先王に比べると、ずいぶん物腰も柔らかく、優しげで繊細そうだというものだった。だが今はすっかり印象が変わっている。

先王と変わらぬほど、強い意志を持った王だと思った。決断に揺るぎはないだろう。今彼が思い悩んでいるのは、残していく家族のことを思っているからだろう。

するとふいに、苦悩していたシィンワンの表情が変わった。ふと優しい表情に戻り、口元には笑みまで作っている。フォンルゥとウェイライは不思議そうに顔を見合わせた。ヨウチェン達を見ると、彼らもシィンワンの変化に気づいたようで、不思議そうな顔をしている。

やがてシィンワンが目を開けた。皆の視線を感じて、また笑みをこぼす。

「いや、すまない……今、ジンフォンの所に、リューセーとレイワンが行っているようで……まったく……私は彼らのおかげで、いつも救われているんだ。どんなに辛いことがあっても、苦しいことがあっても、リューセーが、私に癒しをくれる。だからどんな困難にも勝てる気がするんだ……今もおかげで救われた。私はあの幸せを守るために、自ら行くよ」

今度は先ほどのような竜王としての命令ではなく、いつものシィンワンに戻って、ヨウチェン達にそう告げた。するとヨウチェン達は顔を見合わせて、先ほどとは違う強い意志のこもった声で「かしこまりました」と承諾した。


その頃塔の上では、ジンフォンの前で、レイワンが歌を歌っていた。歌といっても、まだ言葉もたどたどしく、メロディも怪しいのだが、本人は気持ちよく歌っているようだ。龍聖が少し後ろに立って、手拍子をしながら笑っている。ジンフォンは、頭を低く下げて、レイワンの歌を聴いていた。レイワンは両手を上に上げて、小さな掌をひらひらと動かしたり、足踏みをしたり、龍聖から習った「お遊戯」をジンフォンに見せていた。

元気に歌い終わると、ちょっと自信のある顔で、満足そうにジンフォンを見る。後ろで龍聖が「上手、上手」と笑いながら手を叩いていた。

「いつもジンフォンが歌を歌うから、自分もジンフォンに歌ってあげるって、レイワンが言って練習したんだよ」

龍聖がジンフォンに向かってそう説明をした。ジンフォンは、とても優しいまなざしで二人をみつめてから、グルルルッと喉を鳴らした。するとレイワンがきゃっきゃと笑う。

「何て言われたの?」

龍聖が尋ねると、レイワンはクルリと振り返り、丸い頬を朱に染めながら、満面の笑顔になっていた。

「いいこ……いいこ」

「わー!　褒められたの?　良かったね!!」

龍聖も、ぴょんぴょんと跳ねながら、一緒になって喜んだ。それをジンフォンは目を細めて、優しく見守る。

「後でお父様にも見せたらいいよ」

龍聖がさらにそう言うと、レイワンはちょっと恥ずかしそうに両手で口を隠しながら笑った。

するとジンフォンが、ググッと鳴いたので、レイワンは一瞬目を丸くしてから、ジンフォンの方を振り返る。

レイワンが丸い目を大きく見開いて、じっとジンフォンをみつめていると、またググッと鳴いた。

「今度は何て言われたの？」

「ちゅき」

レイワンがはにかみながらそう言ったので、龍聖は嬉しそうに笑った。

「ジンフォンに好きって言われたの？　良かったね！」

龍聖にそう言われて、レイワンは声を出して笑った。

「じゃあ、今度はオレも一緒に歌おうかな？　ちょっと二人で練習しようか？　ジンフォン、見ててね」

龍聖はレイワンと歌と振付の練習を始めた。それをジンフォンが、優しいまなざしで見守っていた。


翌朝、シィンワンは出発の準備を進めていた。白金の甲冑《かっちゅう》を身に纏い身支度をするのを龍聖が手伝う。

「急なんだね、びっくりしたよ」

「すまない……トレイトの周辺を偵察に行くだけだよ。午後には戻る」

シィンワンはいつもと変わらぬ様子で、優しくそう告げたので、龍聖はニッコリと笑って頷いた。

「レイワンと留守番しているから、早く戻ってね」

「ああ、頼んだよ」

シィンワンは軽く龍聖に口づけると、微笑んでみせた。

「レイワン、お母様を頼んだよ」

シィンワンは、足元にいたレイワンをひょいと抱き上げると、頬に口づけてそう言った。レイワンはニッコリと笑って頷いた。

レイワンを抱いたまま歩き出すと、その後ろを龍聖もついていく。

「シィンワン」

廊下に出たところで呼び止められた。振り返ると、シェンファが少し怒ったような顔でこちらに向かってくる。

「シィンワン、ファーレンから聞いたわよ！　あなた、ヴァルネリという所に……」

シェンファが怒っているような強い口調で、そう言いかけたのを、シィンワンが鋭いまなざしで制した。一瞬シィンワンの瞳が赤く光り、さすがのシェンファも身震いがして言葉を失った。シィンワンはそのまま何も言わずに、視線を一度後方の龍聖の方へと動かす。シェンファはそれで、ようやく察した様子で、少し笑顔をこわばらせながら頷いて見せた。

「は、早く帰ってきなさい。フォンルゥ達の歓迎会をするんですからね」

「分かりました姉上……リューセー、姉上の手伝いをしてあげてくれるかい？　昨日話したフォンルゥ達の歓迎会をなさるそうだ」

「あ、はい、分かりました」

龍聖は、特に気づかぬ様子でニッコリと笑って頷くと、シェンファの方を見た。

「シェンファ様、後で何をすればいいか教えてください」

「ええ、もちろんよ」

シェンファは優しく微笑み返すと、そのままシィンワンへと視線を移した。視線が合うと、何も言わずにしばらくみつめ合う。シェンファは硬い表情をしていたが、シィンワンの瞳に迷いを感じられなかったので、諦めたように視線を逸《そ》らした。

「それでは姉上、くれぐれもどうかリューセーとレイワンをよろしくお願いします」

「分かりました」

シェンファが力強く頷くと、シィンワンは安心したように微笑んだ。

第8章　結束

シィンワンは、ヨウチェンとフォウライ、そしてフォウライが連れてきた五人の部下とともに、渓谷の向こう、北の山岳を目指した。

そこには緑に覆われた高い山々が連なっていた。大地にかろうじて一本の道が、山岳地帯へと続いている。それを辿っていくと、山と山の切れ目のようなところへ出る。しかしその入口には、大きな黒い鉄格子の門があり、誰も通さない様相をしている。竜で山を越えることは容易《たやす》いが、今はそれは止めた方がいいという気がした。

シィンワンはゆっくりとジンフォンを降下させて、門から離れたところに降り立った。ヨウチェン達もそれに続く。

道に立ち、遠巻きに門をみつめるシィンワンの下に、ヨウチェン達が駆け寄ってきた。

「あれがヴァルネリ国の関所でしょうか？」

「そうだな……おそらく……」

「いかがしますか？」

「……ここまで来たら行くしかないだろう」

「しかし、静かすぎませんか？」

フォウライがあたりを警戒しながらそう呟いた。確かにと、皆がそう思ったが、口にはしなかった。

シィンワンが歩きはじめたので、皆がそれに続いた。フォウライがシィンワンの前に立って歩く。

腰の剣に手をかけ、ピリピリと殺気立って歩くフォウライを、後ろからみつめながら、シィンワンは小さく溜息をついた。

「フォウライ……戦いに行くわけではないのだ。もう少し穏やかになれないか？」

「この状況で、穏やかになれるのは、兄上くらいですよ」

フォウライが呆れたように言葉を返した。

一行は門の前に辿り着いた。近くで見ると、門の高さはかなりある。シィンワンの背の高さの五倍くらいはあるだろうか？　人が飛び越えようとして越えられるような高さではなかった。あたりを見回しても誰もいない。関所かと思ったが、見張り塔のようなものは見られなかった。

どうしたものかと話し合おうとした時、突然門がギギギギィと軋《きし》むような音を立てて、ゆっくりと内側に開いた。するとしばらくして、薄暗い門の奥から、人影が現れた。皆が一瞬身構える中、シィンワンだけが落ち着いた様子で、その相手をみつめた。

手にランプを下げ、フード付きの黒く長いコートを着た男だった。人間ならば五十歳くらいに見える。男は目の前のフォウライを無視するように、その後ろに立つシィンワンと目を合わせると、深く礼をした。

「長《おさ》がお待ち申し上げております。どうぞこちらへ」

そう一言いうと、後ろを向き奥へとゆっくり進んでいく。フォウライは驚いたような顔で振り返り、シィンワンと目を合わせたが、シィンワンが先に行くように促したので歩き出した。

「用心なさってください」

後ろに立つヨウチェンが、そっと耳打ちをし、シィンワンは頷いた。

左右は剥《む》き出しの岩肌で、ただの洞窟のように感じられた。しかししばらく進んでいくと、突然視界が開ける。広大な石造りの広間のような場所に出た。天井もとても高い。床も壁も天井も、綺麗に四角く切り出された石を、隙間なく均等にはめ込んで造られている。これほどのものをどうやって作ったのだろうか。壁にはいくつも等間隔で明かりが灯《とも》っており、部屋中が見渡せるほどの明るさがある。前方には石段が見えてきた。どうやらそれが、本当の玄関のようだ。

左右にある大きな柱が、はるか上にある天井まで伸び、石段は五段ごとに広い踊り場が作られ、その左右にまた大きな柱がある。二十段ほど上がったところで、巨大な石の扉が現れた。

こんな巨大な石の扉をどうやって開けるのだろうと、誰もが考えた。巨人専用の扉のようだ。

前を歩く男が、片手でそっと扉を押すと、まるで普通の扉を開けているかのように、静かにゆっくりと開いていく。皆が声もなく驚いた。通り過ぎる際に、そっとフォウライが扉に手をかけてみたが、体の幅ほどの厚みのある石の扉は、力を入れてもびくともしない。フォウライは、驚いて首を竦め、シィンワンから背中を小突かれて、仕方なく歩き出した。

扉の奥は、とても立派な城の中という印象だった。白っぽい化粧石の貼られた壁と床、天井には花や木々のような絵が一面に描かれている。廊下の幅は広く、四人並んで歩いても余裕があるくらいだ。左右に点々とある扉は、光沢のある黒い木に彫刻がほどこされた美しい造りで、派手ではないが、ひとつひとつの作りに、品の良さを感じられた。

ただシィンワンがひとつだけ気になっているのは、まったく他の人の気配を感じないことだった。今ここまで来る間も、見張りの兵士一人いなかった。

「こちらでございます」

男がようやく足を止めた。大きな二枚扉の前だった。扉を開けて中へと招き入れる。そこは広間になっていた。高い天井は円形になっていて、美しい精霊のような女性が、たくさん空を舞っている絵が描かれている。床は光沢のある板張りで、鏡のように磨《みが》かれている。正面には一段高い台座があり、そこに大きな玉座がひとつ置いてあった。

白いひげをたくわえた老齢の男性が座っている。

シィンワン達は、玉座の前まで案内された。シィンワンの後ろにヨウチェン達が並んで立つ。シィンワンが一礼すると、ヨウチェン達もそれに倣《なら》い礼をして、ひざまずき、シィンワンの後ろに控えた。

「初めてお目にかかります。突然の来訪、ご無礼申し上げます」

「エルマーン王国のシィンワン王、よくぞ参られた」

「え？　私をご存じなのですか？」

シィンワン達はとても驚いて、男の顔をまじまじと見る。男は落ち着いた様子で笑みを浮かべていた。

「貴方が来られるのをお待ちしておりました」

「え……それはどういう……」

「まずは私の方から自己紹介いたしましょう……私はこの国、ヴァルネリの長ラハトマ。『王』ではなく『長』なのは、実はヴァルネリは国ではなく部族の名前だからなのです。我らの部族は、魔導師の部族。この地に三千年の長きにわたり住み続けている部族なのです」

「魔導師!?」

シィンワン達が驚きの声をあげたので、ラハトマは、はははと声に出して笑った。

「驚くことはないでしょう。あなた方とて竜族だ。互いに人であって人ではないもの……我らも三百年ほどは生きる長寿の民なのです」

シィンワン達は、驚きとともに改めてラハトマ達を食い入るようにみつめた。

はるか昔、シーフォンがまだ竜だった頃、世界には竜の他にも人ではない生き物が住んでいた。妖獣や亜人達。その中に、姿こそ人間のようだが、人間には持ちえない強力な魔力を持った種族、魔導師がいた。

竜は自らの行いにより天罰を受けたが、それ以外のもの達は、時の流れとともに自然淘汰《とうた》されていった。絶滅はしていないかもしれないが、シーフォンと同じように、世界のどこかで静かに息を潜《ひそ》めて生きているのだろう。

同じ人ではないものとして、その存在だけは伝え聞いていた。

「申し訳ありません。魔導師と会うのは初めてなもので……失礼があればご容赦ください。では魔導師でしたら、我らがなぜここを訪れたのかはご存じなのでしょうか？　我々の正体も、我々が来たことも、すべてご存じだったようだ」

シィンワンが緊張した面持ちでそう尋ねると、ラハトマはまた、ははははと笑って頷いた。

「ずいぶん緊張しておいでのようだ。魔法を使う怪しい者には警戒を示されるのも当然……。ですが、我らはあなた方の敵でも味方でもありません」

「え？　それはどういう……」

シィンワンは、意味の分からぬ言葉をかけられて、当惑した面持ちでラハトマをみつめた。

「我らはどこにも属さぬもの……だから味方にはなりません。だがそれと同時にあなた方を攻撃するつもりもない。我らは、どこにも属さず、誰にも関与せず、ただ今を生きるのみの部族なのです。あなた方が、生きていくために、特別な掟《おきて》があるのと同じです。……我らは魔法を使うが、それには様々な決まりごとが必要なのです。強大な力を保持するには、利点だけではなく、欠点も理解し受け入れなければならない。それを無視すれば、世の理《ことわり》に反して、自らを滅ぼすことになるのです。あなた方の竜の力を求める人間は多いでしょう。それと同じなのです。我らの魔法の力を求める人間もまた多い」

シィンワンは、なるほどとようやく納得が出来た。確かに彼らは自分達と近い存在なのかもしれない。

「そしてあなた方の敵ではない証拠がもうひとつある……竜には魔法は効きません」

「え!? そうなのですか？」

シィンワン達が驚いていると、ラハトマは微笑みを浮かべながら頷いた。

「あなた方にも魔力があるでしょう？　ですから我らの魔法は効かないのです」

その言葉に、ヨウチェン達は少しばかり安堵した様子で、互いに顔を見合わせた。

「さて、早速だが、あなた方が知りたいことにお答えしましょう。そのためには、まず我らのことを知ってもらわねばなりません」

「はい、教えてください」

シィンワンは真剣な顔で、ラハトマをみつめた。

「我らは生まれつき魔力を持っております。しかし魔力だけでは、魔法を使うことは出来ません。そして魔法とは万能ではない。例えば火を使う魔法がある。これは『火』が持つ力を借りて、我らの魔力で自由に動かしているだけです。我らの魔力で火を生み出すことは出来ません。水も風も光も……この世のすべて、万物のものには力がある。我らはその力を借りて、魔力を使うのです。そしてそれには修業も必要。また魔力の大きさも生まれつき違う。それらはすべて『個性』でもあります。魔力が強くても、修業を怠れば『並』の魔法しか使えず、並の魔導師にしかなれません。逆も然《しか》り、魔力が弱くとも、修業をすれば、『並』以上の魔法が使えるし、『並』以上の魔導師にもなれる。ただしこれには限界がある。そして我ら魔導師の中にも、当然ながら怠け者で落ちこぼれの者がいる。魔法を上手く使えないことを、人のせいにする。そのような者は、ここでは生きていけず、外の世界に逃げ出し、自分の稚拙《ちせつ》な魔法を、人間に見せびらかし、力を間違った方向に誇示する……それがいわゆる『呪術師』です」

思いもよらぬ真実を聞かされて、シィンワン達は思わず声にならない呻きを吐息とともに漏らす。

「昔話をしよう……昔といってもほんの二百数十年前、この国に魔力は並だが、まったく修業をしない怠け者の若者がいた。その者は、自分の力を過信していたため、認められないことにいつも不満を抱いていた。そしてある日、同じような仲間を三人引き連れて、外の世界に逃げ出した。そして人間達の前で、稚拙な魔法を見せびらかし、力を誇示し、やがて偉大なる呪術師と崇《あが》められ、ソルダという国に召し抱えられた。ソルダの王は気弱で凡庸《ぼんよう》だったが、人一倍欲深い男だった。魔導師の魔力とは、何かの力を使って操るもの……人間の負の力ほど、瞬時に強力な魔法となるものはない。だがこれは使い方を誤ったり、過剰に使用すれば、その人間の体を蝕《むしば》み、死に至らせることになる。またそれを使った魔導師にも、やがて災厄として降りかかる。我らヴァルネリの掟では、決して使ってはならない力としている。だが愚かな呪術師は、安易に強大な魔法として使える負の力を、喜んで使った。

そしてある時、ソルダの王がもっとも欲しているものを手に入れる機会が訪れた。呪術師の噂を聞いたある国の高貴な身分の者が、美味しい餌を掲げて近づいてきたのだ。その者の餌には、ソルダの王だけではなく、愚かな呪術師まで釣られた。その餌は『竜』を得る力というもの」

シィンワン達は、その言葉に息を呑んだ。

「兄上」

ヨウチェンがそっと囁く。シィンワンにはヨウチェンの言わんとしていることは、当然分かっていた。それこそ、シィンワン達の父、フェイワン王を襲った悲劇のことだ。フェイワン王の叔母であるミンファが呪術師を雇い、リューセーをこの世界に呼ぶための『竜神鏡』に呪詛《じゅそ》がかけられ、そのせいで長い間母であるリューセーが、こちらの世界に来なかったのだ。そして父は衰弱し、力を失いかけた。

「依頼主の望みは、竜王の力を奪うこと。それが叶った暁《あかつき》には、その竜王を好きに使役《しえき》してもいいというものだった。呪術は成功したように見えた。竜王は衰弱し力を失っていった。だが運命というものは、決してどのような呪術でも変えることは出来ない。呪術のせいで少し歯車がずれたものの、運命は変えられなかった。やがて竜王は力を取り戻し、呪術を撥《は》ね返してしまった」

ラハトマの話は、『竜神鏡』に呪詛をかけても、リューセーがこの世界に降臨したことを言っているのだと、シィンワンには分かった。

「愚かな呪術師は、竜王の力の前に屈した。撥ね返された呪詛は、彼の命を奪った。それに恐れを抱いた仲間の呪術師達は、竜王のいるこの大陸を支配することは難しいと言って、西の大陸へと逃亡した。西の大陸は、争いの絶えない地。負の力に溢《あふ》れた地」

その話に、シィンワンは、ハッとして目を見開いた。『運命は変えられない』それはどこかで聞いたような言葉だと思った。そして脳裏に父と母の顔が浮かんだ。かつてシィンワンが二人に問うたことがあった。母であるリューセーが、この世界に来たのは、偶然か？　運命か？　と……その問いに、二人は迷うことなく『運命だ』と即答した。

「そして呪術師達は、西の大陸で負の力を集めて自らの力を強化し、どんどん仲間を増やしていった。おそらくまだ竜王を手に入れることを諦めてはいないはずだ。強大な力を手に入れれば、今度は間違いなく竜王を我がものに出来ると思っているのだろう。この世界で最も強い力を持つ竜王と、その眷属の竜達を、今でも執拗《しつよう》に狙っている。呪術で操った大鳥で、貴方の伴侶を攫《さら》おうとしたこともあったでしょう？　……これがあなた方の知りたかったこと、すべてだと思いますが、いかがかな？」

ラハトマが穏やかにそう告げた言葉で、シィンワンは我に返った。あの鳥達を操っていたのも呪術師だったのかと驚愕した。父や母ばかりではなく、自分や龍聖の身も確かに狙われているのだと、改めて知らされると背筋の凍るような思いがした。シィンワンの後ろで、ヨウチェン達も驚きの声を上げている。シィンワンは、じっとラハトマをみつめた。

「ラハトマ殿、もしよろしければ、あとふたつ私の疑問に答えてほしいのですが……」

「ええ、構いませんよ」

ラハトマは快く承諾した。

「まずひとつ……あなた方は、かつてトレイトと同盟関係にあったはずです。どこにも属さないと言われたのに、なぜトレイトと手を結んだのですか？」

シィンワンの問いかけに、ラハトマは臆することなく頷いて見せた。

「同盟を結んだのは、そうすることで、トレイトとの間に貸し借りを作らぬためです。我らは別にトレイトを救ってやろうなどという善意はなかった。ただ蛮族との戦いを止めさせたかっただけ……蛮族は、確かに粗暴な民ではあったが、この世界の原始の人間の姿でもあった。渓谷と樹海に挟まれて、外界から閉ざされたこの西の辺境の地で、原始のままで文明も発展させず、進化もせずに生きていた民族です。トレイトの民は、かつて戦火を逃れ東から落ち延びてきた流浪《るろう》の者達。後から来た者達が、先住者だった蛮族と戦争を続けることで、蛮族が滅びてしまうのを防ぎたかった。どうせいつか時とともに自然淘汰される民達なのですから……」

「それはあなた達とともに生きてきた古き民だからですか？　ある意味共存していた？」

シィンワンの問いに、ラハトマは少し考えて苦笑した。

「そうですね……共存ではありませんが……哀れと思っていたのかもしれません」

「だから今回、トレイトの国民がすべて消え去っても、放っておいたのですね？」

シィンワンのその質問には、ラハトマは答えなかった。

「ではもうひとつ……なぜ呪術師達を放置しているのですか？　元々はあなた方の民だ。落ちこぼれの魔導師の成れの果てだ。彼らは今、西の大陸で負の力をたくわえ人間達を利用し、争いを増長させている。たくさんの人間が犠牲になっている。確かに元々、争いは起きていたのかもしれないが、呪術師達によって、悪化しているのは明らかだ。それに最初は四人だったかもしれないが、今は数を増やしているようだし……この西の辺境の地にいたトレイトの民達をすべて連れ去ったのは、彼らではないのかと私は考えています。あなた方はそれをご存じなのですか？　どんな目的があるのですか？　このまま許しておくのですか？」

シィンワンは半ば責めるように言っていた。ラハトマの話を聞きながら、だんだん腹が立ってきたのだ。エルマーンも、迷惑をかけられている。そしてまた今、得体の知れない恐怖に曝《さら》されようとしているのだ。

「正義感溢れる竜族の若き王よ……私はあなたがうらやましい」

「え？」

ラハトマの言葉に、シィンワンは少しばかり出端をくじかれたような気になった。

「我々とあなた方は、人であって人でない、同じようなものだと申し上げたが、実はまったく違う道を進んできた。必死に生きる道を模索し続けるあなた方と、静かに滅びの道を進む我々……我々もかつては四千人ほどの民が、ここで暮らしていたのです。それが今では六十人しかいません。おそらく千年後には、我ら魔導師は絶滅していることでしょう。あなた方竜族は、なんとしても生き残るために、人間の真似をして国を作り、国交を結んで、この世界で人間のルールを真似て生きていく道を選んだ。昔より人数は減っていても、少しずつ試行錯誤しながら繁栄しようと努力している。だが我々は違う。人間との交流を断ち、このような辺境の地の山奥に隠れ住み、国を持たず、今や絶滅の一歩手前まで来ている。厳しい戒律《かいりつ》で、魔導師としての尊厳を保ち続けていたはずが、それから離脱した者達を制する力もない有様です……我々にはもう、呪術師達を諫《いさ》める力はない。貴方の言う通り、彼らがこの地に侵入し、トレイトの民を連れ去った。しかし我らはそれを放置したのではなく、阻止する力がなかったのです」

ラハトマはそう言って、苦渋の表情を見せた。シィンワンは驚いて、そんなラハトマをみつめていた。ヨウチェン達も驚いているようだ。

「それは人数の差ですか？　力の差ですか？」

「両方です。彼らは今や我らの倍以上の人数があり、個々の力は、もちろん我らより劣るが、彼らは足りない魔力を別の媒体を使って強力にする術を編み出した。我ら魔導師と違い、彼らがなぜ呪術師と呼ばれているかお分かりか？　我ら魔導師は、自らの持つ魔力だけだ。だが呪術師は、人間の負の力、妖獣、死霊、あらゆる負の力を媒介にして、呪術によって魔力を生み出す。つまり媒介がある限り無限に近いのです。今の我々では、勝てる見込みもない」

ラハトマはそれだけ言い終わると、苦悩するように目を閉じた。シィンワンは、じっと考えるように黙ったままラハトマをみつめる。やがてひとつ浅い呼吸をした。

「ならばラハトマ殿、我らに力を貸してはくれないだろうか？　呪術師達が何をしようとしているのかを教えてほしい。そしてそれを阻止する方法を示してほしい。我らは自分の国を守るために、最善を尽くすだけです」

シィンワンの問いに、ラハトマは何も言わずにしばらく考え込んだ。

「分かりました。お教えします。まず呪術師のたくらみですが、おそらくこの東の地で、西の大陸と同じように、国々が争いはじめるように仕向けること。攫ったトレイトや西の辺境の人々を、着々と洗脳し準備を進めているはずです。洗脳した者は何かで操っているはず。……呪符のようなもので……そしてその者達に触れられると、人間の心の負の力が増幅され、争いが始まるでしょう」

「何だ、それは……じゃあその攫った一万人以上の者達全員を、西の国で呪術用の道具へと作り変えているってことか？　それらを引き連れて、また戻ってくると？」

ヨウチェン達はざわついた。

「そんなことが本当に出来るんですか？　そもそもなぜトレイトの国民を使うのですか？　なぜ西の大陸の人間を使わないのですか？」

「トレイトの国民の遠い記憶には、あなた方エルマーン王国に対する畏怖《いふ》の念がある。昔、トレイト王国が、エルマーン王国と国交を結んでいた頃、トレイト王国の大臣が、エルマーン王国を裏切り、竜王を怒らせ、国交が断絶となった。トレイトの国民にとって、それは忌《い》まわしき過去で、竜の怒りはその後もずっと後悔という深い傷とともに、語り継がれていた。それを利用するつもりなのです」

シィンワン達は顔を見合わせた。確かにエルマーンの歴史で、そのようなことを学んだ記憶はある。

かつて西の辺境へも国交の輪を広げようとしていたが、その頃はまだ西の辺境には、凶暴で野蛮な蛮族が多くいた。辺境を訪問中の竜王を、蛮族が襲撃し、それを撃退したことで、蛮族は竜王に対して深い逆恨みの念を持った。

竜王は、トレイト王国に対して、国交を結ぶ条件に、決して蛮族を渓谷のこちら側へは来させないこと、トレイト王国が蛮族達を管理すること、とした。

しかしトレイト王国の大臣が、蛮族に脅され屈服し、エルマーン王国への貿易の荷の中に、蛮族達を忍び込ませ、王城を攻撃させてしまった。

エルマーン王国は、侵入した蛮族をすべて捕らえたが、たくさんの犠牲を出してしまう。怒った竜王は、トレイト王国との国交を断絶し、渓谷に架けられた橋を焼き落とした。

その後西の辺境からは一切手を引くこととなったのだ。

「だがそれは千年以上前の話です。トレイト王国に、それが未だに語り継がれているなんて……」

「トレイト王国の民にとって、渓谷の東側は、憧れの地なのです。先祖が東から追われて、辺境の地に暮らすことになって以来……。非力な人間達には、あの大きく深い渓谷に、橋を架けることは夢のような話だ。それを竜に乗った人々がある日現れて、大きな橋を架けてくれて、国交を結ぼうと言ってくれた。トレイト王国の長い歴史の中で、唯一の希望だったのです。希望と絶望……それが神話のように、いつまでも語り継がれるのは仕方のない話だ」

シィンワンは、眉根を寄せて目を閉じた。自分達も、先祖達の悲劇を、未だに忘れることはない。いや、忘れぬように語り継いでいる。人間もまた同じなのだと思った。

「呪術師達は、そこまでして、何がしたいのだ……世界征服でもする気か！」

ヨウチェンが、怒りを露にして吐き捨てるように言う。ラハトマは、落ち着いた様子で頷いた。

「強大な力を欲しています……そしてあなた方の力も……最終的な狙いは、エルマーン王国でしょう……。ソルダに雇われていたので、あなた方が戦いを避けていることは知っているはずです。攫ったトレイト他西の辺境の人々、総勢約三万人の人々を使い、この大陸に争いを巻き起こし、膨《ふく》れ上がる負の力を吸収し、竜王を倒して、竜王とすべての竜を、自分達の意のままに操ろうと思っているのでしょう。そうすれば世界も手に入れられると……」

「なんと愚かな……」

それが本当ならば、あまりにも自分勝手だと思った。

「阻止する方法は……」

ラハトマの続く言葉に、シィンワンは聞き入った。

「結界を張るのが唯一の対抗策です。それで呪術師を追い払うことは出来ます。ただ護符を持った三万人の者達を払うことは出来ないかもしれません。なぜなら結界は魔力を持つ者に有効なのであって、ただの人間には、まったく効かないからです」

シィンワンはそれを聞いて、眉根を寄せた。

「ならばどうすればいいのですか?」

「呪詛を祓《はら》うのには、結界とは別の方法で魔力を使います。我々にもそれは出来ますが……残念ながら、我らの人数では、結界を張ることで精いっぱいです。しかし竜王の魔力であれば、祓うことが可能です。あなた方の力で祓うしかありません」

「え?」

「かつて貴方の父が呪術師の呪詛を撥ね返したように、竜王の力で護符の邪気を祓うしかありません」

「私の力で、祓うことは出来ますか?」

「我ら魔導師の魔力と、竜王の持つ魔力は似た波動を持っています。呪詛を祓えるはずです。口で説明するよりも、貴方ならきっと実践で出来るはず。……想像してください。負の力があります。それはとても禍々《まがまが》しい気です。それを……闇を光で打ち消すような、それに近い感覚を想像して、負の力を払えば、呪詛を祓うことが出来ます」

ラハトマの説明を聞きながら、シィンワンは、しばらくの間じっと考え込んだ。決断にはずいぶん長い時間を要した。だが誰も、沈黙を破り邪魔をしようとする者などいなかった。それほどまでに、その場の空気が張り詰めていた。

やがてシィンワンは目を開けると、覚悟を決めたような顔で頷く。

「分かりました」

「兄上！」

三万人の呪詛を撥ね返すなど無理だと、そこにいる者全員が思った。だがシィンワンはそれを聞き入れた。いや、やるしかないのだと覚悟した。

「それでは結界を張る方法を教えてください」

「結界は我々が張ります。ただ我々も何もないところに結界を張ることは出来ません。必要な道具がありまず。それを用意して頂ければ、あとは我々が……」

「その道具は？」

「マキラの苗、もしくはマキラの生木で作った杭《くい》、それを結界を張る場所に植える、もしくは打ち込んでもらえば……間隔は二レホ（約三m）くらいがよろしいかと思います」

マキラの木は、あらゆるところに生えているため、入手は割と容易ではある。占者や祈禱師《きとうし》が木片を使うという話を聞いたことがあるので、魔力をかけやすいのかもしれない。

「それはどのあたりに、どれくらいの範囲で配すればよいのですか？」

「西の海岸線が一番いいと思います。彼らは海の向こうから来ますから……範囲は全部……と言いたいところですが、それは無理としても、少なくとも、トレイトの近くに出来た港から、南下してゼーマンの近くにある古い港町……最低でもこの範囲に必要かと思います」

それでも結構な距離になる。ヨウチェンとフォウライは、深刻な面持ちで視線を交わした。

「ありがとうございます。それでは結界を張る準備が整いましたら、使者を送りますので、なにとぞご協力ください」

「……シィンワン王、あまり時間はありませんぞ」

「どれくらいだと思われますか？」

「ふた月のうちには」

「……分かりました……それでは失礼いたします」

シィンワンは深々と頭を下げると、ヨウチェン達を伴って帰国の途《と》についた。


シィンワンは帰国すると、すぐに重臣のみを集めて会議を行った。そこで聞いてきた話をすべて報告した。皆の反応は様々だった。

「陛下は、その者の言うことを、すべて信じられるというのですか？　彼らが呪術師達を操っているということはありませんか？」

シェンレンが、慎重派らしい意見を述べた。

「確かにその可能性はないとは言えない。だが彼らは自分達が魔導師であることや、呪術師の正体も含めて、すべてを我らに語ってくれた。そこに偽りはないと思いたい」

シィンワンが答えると、シェンレンは頷きながらも、また考え込んだ。

「では言われた通りに結界の準備もするというのですか？　あまりにも無茶な要望に思えます。その距離にマキラを等間隔に植えるのに、いったい何本の杭が必要だと思われますか？　どうやって、それを確保するのですか？　工事は？　アルピン全員を徴収しても何日かかるか分かりません」

ファーレンは、距離から計算をしているのか、紙に数字を書き込んで、計算しながらそう尋ねた。

「いや、我が国だけでそれを行うのは無理です」

ファーレンの隣に座る内務大臣のファンガンが、横目にファーレンの計算式を見ながらそう言った。それを受けて、シィンワンが、皆の顔をゆっくりと見まわして、口を開いた。

「まず皆には、そもそもの話を思い出してほしい。西の大陸で不穏な動きがあるというのは、先王の時代から、我らも危険視していたことだ。他国に外交に行った際にも、必ずその話題が上がるほどだった。海の向こうのこととは言え、ただ『戦争の絶えない大陸』で済ませられる話ではなかったからだ。戦火が飛び火しかねないという不安だけではなく、呪術師の存在は、ずっとみんなが懸念していたことだ。そしてとうとう現実として、渓谷の向こうの人々が、こつ然と消えてしまった。国単位で人がいなくなるという異常事態を、間近に見て、より近い場所にある我が国としてはもう見て見ぬふりは出来ない状況だ。そしてフォンルゥ達が、確実な情報を持って帰国してくれた。これだけの情報が揃ったうえで、我らはヴァルネリに赴《おもむ》いたのだ。もはやラハトマ氏の話の真偽を問うような状況ではない。皆、それをもう一度胸に留めて、話し合いをしてほしい」

そう一気に語ってから、今一度、皆の顔を見まわした。皆はそれを聞いて、頷き合った。

「それで結界の件だが、とりあえず友好国に書簡を送ってみようと思う。どこまで我らの話を信じてもらえるかは分からない。多分信じてもらえないだろう。お前達でさえ、こうなのだからな」

シィンワンが少しだけ皮肉を含めてそう言ったので、皆が苦笑する。

「だがせめて、マキラの苗か生木を少しでも供給してもらえないか頼むつもりだ。それだけでも協力してもらえれば、幾分かは助かる。それよりも、今すぐにでも着手してもらいたいことがある。資材は竜で運ぶとしても、人材をその都度《つど》、竜で運ぶのは効率が悪い。渓谷に橋を架けてほしい。急を要するので、大きな橋をとは言わぬ。小さな橋を何本も架けた方が、早く造れるのであればそれでも構わぬ。それらの判断は任せるから、出来るだけ早く着手してほしい」

シィンワンは、フォウライとファーレンに、そう指示をした。二人は頷くと、すぐに立ち上がり会議の間を後にした。

「ファンガン、先ほどの話をもとに、結界を作るために必要な資材の調達と、確保、運搬、それから工事に必要な労働力にかかる費用の算出、そして財源の確保、これらをすぐに纏めてほしい」

「かしこまりました」

ファンガンは一礼して承諾した。

「シェンレン、工事には、兵士からもいくらか協力に出してもらいたいが、国内警備に必要な絶対数は、決して減らしてはならない。そのあたりについては任せる」

「かしこまりました」

「ヨウチェン、すぐに書簡を書くから、各国へ届ける手配をしてほしい。急を要するから、兵士を使者として使うのではなく、部下を使ってくれ」

「私が参ります」

ヨウチェンの隣に座っていた補佐官のネンイエが代わりに答えた。

「それは頼もしい……お願いするよ」

シィンワンはネンイエにそう言って、ヨウチェンにも目配せをした。

「会議は以上だ」

シィンワンが解散を告げると、皆が一斉に立ち上がった。それぞれ指示されたことのために動いた。

シィンワンは書簡を書くために、執務室へと移動する。その後をヨウチェンが追った。

「兄上」

執務室の中に入り扉を閉めると、深刻な表情でヨウチェンが詰め寄った。

「兄上は本当に、三万もの人達の呪符を、一人で祓うおつもりなのですか？」

「本当も何も、他に手立てがないのだから仕方ないだろう。第一、本当に三万も来るかどうか分からぬ、すべては、その時になってみないと分からない話だ」

「兄上はなんでも一人で抱えようとなさる。我らも頼ってください」

シィンワンは、クスリと笑った。

「頼っているよ。だから今回のこと、お前達に同行してもらったし、それぞれに仕事を任せているではないか……ヨウチェン、私はお前が常に私の後ろについてくれていると思うから、色んなことが出来るのだ。覚えておいてほしい」

シィンワンはそう言って、机に着くと、早速書簡を書きはじめた。ヨウチェンは何も言えずに、シィンワンをみつめていた。


その日の夜、フォンルゥとウェイライの歓迎会が開かれた。王族の食事の席に、二人を招くという形の簡易な宴だった。

今のこの国の情勢を考えると、こんなことをしてもらっている場合ではないのにと、フォンルゥ達は申し訳ない気持ちになったが、龍聖や、ご婦人達もいる場で、そういう話をするのは相応しくないと、承知していたので、素直に宴を楽しんでいるように振る舞った。

「姉上」

宴が終わってから、皆が帰ろうとしたところで、ヨウチェンがそっとシェンファの下へと来た。

「明日、話があるので、兄弟全員の招集を願います。兄上に悟られないようにお願いします」

「……分かりました」

シェンファは小さく頷いて見せた。


翌日、シェンファの住まいに全員が揃った。

ヨウチェンは会議に出席していない姉や妹にも、昨日の話をして聞かせた。

「兄上は、また一人ですべてを抱えようとなさっている。いざという時は、我ら全員の力を貸したいと思うんだが……皆はどう思う？」

全員それぞれが顔を見合わせた。

「それはつまり、呪符を祓うための力を結集するということね？」

シェンファが確認するようにヨウチェンに尋ねると、ヨウチェンは頷いて見せた。

「私達もロンワンなのですから、力を使えます。竜王ほどの力はなくても、多少の助けにはなるでしょう」

シェンファは、インファと顔を見合わせて頷き合った。

「ナーファとアイファは、怖いなら無理をしなくてもいいのよ？」

「大丈夫です……みんなで兄様をお助けしましょう」

ナーファが、「ね！」とアイファに同意を求めると、アイファも力強く頷いた。

「でもこの話をしたら、ラウシャンやタンレンも、参加したがりそうね」

シェンファが笑いながらそう言うと、インファもクスクスと笑いながら頷いた。

「ラウシャン様達には、国の警護をお任せしたいと思います。我らがもしも失敗した場合は、国が襲われかねないのですから」

ヨウチェンが真面目な顔でそう言うと、フォウライも頷いた。

「リューセー様と、レイワン様を守って頂かなければ」

フォウライがそう言って、皆も頷き合った。

「まったく……いつもながら、我が兄弟は話が早くて助かります」

ヨウチェンが、苦笑しながらそう言うと、皆は顔を見合わせて笑った。これだけ性格も違う兄弟が七人も揃えば、異論を唱える者がいてもよさそうなのだが、いつもすんなり皆が同意して解決してしまう。

「あなたが纏めてくれるからよ、ヨウチェン」

シェンファが微笑みながらそう言って、ヨウチェンの肩を叩いた。

「兄弟の中で、一番シィンワンを好きですものね」

インファがクスクスと笑いながら、からかうように言った。

「そ、そんなことはありませんよ」

ヨウチェンが赤くなって否定したが、皆はニヤニヤと笑っている。

「まあ、これも誰一人否定しないわけですけどね」

フォウライが溜息交じりにそう言ったので、どっと全員が笑った。

「それで二番目にシィンワン兄様を好きなのは、オレなんだけどね」

ファーレンがそう言うと、皆が一斉に否定をした。

「え!? なんで？」

「だって二番目はオレだから」

「いいえ、私よ！」

「何を言ってるの？ 私に決まっているでしょ」

皆が口々に自分を主張して譲《ゆず》らない。

「二番目は喧嘩になるんだ」

ヨウチェンが呆れたように、皆の様子を見守った。だがこれも、いつもの見慣れた光景だ。兄弟で力を合わせて竜王を支える。それは両親の前で、何度も誓い合ったことだ。

我らが力を合わせれば、この国はきっと大丈夫。

ヨウチェンはそう思って、安堵した。


シィンワンは、五日ほど経って落ち着いた頃に、龍聖に話して聞かせた。すべてというわけではない。心配するので三万人の護符祓いの話はしなかった。だが呪術師との対決は隠せる話ではないので、早めに伝えたのだ。

龍聖は心配性なところがある。悩みはじめると手が付けられなくて、一人で思い悩んでしまう。だからシィンワンは、何でも正直に話せることは話すようにしていた。心配させまいと、隠すことで余計にこじれてしまうことがあるからだ。

「それって大丈夫なの？」

心配そうな顔で龍聖が尋ねる。

「大丈夫だよ、ここからはだいぶ離れたところだし、何も心配することはないよ。我々は結界を張るための依《よ》り代《しろ》であるマキラの木を植える工事をするだけで、結界を張って呪術師を追い払うのは、さっき話したヴァルネリの魔導士達がやってくれるんだ」

龍聖にそう言い聞かせながら、実はシィンワン自身が少し不安に思っていた。それは友好国のどこからも、書簡の返事が来ないからだった。あれから五日、どの国も五日もあれば、使者をよこせるはずだった。

すべての友好国が話を信じてくれるとは思っていなかったが、中には資材の提供に協力してくれる国もあるのではないかと期待していただけに、少し不安になる。

とりあえずこちらで用意出来る限りの資材は、竜で運び終えた。だがこれでは到底予定の範囲を埋めることは出来ない。

渓谷の吊り橋は、順調に工事が進んでいた。人が一人通れるくらいの細い橋を、四本架けている。馬車が通れるような大きな橋を造るには、最低半月の時間が必要だ。これならば、あと二日もあれば完成する。

着々と準備は進められていた。

「じゃあ、その工事が済めば一安心なんだね？」

「え？　あ……うん、そうなんだが、一応、本当に結界で呪術師を追い払えているか、その時が来たら、確かめるために私は現地へ行こうと思うんだ」

シィンワンが少し困ったように言葉を選んで話すのを、龍聖はじっとみつめていた。

「じゃあ、オレもついていってもいい？」

「え⁉　ダメだよ。それはダメだ。危険だろう？」

「え？　だって危険ではないんでしょ？　何も心配することはないって、シィンワンが言ったじゃないか」

「そ、そうだよ、危険はない。でももしもってことがあるだろう？　私は、そのもしもってことがないかどうかを確認するために行くんだ」

じっとみつめてくる龍聖の視線に、シィンワンは目を逸らせずに、困ったように眉根を寄せる。

「リューセーはなんでついていきたいんだい？　別に何も面白いものはないよ？」

「結界がどんなものか見たいし、それに海岸線に結界を張るって言っていたでしょ？　この世界の海を見てみたいんだ」

「海までは行かないよ。渓谷の所まで行くだけだからね」

「え？　だってシィンワン、万が一結界で呪術師が追い払えなかった場合を心配して、確認しに行くんじゃないの？　結界は海岸にあるんでしょ？」

龍聖が小首をかしげながら、訝しげに眉を寄せてそう聞き返すと、シィンワンは慌てたように目をうろうろと泳がせた。

「あ！　うん、そうなんだけど……海岸までは行かないんだ。……えっと……あっ！　ほら、結界を抜けて上陸した呪術師がいないかを確認するためだから！　だから海岸には行かないし、結界の所までも行かないんだよ」

シィンワンはさすがにちょっと言い訳が苦しいかなと焦った。じっと変わらず龍聖がみつめてくる。シィンワンはお茶を飲むふりをして、視線を逸らすと、実際に一口飲んで大きく溜息をついた。その横顔に、なおも龍聖の視線を感じる。いたたまれなくて、なんとか話を逸らそうと思った。

「リューセーには、もっと大事な役目があるだろう？」

「大事な役目？」

シィンワンは龍聖に向き直ると、平常心を取り戻してニッコリと微笑んで見せた。

「そうだよ。レイワンと卵を守ってくれないとね……君が子供達を守っていてくれれば、私も安心して、もしかしたらほんの少し……いや万が一、そう本当に万が一危険かもしれない所へも、行くことが出来るからね。そしてすぐに戻ってくるよ」

龍聖はじっとシィンワンをみつめていた。やがて心の中で小さく溜息をつく。

「分かった。待ってるから早く戻ってきてね」

微笑んでそう答えると、シィンワンは安堵したように微笑み返して龍聖の額に口づけた。


それからさらに五日が経ったところで、変化が現れた。

「陛下！　大変です」

執務室に、ネンイエが駆け込んできた。

「何事か」

「パウロ王国から、大部隊が到着いたしました」

「大部隊!?」

「今、ヨウチェン様が、使者の対応をされておいでです。マキラの生木をたくさん積んだ馬車が十台、それと人足《にんそく》二百人を連れた大部隊です」

「なんだって!?」

シィンワンは驚いて立ち上がった。

「陛下! 大変でございます」

そこへ別のヨウチェンの部下が駆け込んできた。

「ホフラント公国より大部隊が到着しました。マキラの生木五百本と人足百五十人を連れております」

書簡を送った友好国五ヵ国から、書簡の返事の代わりに、次々と資材と人手が届けられた。どの国の使者も、他に必要なものがあれば、何でも言ってほしいと、王から言い付かってきていた。

「ありがたい……本当にありがたい……」

シィンワンは、心から感謝した。

「兄上の人徳ですよ」

ヨウチェンがそう微笑みながら言った。シィンワンの人柄と、日頃からの誠意ある外交のおかげで、どの国も、書簡を読んだだけで、無条件に信じてくれたのだった。もちろんそれだけ、西の大陸の噂が、各国に広がっていたということもある。

こうして、各国の協力を得て、結界のための柵は予定よりもさらに範囲を広げた形で、僅か十日で完成した。

シィンワンは、各国から借りた人足を、丁重にもてなし、帰国の際には、使者に託して国王に貢物を献上した。

再びヨウチェンが使者として、ヴァルネリを訪問し、柵の完成を伝えた。ラハトマは、すぐに結界を張ることを約束した。


その後シィンワンは、友好国をそれぞれ回り、協力の礼を伝えるとともに、来るべき危機を前に、万が一の場合について、出来るだけ最悪の状態を想定して、どう各国が対応すべきかを話し合った。

そして各国は、シィンワンの知らない間に「東国連合」という組織を作っており、有事の際には、戦わないエルマーン王国のために、軍隊を派遣する手はずまで整えていることが分かった。これにはシィンワンも、大いに感動した。そして彼らの信頼に応えるためにも、なんとしても負の呪詛をかけられた三万の民を祓わなければと決意を新たにした。


偵察に出ていたシーフォンが、西の海に大船団を発見したのは、シィンワン達がヴァルネリを訪問してから、ひと月が過ぎた頃であった。

船団は、トレイトの近くの港へと向かっているという。あと二日ほどで到着の予定だ。

偵察を徹底しつつも、結界がどのように作用するかを見守ることにした。

報告によると、船は物凄い速度で進んでいるようだ。呪術師が乗っているからなのだろうか？

やがて先頭の船が、港に入ろうとした時、何かにぶつかったかのように、船が後退した。その後も入ろうと何度か試みるが、船は港に入ることが出来なかった。

船はしばらく港の外で停泊していたが、やがて海岸線沿いを進みはじめた。船を寄せられそうな岸壁を探していたが、近づこうとすると弾かれた。ここでようやく、呪術師は結界によって、どこからも上陸が出来なくなっていることを悟ったらしい。

船団は海岸線沿いに一列に並んだ。そこから小舟が次々と降ろされて、船の乗客が小舟に乗り移った。今にも沈みそうなほど、小舟に鈴なりに乗った人々は、足場の悪い岸壁に、無理やり小舟を横付けすると、上陸を開始した。海に落ちる者もいたが、必死に泳いで上陸する者、そのまま溺れる者も少なくなかった。

それらをずっと上空から見ていた偵察隊は、エルマーンに戻り、詳細をシィンワンに報告した。

「やはり上陸したか……しかし呪術師は一緒ではないのだな？」

「はい、呪術師は結界のせいで船と一緒に海岸に近づけないようです。船の甲板《かんぱん》の上に立つ姿を、確かに確認いたしました」

「そうか……では、私も出発する」

シィンワンは甲冑に身を包み、執務室を後にした。ジンフォンの待つ塔に向かう間、そういえば先ほどからヨウチェンの姿を見かけないなと考えていた。国内警備の任に就いているフォウライが、今姿がないのは分かるが、ヨウチェンはどこに行ったのだろうと考えていた。

ジンフォンに乗り空に飛び立つと、しばらくして、スーッと近づいてくる竜に気づいた。ヨウチェンの竜だ。

反対側からまた一頭の竜が近づいてきた。フォウライの竜だ。続いてファーレンの竜もやってきた。

「お前達……何をしている」

シィンワンが驚いて声をかけたが、ヨウチェン達は笑っていた。シィンワンと兄弟達は渓谷を目指して飛んだ。並走して護衛のシーフォンの竜も数頭飛んでいる。

シィンワンは、眉根を寄せたまま、渓谷に向かって飛んでいた。弟達はどういうつもりなのだろうか？　ジンフォンの力で追い返すことも出来るのだが、そこまではしなかった。

やがて渓谷に辿り着くと、ジンフォンは降下して、近くにシィンワンを降ろした。ヨウチェン達も次々と降り立つ。ヨウチェン達の竜が、脚に摑んでいた台車を、ゆっくりと地上に下ろした。馬車の荷台のような箱型の台車は、通常竜に乗れない人々を運ぶために使うものだ。

その台車の扉が開き、中からシェンファ、インファ、ナーファ、アイファが現れたので、シィンワンは驚きのあまり目を見開いて、口をぽかんと開けてしまった。言葉もなく呆然《ぼうぜん》と立ち尽くすシィンワンの下へと、皆が集まってきた。

「姉上、何しにいらしたのですか？　ここは危ないのですよ!?　城へお戻りください」

「いいえ、戻りませんよ」

シェンファは、ニッコリと笑って否定した。

「貴方一人では心もとないから、私達もお手伝いすることにしたの……助かるでしょ？」

シェンファにそう言われて、シィンワンは目を丸くした。

「手伝うって……これから何をするのか分かっているのですか？」

「ええ、分かっているわよ。なんだかワクワクしちゃう」

シェンファはインファと顔を見合わせると、クスクスと笑った。

「お兄様、心配なさらなくても大丈夫よ。みんなで一緒にいれば、きっと大丈夫」

ナーファが、のんびりとした口調でそう言ったので、シィンワンは呆れて声も出なかった。

「兄上ほどの力は持っていませんが、我らもロンワン。多少なりともお役に立てます……兄上がおっしゃったのではありませんか、国のために兄弟で力を合わせよと」

ヨウチェンがそう言って微笑んだので、シィンワンは真面目な顔になって、みんなをみつめた。

「ありがとう……心強いよ」

それからしばらくして、遠くに一団が見えてきた。


エルマーン王国では、ラウシャン、タンレンとシェンレンを主軸として、シーフォン達の統率がなされていた。シィンワン達が不在となっている王城で、不安に思い動揺する者達を鎮《しず》めるためだ。

下位のシーフォン達には、すべてを知らされてはいなかった。力の弱い下位のシーフォン達は、パニックが起きた時に、自身の竜を抑え鎮めることが出来ない。竜王不在の今、不要な混乱は避けたかった。

だがすべてを教えれば動揺して混乱しかねないけれど、一部のことしか教えないと、それはそれで今何が起きているのかと不安を覚えて動揺する。

そんな下位のシーフォン達を諫めて、鎮めなければならない。

大広間には、すでに何人もの下位のシーフォンが、何が起きているのか説明しろと、不安を口にしながら詰めかけていた。空には彼らの竜達が、咆哮《ほうこう》を上げながら落ち着きなく飛びまわっている。そのただならぬ様子に、城下町のアルピン達も、道に出て不安そうに空を見上げていた。

「どうしたものか……」

タンレンが頭をかいた。

「やはりロンワンの兄弟全員が不在というのは、ただごとではないと誰だって思ってしまうでしょう。皆がエルマーンはどうなるのだと、不安がっています」

シェンレンがそう言ったので、タンレンは腕組みをして悩んだ。

「まったくどいつもこいつも、情けないことだ……」

ラウシャンが、嘆かわしいと呟いて、眉根を寄せて首を振るので、タンレンは苦笑した。

「皆さん！　落ち着いてください！」

シーフォン達が不安そうな顔で集まる大広間に、凛《りん》とした声が響き渡った。

皆が声のする方を見ると、そこに兵士を十人ほど引き連れた龍聖の姿があった。

「リューセー様……」

「リューセー様」

皆が一斉にその名を呼んでざわついた。

「その出立ちは……いったいどうなされたのです」

タンレンが声をかけると、龍聖は微笑んで、タンレン達の下へとやってきた。龍聖は動きやすい衣服に身を包み、左手には弓、背中には矢をたくさん備えた矢筒を担いでいた。

龍聖に付き従う兵士達も同じように弓を装備している。

「シィンワンは、オレに隠していたけど、今、この国が大変なことになっていることは、オレも知っています……もちろん……詳しいことは分からないけど、西の大陸から侵略してくる人達というのが、とてもやばい人達で、それを食い止めるために、シィンワン達は行っているんだってことぐらい……知っています。だからオレ、少しでも役に立ちたくて……」

「リューセー様」

ラウシャンもタンレンもシェンレンも、とても驚いていた。

「オレが出来ることなんて大したことではないし、弓で戦える相手ではないかもしれないって分かっています。だけどオレにしか出来ないこともありますよね？　オレがこうして、強気でいれば、皆を奮《ふる》い立たせることが出来るんでしょ？　シィンワンのいない間、この国はオレが守ります。……だってオレはリューセーだし……王妃だし……シィンワンの伴侶だから……皆さんが、オレを助けてくだされば、百人力です！」

龍聖は、少し恥ずかしそうに頬を染めながらも、明るく笑って最後まで力強くそう語った。そこにはもう儚《はかな》げに震えて、自分に自信がないと泣いていた龍聖の姿はなかった。

龍聖の明るく力強い言葉と態度は、その場にいた皆を勇気づけた。下位のシーフォン達の表情が明るくなる。もう誰も不安を口にしていなかった。

ラウシャンは、ニッと笑みを浮かべた。

「我ら老兵も、まだまだやれますよ」

「そうだな」

タンレンもニヤリと笑った。

「リューセー様、母は強しですかな？」

ラウシャンが笑いながらそう尋ねると、龍聖もニッと笑った。

「そうかもしれません」


シィンワン達は、渓谷を越えた西側の地に、吊り橋を背に並んで立っていた。

「兄上、吊り橋を落とさないのですか？」

迫り来る群衆を目前にして、皆の緊張が高まった。

「ぎりぎりになって落とす。そうしないと、別の橋を目指して移動しかねない。こちらに誘導するために、橋を残しているんだ……もしもの時は、姉上達だけでも、橋を渡って逃げられるし……」

「まだそんなこと言ってるの？　私達は逃げないわよ」

シェンファが呆れたようにそう言ったので、みんなが笑った。

次第に一団が近づいてくる。先頭の者達の顔がかろうじて判別出来るくらいの距離になった。

「正気をなくしているわね……呪術師に操られているのね」

その生気のない表情を見て、インファが呟いた。

「みんな……手をつないで」

シィンワンがそう言うと、兄弟は手をつないで横一列に並んだ。

「私が最初に力を使うので、取りこぼした分をお願いします」

シィンワンが皆にそう言うと、真剣な顔で前を向いた。

オオオオオオッとジンフォンが咆哮を上げた。ビリビリと空気が震える。その波動に、一団は足を止めた。その隙をついて、シィンワンがカッと目を見開き、その金色の瞳が赤く光を放った。

ドサドサッと糸の切れた操り人形のように、先頭から何百人という人々が、その場に倒れた。ヨウチェン達も瞳を赤く光らせる。バタバタと人々が折り重なるようにして、倒れていった。その後ろから倒れている者を無視するように、前へ進み出る者も、シィンワン達の力を受けて、またバタリバタリと倒れていった。

しかしそれでもまだ、次々と後ろから現れる。

シィンワンは、こんな風に一人ひとりを倒していたらきりがないと、頭の隅で考えていた。

「みんな……目を閉じて、意識を私に集中させてください」

シィンワンはそう言うと、ヨウチェンとシェンファとつないでいる両手に力を入れた。そして自分も目を閉じる。みんなの力が集まってくるのを感じた。それはとても温かい力だった。

シィンワンの長く赤い髪が、逆立っていく。次第にその体から光が溢れ出すように輝きはじめていた。シィンワンの姿が光に包まれて、輪郭《りんかく》も見えなくなった瞬間、ヴァンッと空気が弾けるような音がして、光の波が四方へと飛び散る。前方の呪詛を受けた一団の行列は、バッと一瞬にして全員がその場に倒れてしまった。まるで津波によって押し倒された木々のように、一瞬にして行列となって向かってきていた三万の人々が気を失って倒れた。

その光の波動は、港にまで達し、沖にいた船団は、煽られるように斜めに船体を傾けた。船に乗っていた船員達も次々と気を失って倒れた。その中にはたくさんの呪術師の姿もあった。

シィンワンが目を開けると、目の前にはたくさんの倒れている人々の姿があった。肩で大きく息を吐くと、左右に視線を向けた。

「ヨウチェン、シェンファ姉上、インファ姉上、ナーファ、フォウライ、アイファ、ファーレン……みんな大丈夫か？」

名前を呼ばれて、みんながふらふらとなりながらも顔を上げた。かろうじて気を失わなかったが、シィンワンの強力な波動に中《あ》てられた感じだった。

「あれは……全員祓えたの？　死んでるわけではないのよね？」

シェンファがそう呟いたので、フォウライがゆっくりと倒れている人々の下へと歩いていった。しゃがみ込み、倒れている者の脈を診《み》る。二〜三人の様子を確認してから立ち上がった。

「大丈夫だ。みんな気を失っているだけだ」

そう告げると、シィンワンもホッとしたような表情になった。

フォウライは、ふと倒れている者のうなじに、白い正方形の紙片のようなものが張りついていることに気が付いた。再びしゃがみ込むと、短剣の柄の部分で、その紙片に触れてみた。するとそれはボロリと崩れてしまった。すでに灰となってしまっているようだ。他の者のうなじを確認しても、皆同じだった。おそらくこれが呪符だったのだろう。

サァーッと風が吹くと、ぶわりと灰が白い霧のように舞い上がる。フォウライは思わず袖で鼻と口を覆って目を閉じた。慌てて立ち上がると、その場を離れてシィンワン達の下へと戻った。

「我らはもうこの者達に関わらない方がいい」

シィンワンがそう言うと、ファーレンが驚いて「このままにしていくのですか？」と聞いた。

「この者達は、訳が分からぬうちに巻き込まれた者達だ。だがそれは、我らとは国交のない、関係のない国の人々のこと。我らが彼らを助けたのは、彼らのためだけではない。我らは我らの国を守るためにやったまでのこと。これ以上関われば、政治的な話になってしまうだろう。……申し訳ないが、そこまでは我らも関与出来ない」

ヨウチェンが、シィンワンに代わって説明をした。女性達は表情を曇らせたが、皆が仕方ないというように、その場を去ることにした。

渓谷を挟んだ東側で待機していたフォウライの部下のシーフォン達に、橋を落とすように後始末の指示をして、シィンワン達はエルマーンへの帰途に就いた。


城に無事に戻ったシィンワン達は、精根尽き果てて、そのまま倒れ込むように眠ってしまった。

龍聖は、ベッドで安らかな寝息を立てるシィンワンに膝枕をしてあげて、その髪を右手で優しく撫でながら、しばらくの間寝顔をみつめていた。龍聖の魂精によって、血色をなくしていたシィンワンの頬に、ほんのり赤みが差してくる。それを確認すると、安堵したように左手にしっかりと握っていたシィンワンの左手を、そっと持ち上げて手の甲に優しく口づけた。

結局、龍聖は何も出来なかったけれど、何も起こらなくてよかったと思う。ラウシャン達には、龍聖が武装したことは、シィンワンには秘密にしておいてほしいと頼んだ。

シィンワン達の戦いが、どれほど大変なものだったか気になるが、もしもシィンワンがそれを隠そうとするようならば、龍聖も気づかないふりをしようと思った。

それでシィンワンが安心し、何も知らない龍聖によって癒されているというのならば、何よりだと思う。

この世界に来て十二年。色々なことがあって、自分を見失ってわがままを言ってシィンワンを困らせたり、失敗ならたくさんしてきた。でも同じ失敗は二度としない。もうシィンワンを困らせたくない。シィンワンを信じて、ずっとこれからもシィンワンの側にいよう。

だけどいつかシィンワンに「貴方は嘘をつくのがとても下手だということを知ってる？」といってやろうと思った。龍聖はそんなことを考えながら、起こさないようにそっと膝枕を外すと、眠っているシィンワンの頬に口づけて、両手で抱きしめて添い寝をした。

終章

エルマーン王国に平和が訪れた。

西の大陸では、相変わらず各地で戦争が起こっているようだったが、以前よりも随分静かになったと、風の噂に聞いた。

ヴァルネリのラハトマから、問題の呪術師達は、シィンワンの力で、たくわえていた負の力をすべて祓われてしまい、その反動で魔力も失ってしまったと教えられた。もう呪術師にもなれず、普通の人間として、どこかの国で暮らしているだろうと言っていた。だからもう二度と、竜の力を狙うことはないだろう。

あの騒動については、エルマーンの国民には、詳細を知らされることはなかった。人々は、何か大事が起こっていたことは理解していたが、国存亡の危機が訪れていたとは誰も夢にも思わなかった。

そのためアルピン達は「シィンワン王の治世は、もっとも豊かで穏やかで平和な治世だ」と口々に言うほどだった。

その通りに、平和で穏やかな日々。

レイワンとシィンレイという二人の王子に恵まれて、竜王と龍聖は幸せな日々を送っていた。

送っていたはずだった。

「ツォン……オレ、考えたんだけど、一度お医者様に診てもらった方がよくないかな？」

突然龍聖がそんなことを言い出したので、ツォンはとても驚いた。

「どこか具合が悪いのですか⁉」

真っ青になって、ツォンがそう言ったので、龍聖は少し困ったような顔になる。

「んー……ごめんね、心配をかけるつもりじゃなかったんだけど……でも、やっぱり、どこかおかしいんじゃないかと思って……」

「どこがおかしいのですか？」

「分かんない……」

龍聖はそう言って深い溜息をついた。ツォンは、訳が分からなくて戸惑っている。

「だって……全然妊娠出来ないなんて……オレの体がどこかおかしいんだよ……もしかして卵室がなくなっちゃったんじゃないかと思うんだ」

それを聞いてツォンは、とても驚くとともに、少しだけホッと安堵した。

「そのことでしたら、何度も申し上げますけど、そんなに気にされることなどないのですよ？　すでにお二人も王子をお産みになっているのですから、むしろ自慢なさってもいいくらいです」

ツォンが笑顔でそう言ったが、龍聖は沈んだ表情のままだ。

「オレだって……そういう風に考えようって思ってたんだ……少し前まではね。だけどやっぱり、もっと子供が欲しいし……シィンワン見てると、兄弟が多いのっていいなぁって思うから、四～五人は子供が欲しいと思ってて……だからシィンワンとも話して、エッチの時、色々と試してみたんだよ？

卵室の入口を探って、出来るだけそこに射精するようにとか……いっぱいした後は、こう……右側を下にして、じっと動かないように寝るとか……卵室が右側にあるって聞いたからさ、中に入った卵核が流れないようにさ……でも全然ダメ……シィンレイが生まれてから、もうすぐ五十年だよ？　二人とも大きくなっちゃって……」

龍聖はそう言って、深い溜息をついた。

「ですが、陛下もリューセー様も、まだまだお若いのですから、これからまだ百年くらいは子作りが出来るのではないですか？　そんなに思いつめられなくても大丈夫ですよ」

ツォンが心配そうな顔で、そう言ったので、それを見て龍聖は困った顔になる。

「ごめんね、ツォン……そんな顔させて……。オレが悪いって分かってる……でもシィンワンの子供をたくさん産みたいんだ……なんで出来ないんだろう」

そう言ってまた溜息をつく。

「ごめん、今だけ愚痴《ぐち》吐かせて！　本当に考えすぎだよね。悪い癖だよね、分かってる。なんかさ、最近はシィンワンにもあんまり言えなくなっちゃって……。オレがあんまり、出来ないいって言うから、シィンワンに、『私に原因があるのかも……』なんて言わせてしまって……オレ、最悪だよね……シィンワンにそんなこと言わせるなんて……シィンワンは悪くないのに……。だからもう考えないようにしたいんだけど、でもやっぱり子供が欲しいんだ」

龍聖はそう言うと、両手で顔を覆った。

「兄上、兄上」

本を読んでいたレイワンの所に、弟のシィンレイがやってきた。

「ん？　何だい？」

「ねえ、相談があるんだけど」

「何だい？」

「お母様に何か贈り物をしたいんだけど、何をあげれば喜んでくれると思う？」

真面目な顔でそう聞かれて、レイワンは少し首を傾げた。

「なんで母様に贈り物をするんだい？　何かのお祝い？」

「そうじゃないけど、最近、お母様の元気がないから……何かあげて喜んでもらえたら、元気になってくれるかな？　って思って」

レイワンはじっとしばらく考え込んでいた。

「母様が欲しいものは分かるけど……贈り物としてあげられるかどうか……」

「え!?　兄上はお母様が欲しいものを知っているの？」

「うん」

「教えて！」

「いいけど……手に入れるのは難しいと思うよ」

レイワンが困ったように言うと、シィンレイは、なおもしつこく教えてと強請《ねだ》った。根負けしたレイワンが、ひとつ溜息をついた。

「母様は赤ちゃんが欲しいんだよ」

「赤ちゃん⁉」

「そう、僕達の弟か妹が欲しいんだよ」

「それって……どこに行けばあるの？」

「それは僕も知らないんだ」

レイワンが困ったように言うと、シィンレイは腕組みをして、眉根を寄せて、「う〜ん」と唸りながら考えはじめた。

「そうだ！　探しに行こう！」

「探すって……どこを？」

レイワンは少し驚いていたが、シィンレイはいたって真剣なようだった。

「それが分からないから探すんだろ？」

シィンレイは、当たり前だろっという感じで答える。レイワンは首を傾げた。

「ねえ、探しに行こうよ！　ねえ！」

シィンレイは、レイワンの手を引いて、無理やり捜索に向かった。レイワンは、乗り気ではなかったが、押しに弱くて断れない性格だったので、いつもこうやって、強引な弟に振りまわされるのだ。

シィンレイに引っ張られながら、廊下を歩いた。ひとつの扉の前でシィンレイが止まった。クルリと振り向いてレイワンを見ると、ニッと笑う。

「実はね、歩きながら閃《ひらめ》いちゃったんだ……ここ、この部屋、絶対ここに赤ちゃんがいると思うんだ」

「え？　どうしてだい？」

「だってね、僕知ってるんだ。この部屋は卵の部屋なんだよ……聞いたもん」

「卵の部屋？」

「そう、卵を大事に守る部屋なんだって……母様から、僕は卵から生まれたんだって聞いたもんね。だからきっとここに赤ちゃんがいるんだよ」

シィンレイは、自信満々という顔でそう言った。

「だけどこんなに近くにあるなら、母様も知っているはずだよね？　こんなに近くに赤ちゃんがいるなら、母様も『赤ちゃんが欲しい』なんて言わないで、ここに来ればいいだろう？　だからここにはいないと思うんだよ」

レイワンが冷静にそう言ったので、シィンレイはぷうっと頬を膨らませて怒った。

「兄上の意地悪！　探しもしないで、なんでそんな意地悪を言うんだよ」

「別に僕は意地悪のつもりじゃ……」

レイワンは困ったように眉根を寄せて俯いた。シィンレイはずっと膨れたままだ。

「殿下方、ここで何をなさっているのですか？」

二人が顔を上げると、そこにはファーレンが立っていた。二人を見てにっこりと笑う。

「叔父様！」

シィンレイの表情が明るくなった。

「あのね、この部屋には赤ちゃんがいるんでしょ？」

シィンレイの突然の言葉に、ファーレンはびっくりして目を丸くした。レイワンも困ったような顔でファーレンを見ている。

「えっと……今は、赤ちゃんはいませんよ」

ファーレンは、なぜそんなことを聞かれたのか分からずに、とりあえずそう答えた。

「え～……そうなんだ……」

シィンレイががっかりした様子で、俯いて口を尖らせた。

「でもお二人がまだ卵だった頃、この部屋でずっと私が守っていたんですよ」

「叔父様が⁉」

二人は驚いて同時に声を上げていた。ファーレンはニコニコと笑っている。

「ねえ！　僕が卵だった時、どんな卵だった⁉」

シィンレイが、キラキラと瞳を輝かせてそう尋ねたので、ファーレンは困ったように苦笑した。

「どんなって……つやつやして、健康そうな卵でしたよ」

ちょっと苦しいがそう言うしかなかった。

「そうなんだ～～」

だが意外にもシィンレイは、その答えに満足したようだった。

「兄上は？　兄上はどんな卵だった？」

「ぼ、僕はいいよ」

レイワンが恥ずかしそうに赤くなってシィンレイに言うのに、シィンレイは「別にいいじゃん」と言い返している。仲のいい二人の姿に、ファーレンはクスクスと笑った。

「レイワン殿下は、とても美しい卵でしたよ」

「美しいだって」

シィンレイが、ぷっと笑ったので、レイワンは赤くなって黙ってしまった。

「それで……なんでお二人は、赤ちゃんを探しているんだい？」

「それはね！　お母様に贈り物として差し上げたいからだよ！」

「シィンレイ！」

あっさりとシィンレイが、言ってしまったので、レイワンはとても慌ててしまった。レイワンは、なんとなく赤ちゃんはそういうものではないような気がしていた。だからファーレンに、そんなことを言ってはいけないと思ったのだ。

ファーレンは「あっ……」と言ったまま、一瞬固まってから、困ったように微笑んだ。

「そうか……」

シィンレイは、ファーレンの様子に気づいていなかったが、レイワンは、やっぱりまずいことを言ってしまったのだと思って慌てた。

「それじゃあ、神殿に行くといいよ」

ファーレンがそう言ったので、二人とも首をかしげた。

「神殿？」

「そう……神殿に行って、神様……ホンロンワン様にお願いするといいよ」

「ホンロンワン様にお願いしたら、赤ちゃんが見つかるの？」

シィンレイが、驚いたように言ったので、ファーレンは屈んで、二人の目線と同じ高さになって、二人を交互にみつめた。

「私達シーフォンは、なかなか赤ちゃんが生まれないんだ。だからお母さん達はみんな、赤ちゃんが欲しいっていつも思っている。二人のお母様もそうだよ。だから二人が神殿に行って、ホンロンワン様に、一生懸命真剣にお願いして、二人がいい子にしていたら、ホンロンワン様もお願いを聞いてくれると思うよ。すぐには無理かもしれないけど、待っていたらきっと赤ちゃんが来るよ」

二人は頬を上気させて、顔を見合わせると嬉しそうに笑った。

「ありがとう！　叔父様！」

二人はギュッと、ファーレンに抱きついてから、廊下を走って神殿へと向かった。

二人は神殿に辿り着くと、恐る恐る中を覗き込んだ。子供だけで来るのは初めてだった。神殿の中はとても静かだ。正面の祭壇にある大きな竜の石像が、実はちょっと怖かった。ジンフォンみたいな優しい目をしていないからだ。なんだか睨《にら》まれているように感じる。

しかしあの像は、ホンロンワン様で、赤ちゃんが欲しいとお願いをしなければならない。

二人はぎゅっと手を握り合うと、そっと忍び足で、神殿の中へと入っていった。

祭壇の前まで来ると、二人は上を見上げた。大きなホンロンワン様の像は、近くで見るととても迫力があって、さらに怖い。

二人は手を合わせると、目をつぶって一生懸命お願いをした。

「ホンロンワン様、どうかお母様に赤ちゃんをあげてください。僕はいっぱい勉強をして、わがままも言わないで、いい子にしていますから、どうか赤ちゃんをください」

二人は一生懸命、何度もお願いをした。

「ただいま～」

二人が子供部屋に戻ってくると、養育係のハンヨウの姿はなく、代わりに龍聖とツォンがいた。

「レイワン！　シィンレイ！」

龍聖が椅子から立ち上がった。

「二人ともいったいどこに行ってたんだよ!!」

「え……」

龍聖は駆け寄ってくると、二人の肩を摑んで揺さぶった。

「二人の姿がどこにもないっていうから……心配したんだよ！　子供だけでうろうろしたらダメって言っただろう！　ああ……無事でよかった……」

龍聖はそう言って、その場にペタンと座り込んでしまった。

「リューセー様、私はハンヨウに知らせて参ります」

ツォンはそう言うと、部屋を出ていった。

「ハンヨウは？」

「二人がいないからって、すごく心配して探しまわってるよ」

「ごめんなさい」

二人はしょんぼりとして俯いた。

「いったいどこに行ってたの？」

「神殿」

「神殿!?」

龍聖は驚いて目を丸くした。

「そんな所に何しに行ってたの！　っていうか、あの階は、子供だけで行ったらダメだろう!?　君達が自由に歩いていいのは、この階だけだって、いつも言ってるだろう！」

「ごめんなさい」

また二人はしょんぼりとなった。

「もう絶対黙って出かけたらダメだよ」

「はい」

しょんぼりと反省している様子の二人をみつめながら、龍聖ははあっと大きな溜息をついた。

「じゃあ……ハンヨウにお願いして、一緒なら、また神殿に行ってもいい？」

シィンレイがそう尋ねると、龍聖はまた驚いて首をかしげた。

「神殿になんて、何しに行くの？」

「あのね、ホンロンワン様に、お母様に赤ちゃんをくださいって、いっぱいお願いするんだよ、ナイショだよ」

シィンレイが、小さな声で龍聖にそう言った。

「シィンレイ、お母様に言っちゃったら、内緒じゃなくなるだろう？」

「あ！　そうか！　お母様！　今のはまちがっちゃった！　聞かなかったことにして！」

「お母様？」

シィンレイが、てへへと笑いながらそう言って、レイワンが困ったような顔で龍聖を見ると、龍聖は目にいっぱい涙を溜めて二人をみつめていた。

「ごめんね！　レイワン、シィンレイ……オレが悪かった……ごめんね！　オレ、二人がいればそれでいいんだよ！　オレの大事な子供は、レイワンとシィンレイだから！　ごめんね！　ごめんね！」

龍聖は二人を両腕に抱きしめると、わぁっと泣き出した。

「お母様、どうしたの？　どこか痛いの？」

レイワンとシィンレイは、心配そうに何度もそう尋ねた。


それからひと月ほど経ったある日のこと、レイワンとシィンレイが、勉強をしているところに、龍聖が現れた。

「リューセー様」

養育係のハンヨウが、龍聖の突然の来訪に少し驚いて、一礼をした。

「お母様、どうしたの？」

「勉強中にごめんね……二人にどうしても知らせたいことがあるんだ」

「なに？」

龍聖がニコニコと笑いながら、そう言ったので、二人は本を机の上に置くと、ワクワクとした顔で龍聖を見た。

「あのね、もうすぐ赤ちゃんが生まれるんだよ」

「え!?」

「二人がお願いしてくれたおかげだよ」

龍聖の言葉に、二人は顔を見合わせると、みるみる笑顔になった。

「やったー!!」

二人は飛び上がって喜んだ。

「いつ？　いつ生まれるの？」

シィンレイがキラキラと瞳を輝かせて尋ねた。

「あと四～五日で卵が生まれて、その卵が一年かけて大きくなって赤ちゃんが生まれるんだよ」

龍聖がそう説明すると、二人は顔を見合わせて「たまご」と呟いた。

「たまご!!」

二人はまた飛び上がって喜んだ。


その日の朝は、いつものように家族で朝食を食べた。少しだけいつもと違うのは、龍聖がそのテーブルにいないことぐらいだ。

朝食を食べる必要があるのは、龍聖とシィンレイだけで、シィンワンとレイワンは、食物を摂る必要はないのだが、家族みんなで楽しく会話をしながら、一日の始まりを迎えることを、シィンワンも龍聖も大事にしていた。

「さて、私はそろそろ仕事に行くよ。二人ともまだゆっくり食事をしていていいからね」

シィンワンは二人の息子にそう言ってから、席を立つと寝室へと向かった。

「リューセー、私は仕事に行くけど、何かあったらすぐに……リューセー？」

シィンワンが寝室を覗くと、龍聖がベッドに座ったままうずくまっていた。

「シィンワン……もうすぐ生まれそう……ツォンを呼んできて」

「ああ、分かった」

「あ、待って、子供達はいる？」

「ああ、いるよ、今朝食を食べ終わるところだ」

「じゃあ、二人も呼んで」

「え？」

「二人に、卵を産むところを見せたいから……」

「え？　だけど……」

「お願い」

シィンワンは、戸惑いながらも、とりあえず侍女を呼んで医師と、ツォンを呼ぶように指示した。

ツォンはすぐに来たので、龍聖に言われたことを、相談してみた。

「そうですか……私はよいと思いますよ」

ツォンは冷静にそう答えた。シィンワンは少し考えてから、二人の所へと向かった。

「レイワン、シィンレイ、これからお母様が卵を産むから、一緒に、お母様を励ましてあげよう」

二人は一瞬、とても驚いた顔をしたが、「はい」と元気に即答をした。

シィンワンは二人を連れて、寝室へと入った。ベッドの上に座った状態で、唸っている龍聖がいた。

ツォンが腰を擦りながら励ましているところだった。こんなに苦しそうな母の姿を見るのは初めてで、レイワンもシィンレイも、とても驚いた様子で、入口に立ち竦んでしまった。

シィンワンは二人にもう少し母の側に行くように促し、「がんばれって応援してごらん」と二人の耳元で囁いた。

「お……お母様、痛いの？」

シィンレイが、恐る恐る声をかけた。すると龍聖は顔を上げて振り返る。二人を見てニッコリと笑った。

「大丈夫だよ、痛くはないんだ……ちょっと……苦しいだけ……でも大丈夫だよ」

少し息を乱しながら、懸命に笑顔でそう二人に言った。

「シィンワン……」

龍聖が手を差し出してシィンワンを呼んだので、シィンワンは龍聖の側に行くと、抱きしめて背中を擦った。龍聖はシィンワンの肩にしがみつくと、膝立ちになり、「んっんっ」といきんだ。

「あっ……生まれる……」

龍聖が苦しげにそう呟いたので、ツォンが龍聖の長衣の後ろを少しめくり上げると、両手を添えて、降りてくる卵を受け止める準備をした。

「お母様、がんばって！」

思わずレイワンが大きな声でそう言っていた。龍聖は、ハッとしてレイワン達を見ると、微笑んでみせた。シィンレイが、レイワンの手をぎゅっと握る。

「お生まれになりました」

ツォンが受け止めた卵をそっと掲げた。

「男の子ですよ」

柔らかな布にくるんだ卵をそっと龍聖に手渡した。

「男の子……よく来てくれたね」

龍聖がこぼれるような笑顔で、卵に向かって声をかける。

「リューセー……ありがとう……王子が三人ならば、これほど頼もしいことはない。レイワンの御代《みよ》で、きっと助け合ってくれるだろう」

シィンワンがとても嬉しそうにそう言うと、龍聖は安堵した様子で笑顔を見せた。

「レイワン、シィンレイ、おいで」

シィンワンが二人を呼んだ。二人はまだ少し呆然とした様子でいる。手をつないで近づいてくると、龍聖が笑顔で卵を二人に見せた。

「ほら、君達の弟だよ」

「弟……」

「君達もこんな風に卵で生まれたんだよ」

二人は少し頬を上気させながら、初めて見る卵を、じっとみつめていた。

「僕もお母様がさっきみたいに産んだの？」

「そうだよ、レイワンもシィンレイも、オレが頑張って産んだんだよ」

レイワンとシィンレイは、顔を見合わせた。そして一度卵を見てから、龍聖の顔を見た。

「お母様、ありがとう」

二人は笑顔でそう言っていた。

「こちらこそありがとう」

龍聖も笑顔で二人に向かってそう言うと、シィンワンを見た。シィンワンも嬉しそうに笑っている。

シィンワン王の治世は、もっとも豊かで穏やかで平和な治世だと、誰もが声を揃えて言う。

優しい父と、愛情深い母に育てられた仲のいい三兄弟は、次の御代もまた豊かで平和な王国を築くだろうと、誰もが明るい未来を予見した。

その空には、きっと今と同じように、優しい竜の歌声が響き渡っていることだろう。

森閑たる情炎

空を何頭もの竜が飛び交っていた。

大陸の西方の地にある竜族が治める国、エルマーン王国。

一時は、暗黒期と呼ばれる国が荒れた時代があったが、今はとても平和な国になった。空を飛び交う竜達が穏やかな顔でいるのがなによりの証拠だ。

それはすべて現王フェイワンが、伴侶である竜の聖人、龍聖と共に、幸せな家庭を作り、安定した治世を作り上げていったことにある。

竜王とリューセーが、幸せになれば、周囲のシーフォン達にも影響を与える。

フェイワンと龍聖は愛し合い、子宝にも恵まれ、今まさに幸せの絶頂にあった。その幸せが永遠に続き、エルマーン王国に平和が続くことを誰もが祈っている。シーフォン達も皆、もう二度と暗黒期のような事態にならぬよう、小さな幸せを積み上げて、それを大切にしていた。


廊下を歩く武人の姿があった。彼もまた小さな幸せを大切に育んでいる者の一人だ。国内警備大臣にして、内務大臣のタンレンだ。

彼はフェイワンに呼び出されて、王の執務室へと向かっていた。

竜王フェイワンの従弟であり、親友でもあるタンレンは、日ごろからフェイワンの相談相手になっていた。だから突然呼び出されることがあっても、それはいつもの事で、特に何か問題でも起きたのかと案じることはないし、自分が何かしたのかとうろたえることもない。

いつもと変わらぬ様子で、執務室に向かうと扉を叩いた。

「入るよ」

タンレンがそう言いながら、部屋の中へと入ると、フェイワンはいつものように、山積みとなっている書簡を黙々と片付けているところだった。

「ああ、忙しいところすまないな、もう少しで一区切りつくから、少し待っててくれ」

「ああ……待つのはかまわないが、何か手伝おうか？」

「いや、これはすでに色んな部署の長が、結論を出しているものばかりだ。オレが最終的に把握するために、読んでいるだけだからな」

フェイワンが笑みを浮かべてそう言ったので、タンレンは首をすくめてみせた。

「お前のそういう所は本当に尊敬するよ。こんな働き者の王様は、世界中探してもいないんじゃないか？」

そう言いながらソファに腰を下ろした。フェイワンは特に答えずに、書簡を読んでいる。しばらくして、読んでいた書簡を畳むと、机の上に積まれた書簡の半分ほどを、脇に置かれた木箱の中へと入れた。

フェイワンは立ち上がると、タンレンの下へと歩み寄り、向かいのソファに座った。侍女を呼び、お茶の用意をさせる。

フェイワンは侍女がお茶の用意を済ませるまで、黙ったままで待っている。それを見てタンレンは、「何かあるのか？」と少し訝しんだ。

すぐにタンレンに話をしないということは、例え侍女でも聞かせたくない話なのだろう。何かあったのか？　と、表情には出さないまでも、フェイワンの様子を伺いながら、タンレンはじっと待っていた。

侍女が去ると、フェイワンはゆっくりとした仕草でお茶を飲みはじめた。タンレンは、まだ話をしないフェイワンをじっとみつめながら待っていたが、溜息をひとつついてから、口を開いた。

「オレに何か大事な話でもあるのか？」

「え？　ああ……いや、大事な話というほどではない」

「おいおい、もったいつけるな」

タンレンが苦笑したので、フェイワンは薄く笑うと、カップをテーブルの上に置いた。

「すまない、ちょっと確認をしたかっただけなんだ」

「確認？」

タンレンが眉を少し上げて聞き返す。

「その……お前が、シュレイの送り迎えをしているというのは本当なのか？」

フェイワンがとても言いにくそうな顔でそう言ったので、タンレンは一瞬、驚いたように目を見開いてから、すぐに「やれやれ」と小さく呟いて溜息をついた。

「何事かと思えば、そんな話か」

「まあ、そう言うな……オレも人づてに、しかも、あまり良い話として聞かなかったものだから、念のためお前に確認してみようと思っただけだ」

「どうせラウシャン様だろう？」

タンレンが苦笑しながら言うと、フェイワンは慌てたように手を振った。

「誤解するな、確かにラウシャンからだが、別にラウシャンが良い話でないと言ったわけではない。

下位のシーフォン達が色めいた噂話として面白がっていたと、怒りながら言ってきたんだ。ラウシャンはそういう噂話を放置してどうするのだと、怒っていただけだぞ」

フェイワンが弁明するのを聞いて、タンレンはまた苦笑した。

「あの方らしい……。シュレイの送り迎えをしているのは本当だよ。シュレイが何をしに城の外へ出ているかは、お前が一番知っているだろう？」

「もちろん分かってる……オレが命じたことだ。だがその内容については、まだ公表できないことは知っているだろう？」

フェイワンが、困ったように答えたので、タンレンは笑いながら首を振った。

「お前だって、リューセー様の側近であるシュレイが、そういうとても重要かつ繊細な用事のために、時間を割いて城から離れた場所へ毎週通わなければいけないということが、いかに大変かは想像がつくだろう？」

「そうだが……そこはシュレイにまかせようと思っていた。オレが色々と口を出すよりも、シュレイの方が何事も上手くやってくれるからな」

「そうは言っても……」

タンレンは眉根を寄せて、フェイワンを咎《とが》めるように言った。

「シュレイは最初、一人で馬に乗っていくつもりだったんだ。だがリューセー様の側近がそれではまずいだろうと思って、オレが止めた。そうしたらシュレイが思いつめた様子で、それならば、口の堅い兵士を紹介してほしいと言うものだから……オレが送ってやった方が早いってことになったんだ。もちろんシュレイは、何度も断ってきたが、オレが強引に、勝手にやっている」

「そうだったのか」

フェイワンが驚いたので、タンレンは小さく溜息をついた。

「いや、まあ、王であるお前に、そこまで細かく気を遣えとはもちろん言えないし、むしろお前が知る必要はないと思う。だが……ならばこそ、オレがするべきことだと思ったんだ。別にオレがシュレイを愛しているから、個人的な感情で言っているわけではない。竜王の大切な子供達の養育係を育てるために通っているんだ。大事な政務のひとつだと思うし、シュレイだけではなく、養育係の身の安全を守る必要がある。だが彼は、まだ世間的に公表するのがはばかられる人物だ。シュレイとその者の護衛のために、一個小隊を連れていくわけにもいかないし、たとえ連れていったとしても護衛の兵に、何をしに行っているのか絶対に周囲に漏らさぬように、固く口止めしなければならない。不可能だろう？　通常ならば、城の中で済ませる話なんだ。そういう重要な事ならば、ロンワンが王に代わって解決すべきだし、シュレイと養育係の身の安全を守るのは、国内警備大臣のオレの仕事だ……だからオレは、誰に何を言われようと、送り迎えを続けるつもりだぞ」

タンレンが自信をもってそう言い切ったので、フェイワンは真面目な顔になって考え込んだ。

「ロンワンが、アルピンにいいように使われていると、噂をして嘲笑《あざわら》う者がいるそうだ」

「言いたい奴には言わせておけばいい。どうせ面と向かっては言えないのだ」

「シュレイの送り迎えをするのは、本当に仕事としてなのか？　少しは私的な企みがあるのではないのか？」

フェイワンは言い終わるとニヤリと笑う。タンレンは、「ああ」と意味を理解したが、特に照れる様子もなく、真面目な顔で頷いていた。

「まあ……下心が全くないといえば嘘になるが、別に望まれてやっているわけではなく、オレが勝手におせっかいを焼いているだけだ。迷惑がられようとね。だからそんなことに、見返りを求めるのは図々しいというものだし……オレはもうそういうのは辞めることにしたんだ」

「そういうの？」

フェイワンが不思議そうに聞き返す。タンレンは真面目な表情のままで、何かを思い出しているかのように、少し遠い目をした。

「オレは今まで、随分自分勝手な恋愛をしていたと思う。いや、実際の所オレの片思いだったのだから、恋愛なんかじゃない。シュレイがロンワンであるオレに対して逆らえないのをいいことに、自分の想いを勝手に押しつけてきただけだ。それでどれほどシュレイを傷つけてきたか分からない。その事に気づいてしまった以上、もう今までのようには出来ないんだ」

「じゃああきらめるというのか？」

フェイワンが真剣な顔で尋ねると、タンレンは肩を竦めながら苦笑した。

「まさか！　オレはしつこいからね。そう簡単には諦めないさ……ただやり方を変えるだけだ」

「やり方？」

タンレンは大きく頷いてみせた。

「オレがシュレイの手助けをするのは、オレが好きでやっていることだ。だからシュレイが、迷惑に思っていようと関係ない。オレがやりたいようにやる。シュレイを愛しているから。だけどシュレイからの見返りは求めない。恋人同士としての行為を強要しない。ただ……ほんの少しでもいいから……オレの事を見直してくれると嬉しいなと思う」

そう話すタンレンの顔を、フェイワンは黙って見つめていた。フェイワンの知る限り、シーフォンの中でタンレンほど誠実で情に厚い男はいない。そして意志を貫く強さも、誰も敵《かな》う者はいないだろう。彼はこうと決めたら絶対に曲げない。

フェイワンから見れば、シュレイもタンレンのことを、恋慕の情で慕っていると思う。何がタンレンに「オレの片思い」と思わせているのか分からないが、随分前にシュレイの出生の秘密をタンレンが知ってしまったことがあり、それ以来彼のシュレイに対する態度が少しずつ変わっていったようだ。

それでもあれから30年近くの月日が流れた。タンレンは一体今後どれほどの年月を、見返りを求めない聖人のような愛で、シュレイを守り続けるつもりなのだろうか？　例え相手にされなくても、もっとぐいぐい攻めるのが、タンレンの愛し方だと思っていたが、これが彼の愛だというのならば、フェイワンはタンレンのことを、少々見誤っていたか……。

「タンレン……オレはお前がもっと……オレよりももっと激しい愛し方をするんだと思っていた。もっとぐらぐらと燃え滾《たぎ》るような情念を内に持っていると……」

「持ってるさ……だから以前は強引にシュレイをオレのものにしたし、リューセー様にさえ嫉妬を覚えた。シュレイがオレを見てくれないというのならば、どこかに閉じ込めてオレしか見れなくしてやりたいとさえ思う……オレの中は灼熱の溶岩のようなどろっどろの情炎が燃え滾っているよ……今もね」

タンレンは穏やかな顔でそう言った。そんな想いを自ら封じ込めてでも、シュレイを大切にしたいという想いに、タンレンの本気を見た気がした。それならば親友のために全力で見守ってやろうとフェイワンは思い、それ以上は何も言わなかった。

一頭の竜が風に乗って、低空を飛んでいる。その背には二人の人物が乗っている。タンレンとシュレイだ。その日は、シュレイが郊外にある一軒の館へ通う日であった。

いつものようにタンレンが送り届けて、夕方に迎えに行く。5年も続けていれば、もうそれはほとんど日常に近かった。

だがその日は、いつもとはほんの少しだけ違っていた。シュレイの様子がおかしい。それは普通ならばまったく気づかないような、わずかな変化だった。だが誰よりもシュレイの事を知っていると自負するタンレンには、すぐに察することが出来た。たぶんシュレイ自身さえも、そのわずかな変化に気づいていないだろう。

送り届けた時に気づいてから、これは言われるな……と直感した。案の定シュレイは「城に戻ったら話がある」と、とても思いつめた表情で言い出した。聞かなくったって分かっている。『話』とは、もうタンレンに送り迎えをしなくていいと、言い出すつもりなのだろう。

これが初めてではない。もう何度もシュレイは、断ってきた。何度断られても、タンレンの返事は決まっているし、結果も分かっている。それでも毎回、手を変え品を変え、なんとか断ろうというのだから、しつこいタンレンが言える立場ではないが、シュレイもまた諦めが悪いと思う。

「城に戻ったら」と条件を付けてきたのは、たぶん一方的に断りを言って、そのまま言い逃げするつもりなのだろうと予想していた。

一応、シュレイも今までの経験を踏まえて、方法を考えてきているようだ。出発前だと、タンレンが騒ぎ立てて、出かけること自体を妨害されてしまうし、送った先で言えば、城に戻さないと言われてしまう。だから今日の送迎が無事に完了した帰りに、城に戻ったところで「これを最後にもう送迎は結構です。さようなら」とそのまま言い逃げするつもりなのだろう。

まあ、そうなったとしても、次回いつものように、シュレイを迎えに行けば良いだけなのだから、別に構わないのだが、何度断りを反古《ほご》にされても、まだ性懲りもなく断ろうとするその態度が憎らしい。

ここはひとつ裏をかいて、断りの言葉を言えなくさせてしまわねば、気が済まないと思った。クールに澄ました顔を、少し困らせてやりたい……そう思ったタンレンは、「話がある」と切り出したシュレイに、「ちょっと寄り道をしよう」と言って、真っ直ぐ城には戻らず、郊外にあるタンレンの別荘へと向かった。

案の定、シュレイは困惑した顔をしている。

タンレン達を乗せたスジュンは、小さな湖の湖畔に建つ立派な館の側に降り立つと、ゆっくりと地に伏せて、背中の二人を降ろした。

「で？　話ってなに？」

ソファに座り、部屋をもの珍しそうに見回していたシュレイに、向かいに腰かけたタンレンが突然切り出した。

「え？」

「さっき話があると言っていただろう？」

「……それは……城に戻ってから」

「ここでは話せないのか？　誰もいないよ？」

シュレイはとても困っている。形の良い眉を少し寄せて、目の前に置かれたお茶の入ったカップをみつめたまま、しばらく沈黙していた。そんなシュレイを、タンレンは楽しそうにみつめている。

「話というのは……もう、私の送り迎えは結構ですと……お断りしようと思ったのです。随分長い間、タンレン様のご厚意に甘えてしまって……申し訳ありませんでした」

「またその話？」

タンレンが溜息と共にわざとらしく言うと、シュレイは益々困ったように、きゅっと眉根を寄せている。追い詰めるつもりはないが、かわいさ余って……今回は、ちょっといじわるして困らせてやらないと腹の虫がおさまらない。

「何度も申し上げたかもしれませんが、今回は本気です。本当にもうこれを最後に、送迎は結構です。今までありがとうございました」

深々と頭を下げるシュレイをみつめて、そのかわいい唇が、性懲りもなくそんな言葉を言うなんて憎らしいと思いながら、タンレンはそっと腰を浮かせると、シュレイの隣に移動した。

「なんで今回は本気のお断りなんだい？」

「そ、それは……」

突然すぐ側で言われて、驚いて顔を上げたシュレイが、タンレンと目が合うと少し赤くなって視線を外した。昔からシュレイは、こうして近くでみつめると、少し頬を染めて目を逸らしてしまう。そんなかわいい態度を取られると、勘違いしてしまうのも仕方がないだろう。タンレンを拒む言葉を紡いでいる今でさえ、こうなのだから……。

「リューセー様が……私がタンレン様とデートに出かけていると誤解されていますし……それ以外にも……他のシーフォンの方々にも誤解されているようなので……もうこれ以上、タンレン様にご迷惑をおかけするわけには参りません」

「シュレイ、オレは好きでやっていることなんだって、もう何回も言ったよね？　君が今まで何回断ろうとしたか覚えてる？　そしていつも断れずに失敗しているよね？　本当は城に戻って、これだけ告げて逃げるつもりだったんだろ？」

「え？」

あんまり憎らしいので、焦らさずにずばりと指摘してしまった。シュレイはその形のいい美しい眉を寄せて、小さく唸ってしまう。タンレンは心の中で溜息をひとつついた。

「シュレイ……この際だから、もう玉砕覚悟で聞くけど、君はどうしたいの？」

結局焦れて我慢出来ずに先手を打ったのは、タンレンの方だった。ゆっくりといじめるつもりだったのに、追い詰めて答えを求めようとしてしまった。

「オレが送迎するのは迷惑なのかい？」

「迷惑だなんて……」

「シュレイ、本心を言ってくれ、君が心から迷惑しているのならばやめるから」

それが禁じ手であることは承知している。そんなことを言えば、絶対にシュレイが嫌でも「迷惑ではありません」としか返事が出来ないと分かっている。ずるい手だ。だがずるいのも、禁じ手なのも承知で使うのは、それだけタンレンに余裕がなくなっている証拠でもあった。

こんなに我慢して、シュレイにひたすら尽くし続けてきた。見返りを求めるつもりは毛頭ないが、もういい加減にタンレンの行為を素直に受けてくれてもいいだろう。シュレイだって、決してタンレンの事を憎からず思ってくれていて、誤解かもしれないけれど、恋慕に近い感情を少しは持ってくれているはずなのに……なぜ頑なに拒み続けるのか……？

「……ずるい」

しばらくの沈黙の後、小さくシュレイがそう言った。一瞬聞き違いかと思った。

「え？」

聞き返したが、シュレイは唇をキュッと結んで、二度目は言わなかった。

だが今確かにシュレイは「ずるい」と言った。ずるい？　シュレイがタンレンに向かって言ったその言葉には、すべてが集約されていた。シュレイがタンレンの好意をすべて分かった上で、これが禁じ手だということも理解し、つまりタンレンがシュレイにどう答えてほしいのかも、意図もすべて含めて分かっていると示唆《しさ》しての「ずるい」だ。

まさかそれをシュレイが口にするなんて……と思ったら、全身がカッと熱くなっていた。ずっと体の奥底で燻《くすぶ》っていた情炎が、一気に爆発したように思った。

考える暇《いとま》もなく、タンレンはシュレイの顎に手を添えて、唇を重ねていた。一度軽く重ねて、そっと離した。目の前のシュレイの蒼い瞳が、まっすぐにタンレンの瞳をみつめ返した後、ゆっくりと瞼が閉じられた。それが合図のように、再び唇を重ねた。今度は深く吸った。体を強く抱きしめて、シユレイの薄く柔らかな唇を包み込むように深く吸った。

シュレイは、身じろぎもせず静かに座っている。ゆっくりと唇を離した。強く抱いていた体も開放する。

「シュレイ……愛してる」

わずかに残る理性で、暴走しそうになる自身を抑え込む。拒まれるのではないかと恐れながら囁きかけると、シュレイは目を開いてタンレンをみつめて、困ったように少し眉を寄せてから目を伏せた。

「シュレイ」

今度ははっきりとその名を呼んだ。すると再びシュレイがみつめ返してきた。

「これは夢か？」

タンレンはそう独り言のように呟いて、恐る恐る右手を伸ばして、シュレイの頬を撫でた。とても信じられなかった。シュレイがタンレンの想いを受け入れるなど、自分が都合のいいように見ている夢でしかありえない。

「なぜ……私なのですか？」

シュレイが口を開いた。珍しく少し狼狽《ろうばい》したような声だった。

「シュレイ」

「何度も……貴方は何度もそう言う……どんなに拒んでも……。すみません、分かっているのです。誠実な貴方の心には、なにひとつ曇りもなく、本当にそう思って、私に言い続けてくれているのだと。……でもなぜ？　と……。私には分からないのです。なぜ私のような者なのかと……貴方に愛される価値など、私にはありません」

「君が……オレが愛するに足る価値のある人かどうかは、オレが決める。君はオレに無理に応える必要もない……ただ拒まずに受け入れてくれれば、それだけでいいんだ。オレは何も望まない。君を愛している。シュレイ」

すべての想いをこめて「愛している」と囁いた。抱きしめると、それに応えるようにシュレイが両腕を回してきた。タンレンは一瞬ハッとして頬を上気させた。唇を重ねて深く吸うと、シュレイも応えてくる。舌を絡め合い、夢ではないと確かめるように、夢中で求めた。

ソファに押し倒し、シュレイの白く細い首筋を吸うと、シュレイが甘い声でタンレンの名を呼んだ。

「シュレイ……もうオレを止めることは出来んぞ」

タンレンは最後の警告として囁くと、シュレイはその答えとして、目を閉じて小さく喘ぎを漏らす。

タンレンの中で、何かが爆発した。

乱暴にむしり取るようにシュレイの上着を剝いでいた。剝き出しになった白い胸に唇を這わす。薄い色の乳輪を唇に含んで強く吸うと、シュレイの唇から甘い喘ぎが漏れた。耳に心地いいその媚薬は、どんどんタンレンの情炎を燃やす燃料のように投下されてくる。

両手で隅々まで、夢ではないと……自分のものであると確認するかのように撫でまわす。何度も抱いたから知っている。すべてを知り尽くしている体なのに、初めて触れるかのように新鮮だ。

くちゅりと音を立てて、しつこいくらいに両の乳首を吸い上げると、赤く色づいてぷくりと腫れ上がった。

胸から腹へと降り、腰のラインをなぞるように、唇で辿った跡を付けていく。白い肌にうっ血した跡が点々と残された。

「あっ……んんっ……ぁっ……」

シュレイは声を上げないように必死で耐えているが、乱れる息はどうしようもなく、荒い息遣いと共に声が漏れる。それはタンレンを焚《た》きつけるだけだった。

シュレイのズボンを剝ぎ取ると、すべてがむき出しになった。

かつては痛々しかった股間の傷は、皮膚がひきつるような跡が薄く残るのみで、以前ほどの生々しい傷跡ではなくなっている。排泄に使用するためだけに残されているような小さな陰茎を口に含むと、シュレイの体がびくりと震える。勃起はしなくても神経は残っているのだろう。口の中で陰茎を擦って愛撫していると、シュレイの腰が震えて、唇が甘い喘ぎを漏らす。

「あぁっ……いっ……ゃあぁっ……あっあっ……」

タンレンは陰茎を舌で愛撫しながら、唾液をわざと落とし、陰茎を伝って後孔まで濡らすと、右手の人差し指を孔の中へと差し入れてそこを解す。

入口はとても狭くてきつかったが、時間をかけてゆっくりと解すことにした。念入りに指で愛撫し続け、指の数を増やすのも少しずつ丁寧にした。

シュレイを二度と傷つけたくなかった。次にシュレイを抱くことがあれば、今度は気持ちよくしてやることだけを一番に考えようと思っていた。

シュレイは自分の体を汚いもののように思っている。宦官《かんがん》としての手術を施された体を、男でも女でもない体を、とても汚いもののように思っている。だから傷つけても良いとさえ自身が思っているのならば、もっと大切にしてやろうと思っていた。

決して慰《なぐさ》み者ではない。性欲のはけ口に使っているわけではない。シュレイの全てが愛しいのだと……銀糸のように美しい髪も、蒼い瞳も、筋の通った鼻も、柔らかな唇も、形のいい耳も、細い首筋も、頼りなげな細い肩も、長い両手も、薄く引き締まった筋肉の付いた体も、しなやかに伸びた足も、手術跡の残る股間に至るまで、その全てを愛していると教えたい。

ゆっくりと時間をかけて入口を解し、指が三本楽に入るようになると、指を引き抜き口を開いた秘孔に限界まで怒張し、腹に着くほど反り上がっている昂りの先を宛てがった。

左右に開かせた足を、腰の両脇に抱え込むと、ゆっくりと昂りをシュレイの中へと埋めていく。

「ああっあっ……はぁっ……んんんんっ……んんっ……あっあああっ！」

熱い肉塊がゆっくりと押し入ってくる感覚に、シュレイは身を捩らせて喘いだ。声を我慢することが出来ない。貫かれる感覚には、痛みはなかった。内壁を擦られ、肉を割って入ってくる熱さに、背筋が痺れる。深いところにまで届いているようだ。

シュレイの体の中が、タンレンで満たされているようで、その熱さにただただ震えた。びくびくっと腰が痙攣して、タンレンの昂りを締めつける。

「シュレイ……大丈夫か？……痛くないか？」

優しく声をかけると、シュレイは朦朧《もうろう》となりながらも、首を振ってみせた。

頬を上気させて甘い声で鳴くシュレイの顔は、とても妖艶だった。今まで何度も抱いたはずなのに、こんなに艶やかなシュレイは知らない。

ゆっくりと腰を動かし抽挿を始めると、律動に合わせてシュレイが喘ぎはじめた。

「あっあっ……んんっ……あっ……やぁっ……ふっ……ああっ……ああっあっあああっ」

次第に腰の動きを速めた。

「シュレイ……すまない……ずいぶん久しぶりだから……すぐにでも射精してしまいそうだ」

タンレンは顔を少し歪めながら苦笑してそう言うと、小さく呻きながら、ゆさゆさと腰を揺さぶり続けた。

「シュレイ……愛してる……愛してる」

タンレンは何度も囁きながら、腰を激しく動かし、やがてぶるりと震えると、シュレイの中に勢いよく射精した。

「あっ……あああっあ――――っ!!」

シュレイも体の中に注ぎ込まれる熱い迸りを感じて、背を反らしながら声を上げた。

静かに熱が去るのを待って、残滓《ざんし》まで吐き出し終わると、タンレンはゆっくりとシュレイの中から肉塊を引き抜いた。

シュレイはぐったりとした様子で、ソファに身を沈めている。

タンレンは体を起こすと、シュレイを抱き上げた。

「タンレン……様……」

「これで許したわけではないよ」

タンレンは優しく囁くと、シュレイを抱いたまま寝室へと連れていった。

ベッドに寝かせると、自身の服を乱暴に脱ぎ捨てて、シュレイの上に覆いかぶさり、唇を重ねて深く浅く愛撫する。唇を離して顔を上げると、両手でシュレイの頬を包むように添え、じっとその美しい顔をみつめた。シュレイが目を開けて、タンレンをみつめ返す。

「シュレイ……愛してる」

熱い声で囁くと、シュレイの蒼い瞳が少し揺れたが、逸らされることはなかった。ほんのりと頬が赤く染まっている。タンレンは愛しげにじっとしばらくみつめていた。

「シュレイ、オレは間違っていた。オレは自分の想いをお前に押しつけて、お前の気持ちも聞かずに一方的に愛することで、勘違いしたまま満足していた。それでお前を傷つけていたとは気づかずに、ただひたすらに一方的にお前を愛していると、愛を押しつけてきた。だがその間違いに気が付いた。謝罪はしない。謝罪したら、オレの愛までが嘘になってしまうから……お前を愛する気持ちは昔も今も変わらない。お前を抱くことを止めたのは、間違いに気づいたからだ。お前への愛がなくなったわけではない。ずっとお前を愛している」

タンレンは微笑みながら、優しい声でシュレイに囁いた。

シュレイの蒼い瞳が揺れたが、もう逸らしはしなかった。じっとタンレンをみつめ返している。

「次にお前を抱く時は、お前がオレのことを愛し、オレの気持ちを受け入れてくれた時だと誓ってきた。その時がもしも永遠に来ないとしても、それでもいいとさえ思った。お前の側にいられることが何よりの幸せだと分かったからだ。ずっと永遠にお前の側にいられるならば、それでいい……拒まれても愛していると言い続けられればいい。愛してる。シュレイ」

「タンレン様」

シュレイが何か言い返そうとしたので、タンレンはシュレイの口に人差し指を当てて「シィー」と言って話すことを制した。

「お前の近くで、ただ側にいる幸せを味わいながら、それでも少しずつ、今まで不確かだと思っていたことが、形になって見えてくるのが分かった。それは本当にわずかな変化だったけれど……でも今度は決して間違えることはない。オレはちゃんと確かめた……夢かと思ったけれど……シュレイ……お前もオレのことを愛してくれていると思ってもいいんだね？」

「でもタンレン様……私は……」

シュレイが少し眉を寄せてせつない顔で、タンレンをみつめている。

「シュレイ、もしもまた私が間違っているのならば、私は自分自身を許せずに罰しなければならない。だけど今度は勘違いではないんだと、そんな自信があるんだ。君がさっき言った……ずるいと言ったのは、聞き間違いではなかったはずだ。シュレイ……君もオレを愛している。そうだね？」

シュレイの瞳が揺れる。しばらくの沈黙の後、シュレイは目を閉じて「はい」と答えた。

「シュレイ、オレの恋人になってくれるね？」

シュレイは目を開けて、困っているような顔でタンレンをみつめる。タンレンは微笑んでみせた。

「タンレン様」

「恋人になってくれるね？」

「……はい」

シュレイは目を閉じて答えた。みるみる顔が朱に染まっていく。嫌で答えているわけではないと、素直ではないシュレイに代わって、その態度が示しているようだった。

「シュレイ、愛してる」

タンレンは嬉しそうに笑って、シュレイに口づけた。

「タンレン様」

シュレイの両手がタンレンの背中に回り、きゅっと縋り付いてきた。

「シュレイ、愛してる」

タンレンは優しく何度も囁きながら、唇に、頬に、首筋に、幾度も口づけを落とした。腰を抱き、まだ熱を持ったままの後孔に、萎えることのない昂りを押し当てると、自然と口が開いて、難なく膨れ上がった亀頭を飲み込んでいった。

「ああっあっ……熱いっ……タンレン様っ……」

「シュレイ……シュレイ……愛してる」

タンレンは夢のような心地よさに、熱に浮かされたように何度も愛しい者の名を呼んだ。


シュレイは何度も通い続けた郊外の小さな館を訪れていた。いつもと違うのは、丘の上で見送ってくれていたタンレンが、共に来ていることだ。

館の扉が開き、青い髪の男が現れた。タンレンの従弟であるユイリィだった。かつて彼の母ミンファが犯した罪に少なからず加担してしまっていた彼は、懲罰を受けて、王宮を去り、この館に身を潜めていた。

「元気そうだな……痩せたか？」

タンレンが声をかけると、ユイリィは懐かしそうな顔でタンレンをみつめてから微笑んでみせた。

「君は変わらないね」

「迎えに来た。陛下とリューセー様が待っている」

「……少し緊張するよ」

ユイリィはそう言って苦笑した。

「フェイワンも変わっていないさ……リューセー様も……」

「そうだね。この日のために、シュレイには苦労をかけてしまったから、ちゃんとしないとね」

ユイリィは、フェイワン達の子供の養育係となるために、シュレイから長きにわたって教育を受けてきたのだ。そして今日、許されて王城へと戻る。ただしもうロンワンのユイリィとしてではなく、姫達の養育係ユイリィとしてだ。

「君がいつも館の近くまで来てくれていたことは知っているよ。シュレイから聞かされていたから」

「へえ……シュレイがね？　オレのこと、どんな風に話してたんだ？」

タンレンが嬉しそうに笑って言うので、シュレイはプイッと顔を逸らしてしまった。ユイリィはクスクスと笑う。

「じゃあ、オレ達が恋人同士になったってことも話したか？」

タンレンがそう言って、シュレイの腰を抱き寄せたので、シュレイは驚いて、タンレンの胸を両手で押し返しながら、赤くなって必死にタンレンの腕の中から逃れようとした。

ユイリィも驚いている。

「タンレン様！　おふざけにならないでください！」

「ふざけてないよ、本当の話だろ？」

「人前でこのようなことをなさるのは嫌だと申し上げたではありませんか！」

必死にもがくシュレイに、タンレンはニヤニヤと笑いながら、腰をしっかり抱いている。

「へえ……そうだったのか……おめでとう」

ユイリィは驚きつつも、二人を祝福した。タンレンは嬉しそうに笑って「ありがとう」と答えたが、シュレイは真っ赤な顔で、タンレンの胸を両手でポカポカと叩いた。

「イテテ……」

タンレンがシュレイの体を解放すると、シュレイは耳まで赤くなって、ぷんぷんと怒りながら歩き出した。

「早く行きますよ！　陛下とリューセー様がお待ちです！　ユイリィ、貴方の竜に乗せてください」

シュレイは怒りながらそう言うと、二人の竜が待つところへ先に歩き出した。

タンレンは笑いながらそれを見送ると、ユイリィに肩を竦めてみせた。

「恋人のはずなんだけど、なかなか恋人同士らしくさせてもらえなくてね。結局今までとたいして変わっていないよ」

「……そう？　最近シュレイの物腰が、以前よりずっと柔らかくなったなとは思っていたよ……幸せそうじゃないか」

「ああ、幸せだよ」

タンレンは、嬉しそうにニヤリと笑う。ユイリィも釣られて微笑んだ。

「お二人ともお急ぎください！」

先に行くシュレイが、振り返って叫んだので、二人は顔を見合わせると笑いながら歩き出した。

なだらかな丘の上で待つ二人の竜が、空に向かって首を伸ばし、オオオオオッと咆哮を上げた。それに呼応するように、空を舞う竜達も次々と鳴き声を上げる。

賑やかになった真っ青な空を、三人は眩しそうに見上げた。

タンレンは、そっとシュレイの側に近寄ると「ごめんね」と小さな声で謝る。シュレイはタンレンを仰ぎ見て、まだ頬を少し赤く染めたままで「別に本気で怒っているわけじゃありませんから」と早口で答えて、ぷいっとそっぽを向くと、ユイリィの下へと向かった。

タンレンはそんなシュレイを見守りながら、この幸せが永遠に続けばいいのにと心から思う。

「愛してるよ」

タンレンは祈りを込めて呟いた。

あとがき

　こんにちは。飯田実樹です。『空に響くは竜の歌声』第三巻シィンワン編はいかがでしたか？　前作をお読みいただいた方には、シィンワンのことは、卵の時から知っているので、母のような、隣のお姉さんのような、そんな気持ちで今回の彼の物語を見守っていただけたのではないでしょうか？

　前作カップルのフェイワンと龍聖に比べたら、シィンワン達は若くて初々しく感じられたことだと思います。特に表紙にもなっていますが、学ラン姿の龍聖は、後にも先にも今回の十代目龍聖のみですので、ひたき先生の素敵なイラストで見ることが出来て、私は大変満足しています。

　またオマケの書き下ろし短編で、タンレンとシュレイの話を書かせていただきました。前作でいつの間にかよりを戻した二人ですが、ふんわりと書いていた部分を、ちょっと詳細に書き下ろしました。タンレンとシュレイのファンの方に喜んでいただければ嬉しいです。

『空に響くは竜の歌声』でデビューさせて頂き、更に続く三巻目を出すことが出来たのは、応援していただいた読者の皆様のおかげと、寛大な出版社の方々のおかげです。こんな幸運はありません。ありがとうございます。前作が九代目竜王と龍聖、今作が十代目竜王と龍聖というように、エルマーン王国の歴代の竜王達には、それぞれの物語があります。いろんな竜王、いろんな龍聖がいます。それらをコツコツと書き続けていくことをライフワークにしたいなと思っているのですが……。なんと！　この夏ごろに続刊を刊行していただくことが決定いたしました！　次はどの竜王と龍聖のお話になるのか？　どうぞ皆様で色々と予想しながら、あと数か月をお待ちいただけると幸いです。

　次回作で皆様にまたお会いできることを楽しみにしています。

空に響くは竜の歌声

「オレにエサを与えるように、
魂精を与えるためだけに来ないでくれ」

竜王の妃として運命づけられた青年は
彼だけが与えられる命の糧「魂精」に餓えた
少年竜王と巡り合う
やがて、竜王の子を宿し――

MIKI IIDA
飯田実樹

ILLUSTRATION
HITAKI
ひたき

大好評発売中!

空に響くは竜の歌声
紅蓮をまとう竜王

空に響くは竜の歌声
竜王を継ぐ御子

シィンワンの
父と母の物語——

『空に響くは竜の歌声　暁の空翔ける竜王』をお買い上げいただきありがとうございます。
この本を読んでのご意見、ご感想など下記住所「編集部」宛までお寄せください。

リブレ公式サイトで、本書のアンケートを受け付けております。
サイトにアクセスし、TOPページの「アンケート」から該当アンケートを選択してください。
ご協力お待ちしております。

リブレ公式サイト　http://libre-inc.co.jp

初出　空に響くは竜の歌声　暁の空翔ける竜王
＊上記の作品は2007年と2012年に同人誌に収録された
作品を加筆・大幅改稿したものです。

森閑たる情炎 ……… 書き下ろし

空に響くは竜の歌声
暁の空翔ける竜王

著者名　飯田実樹

発行日　2017年2月17日　第1刷発行

発行者　太田歳子

発行所　株式会社リブレ
〒162-0825 東京都新宿区神楽坂6-46 ローベル神楽坂ビル
電話　03-3235-7405（営業）　03-3235-0317（編集）
FAX　03-3235-0342（営業）

印刷所　株式会社光邦
装丁・本文デザイン　ウチカワデザイン
企画編集　安井友紀子

Printed in Japan
ISBN 978-4-7997-3238-0